英語動詞
活用指南

50 個非學不可的高頻動詞，讓你英語實力快速倍增！

楊智民、李海碩、蘇秦———著

張玄竺———審訂

晨星出版

目錄

Word Choice Makes All the Difference

美籍媒體製作人、電影製片　Tony Coolidge

As an American who writes professionally in Taiwan, I know the challenges English language students in Asia face in expressing their thoughts clearly and vividly. Good writing requires the writer be armed with a strong command of vocabulary and a good sense of word choice. Expressing actions through writing can be a challenge. English-language writers commonly use phrasal verbs in order to add fluidity and character to their writings.

Without a command of phrasal verbs, expressed actions can seem too dry and stiff. A good writer should expand their library of phrasal verbs to sharpen their writing skills, so their writing can become more colloquial and connect to readers more easily. Many phrasal verbs are commonly used colloquial expressions.

Look at the following example:

The parents went around in circles trying to get a straight answer from their son.

The parents tried many times to get a straight answer from their son, but their efforts always ended up failing.

As you can see, the phrasal verbs, "go around in circles," is more colorful language, and it requires fewer words, making the reading more efficient.

This book is produced by the co-authors who appreciate the power of language and the value of phrasal verbs. They labored to provide a valuable resource for adults, college students and advanced high school students to use in many writing applications. There are many commonly used and colloquial phrases within these pages, and these will help the students connect with their readers. Overall, with this book, everyone can write with a more colorful stroke.

Tony Coolidge
American journalist, film producer and author

動詞是一個句子的靈魂

佳里奇美醫院外科部部長　徐生龍醫師

　　英語動詞是一個句子的靈魂，只要抓住它往往就可以了解整句意思的大概。但是我們在應用時也要謹慎小心，避免造成他人誤解，尤其在書寫的時候，更須留意。

　　《英語動詞活用指南》是工具書，也是英文故事書，三位老師以多年的經驗、熟稔的手法，準確地點出了我們在英語動詞運用上的迷思，以輕鬆幽默的語調說明每一個動詞的詞性及例句，總能讓讀者會心一笑。

　　這 50 個動詞是我們生活中常見的，不僅適合國中以上的學生研讀，也適用於各年齡層的英語學習愛好者，而每個動詞又可延伸出數十個片語，藉由此書便可學到數百個片語，進而廣泛應用到數千個句子當中，是一本深入淺出，值得反覆咀嚼的實用好書。

徐生龍

戊戌年春寫於台南奇美醫院

掌握動詞，英語會一半

動詞是溝通的訊息焦點，句子的結構核心，通曉動詞，表情達意，有效溝通；熟習動詞，聽說讀寫，游刃有餘。因此，掌握常用動詞即掌握英語學習工法與溝通脈絡。

《英語動詞活用指南》一書乃依據當代語料，嚴選 50 高頻動詞，依序排列，鋪陳英語動詞學習圖騰──每一動詞規畫動詞解析、基本用法、片語動詞、日常用語等四段落，引導讀者先行掌握動詞核心語意、練習日常基本用法，而後學習片語動詞用法，擴充動詞運用質量，最後進入慣用語詞，接軌英美人士溝通路徑，達到英語學習的願望。以第一單元「get」為例說明：

1. 動詞解析

介紹單元動詞的重要語意及句法功能，建立語詞認知基礎，架設搭配衍伸起點。

> **get** 可說是萬能動詞，有「獲得」（obtain）、「買」（buy）、「染上疾病」（catch a disease）、「抓到」（catch sb.），甚至「理解」（understand）等較為抽象的意思。get 具有連綴動詞性質，get+p.p. 表示「使……達到」、「進入某種狀態」，也有類似使役動詞的「使」（make）的用法。掌握 get 的用法，輕鬆描述許多生活常見的動作。

2. 基本用法

舉例動詞基本語意的用法，著重日常情境的搭配語詞，例句可以帶著走，隨時活用。

> **接到；得到 v.**
>
> Lance **got** a ring for his birthday this year.
> 蘭斯今年生日**得到**一只戒指。

3. 片語動詞

列舉單元動詞最常見的片語動詞，自然衍伸語詞，輕鬆擴大詞彙量。

get in 到達（某地）； 潛入	● The train **got in** late this morning. 今天早上火車沒準時**到站**。 ● The burglars **got in** through the windows, but couldn't get out.　竊賊從窗戶**潛入**，但是出不來。

4. 日常用語

介紹與單元動詞相關的生活常見慣用語，從字面上的語意延伸至譬喻，達到道地的動詞運用層次。

> The woman **got a break** and hit the jackpot.
> 婦人**交好運**，中了頭獎。

　　本書秉持「有效方法，累進成果」的教育信念，審慎規畫，嚴謹著作，希冀中級以上的學生、考生、自學者，甚至英語教學者都能體會。時值本書付梓出版之際，吾等衷心感謝美籍媒體製作人 Tony Coolidge 和奇美醫院徐生龍醫師於寫作期間提供寶貴意見並撥冗為文寫序，由於二位摯友的熱情推薦，本書得以增添光彩；另外，吾等更要感謝國內知名翻譯工作者 Sophie 於百忙之中願意潤飾並校閱語詞定義及句子中譯，由於 Sophie 的精湛筆譯造詣，本書文字品質得以不負眾望。當然，廣大英語學習者若能因本書而獲益，則善莫大焉。

音檔使用說明

手機收聽
1. 每單元左上角都附有 MP3 QR Code
2. 用 APP 掃描就可立即收聽真人朗讀

01

get

得到；抓住；獲得

電腦收聽、下載
1. 每單元左上角都附有單元編號，例如：01、02……
2. 輸入網址＋單元編號即可收聽，按右鍵則可另存新檔下載
   http://epaper.morningstar.com.tw/mp3/0103371/**01.mp3**
3. 如想收聽、下載不同音檔，請修改網址後面的單元編號即可
   例如：
   http://epaper.morningstar.com.tw/mp3/0103371/**02.mp3**
   http://epaper.morningstar.com.tw/mp3/0103371/**03.mp3**
   依此類推……
4. 建議使用瀏覽器：Google Chrome、Firefox

全書音檔大補帖下載（建議使用電腦操作）
1. 尋找密碼：請翻到本書第 87 頁，輸入第 2 個「片語動詞」的
   「英文」
2. 進入網站：https://goo.gl/PoGC5x
3. 填寫表單：依照指示填寫基本資料與下載密碼。E-mail 請務必
   正確填寫，萬一連結失效才能寄發資料給您！
4. 一鍵下載：送出表單後點選連結網址，即可下載「全書音檔大
   補帖」壓縮檔

01 get

得到；抓住；獲得

動詞解析

　　get 可說是萬能動詞，有「獲得」（obtain）、「買」（buy）、「染上疾病」（catch a disease）、「抓到」（catch sb.），甚至「理解」（understand）等較為抽象的意思。get 具有連綴動詞性質，get+p.p. 表示「使……達到」、「進入某種狀態」，也有類似使役動詞的「使」（make）的用法。掌握 get 的用法，輕鬆描述許多生活常見的動作。

基本用法

1. 接到；得到 v.

Lance **got** a ring for his birthday this year.
蘭斯今年生日**得到**一只戒指。

2. 去拿 v.

Papa, please **get** the towel for me.
老爹，幫我**去拿**毛巾，好嗎？

3. 遭判刑 v.

The man **got** 30 years for a fatal drunk driving crash.
男子因酒駕撞車致死而**遭判刑**三十年。

4. 接收（廣播、電視節目等）v.

In this area, the residents can **get** the basic channels without cable.
在這地區，住戶可**接收**無線的基本頻道。

5. 買 v.

What did you **get** at the supermarket?

你剛在超市**買**什麼？

6.（獲得）成績 v.

Mike **got** a "C" in math on this midterm exam.

麥克這次期中考數學**成績**是 C。

7. 感染上（疾病）；（疼）痛 v.

You may find it is very difficult to bend over to tie your shoes when you **get** bad back pain. 你背**痛**嚴重時，可能會發現很難彎下去綁鞋帶。

8. 聯繫 v.

I tried to call the manager, but I could not **get** him on the phone.

我要打電話給經理，但是**聯繫**不上。

9. 感到……；遭到……；被…… v.

The students **got** bored with this teacher's tedious lecture.

學生們因這位老師的冗長演說而**感到**無趣。

The girl **got** kidnapped by her neighbor.

女孩**遭到**鄰居綁架。

Otto's wallet **got** stolen on the crowded bus.

奧圖的皮夾在擁擠的公車上**被**偷了。

10. 使；讓；說服 v.

We finally **got** Robert to tell the secret.

我們最後還是**讓**羅伯特說出祕密。

It's not easy to **get** my dad to understand what friendship is really about.

要**讓**我父親體會友誼的真諦很不容易。

11. 被動用法：使完成某事 v.

I need to **get** my car fixed as soon as possible.

我必須儘快修好我的車子。

01 get
02 go
03 come
04 put
05 take
06 turn
07 run
08 throw
09 keep
10 move
11 look
12 bring
13 pull
14 set
15 hold
16 knock
17 call
18 cut
19 stick
20 push
21 pass
22 fall
23 work
24 break
25 give

12. 到（達）v.

When we **got** to the movie theater, the movie had already begun.
我們**到**電影院時，電影已經開始了。

13. 接電話 v.

Could you **get** the phone for me?
麻煩幫我**接**個**電話**，好嗎？

14. 抓住；逮到 v.

The police **got** the thief by his arm.
警方**抓住**小偷的手臂。

15. 理解；知（道）v.

I didn't **get** the message—why did Samuel break up with his girlfriend.
我一無所**知**──撒母耳為什麼要和他的女朋友分手。

片語動詞

get in
到達（某地）；
潛入

● The train **got in** late this morning.
今天早上火車沒準時**到站**。

● The burglars **got in** through the windows, but couldn't get out. 竊賊從窗戶**潛入**，但是出不來。

get through
過……去；及格；
穿過去

● Daniel couldn't have **got through** those days without his girlfriend.
這幾天女朋友不在身邊，丹尼爾一副**過不下去**的樣子。

● None of the students **got through** the test completely.
沒有一位學生考試**及格**。

● The dog cannot **get through** the hole on the wall.
汪星人無法從牆壁的洞**穿過去**。

get into
穿上；迷上

● Take a hot bath and **get into** your pajamas before you go to bed. 上床睡覺前，泡個熱水澡，然後**穿上**睡衣。

My son didn't really **get into** hip-hop and rap until he was a high school sophomore.
我兒子一直到高二時才真正**迷上**嘻哈及饒舌歌。

get at
拿（到）

The little boy is trying to **get at** the food in the refrigerator.
小男孩一直想要**拿**冰箱裡的食物。

Put the money in the safe, and the thief cannot **get at** it easily.　這些錢放進保險箱裡，小偷就無法輕易**拿到**。

get over
解決

I have found an easy solution to **get over** the problem.
我發現一個**解決**問題的簡易方法了。

get to
到……; 到（某一狀態、年齡、時間等）

When Michelle **got to** the station, the train had already left.
蜜雪兒**到**車站時，火車已開走了。

The bell will ring when it **gets to** 12 o'clock sharp at night.
到晚上十二點整時，鈴聲會響起。

get up
（叫）……起床

John's father **got** him **up** early this morning so that he could catch the first bus.　今天約翰的父親一大早就叫他**起床**，這樣他才趕上第一班公車。

get down
（勉強）吞下；記錄；寫下

The pill was so large that I could hardly **get it down**.
藥丸太大顆了，我幾乎**吞不下**去。

I managed to **get** the girl's cellphone number **down**.
我試圖**寫下**那位女孩的手機號碼。

get ahead
取得成功

In order to **get ahead** in your career, you have to be ambitious.　為了在職場上**取得成功**，你必須有所抱負。

get by
撐下去；應付得來

The family can't **get by** on such a small salary.
薪俸如此微薄，這個家庭實在**撐不下去**。

I didn't prepare for the interview but I can **get by**.
我面試沒什麼準備，但是還**應付得來**。

01 get
02 go
03 come
04 put
05 take
06 turn
07 run
08 throw
09 keep
10 move
11 look
12 bring
13 pull
14 set
15 hold
16 knock
17 call
18 cut
19 stick
20 push
21 pass
22 fall
23 work
24 break
25 give

get along
離開;離去
- It's too late. We must **get along** after dinner.
  太晚了,晚餐後我們就得**離開**。

get on
(在……上)有
進展;乘上(公
共汽車、飛機、
火車等)
- Doris is **getting on** alright at college.
  桃樂絲在大學**讀得**不錯。
- How did you **get on** in your math exam?
  妳數學考得**順利**嗎?
- Grace **got on** the wrong bus and was late for school this morning. 葛麗絲今天早上**搭**錯公車,上學也就遲到了。

get back
返回;回家
- Eric just **got back** from the gym.
  艾瑞克剛從體育館**回來**。

get away
擺脫;揚長而去
- Sally likes to **get away** from the crowds and goes on trips to the countryside. 莎莉想要**擺脫**人群,到鄉下輕旅行。
- The robber **got away** with the money in the stolen car.
  搶匪帶著錢搭贓車**揚長而去**。

get about
四處走動;走來走去
- The patient **got about** with the aid of a pair of crutches.
  病患杵著兩支枴杖**走來走去**。

get across
傳達訊息;清楚
交代
- If you want to **get** your meaning **across** effectively and accurately, it is important to use some body language.
  如果你要有效地準確**傳達訊息**,運用一些肢體語言很重要。
- The official is attempting to **get across** the message to the public. 官員一直要跟群眾**清楚交代**訊息。

get around
規避
- The businessman always finds a way to **get around** the rules for paying sales tax. 生意人一向都要鑽漏洞**規避**營業稅。

get behind
落後;支持
- You can easily **get behind** on your work and assignments if you don't plan well for the weekend. 如果不好好規畫週末時間,你的工作及任務很容易**落後**進度。

The majority of the local residents don't quite seem to **get behind** the idea that they really need a new shopping mall. 大多數當地居民似乎不**支持**他們需要一處新購物廣場的想法。

get off
下（公共汽車、
火車、飛機等）
；下班；戒除

The student **gets off** the train and walks to school for ten minutes every morning.
該名學生每天早上**下**火車後步行十分鐘到學校。

I won't **get off** until I finish all the work.
我要完成全部工作後才**下班**。

For your family, you got to **get off** the drink.
為了你的家人，你要**戒**酒。

get out
洩漏

If the secret **gets out**, you will be fired.
祕密要是**洩漏**出去，你就會被炒魷魚。

get out (of)
出（來）

All the guests **got out of** the restaurant in a hurry because it was shaking and the windows were vibrating.
餐廳一陣晃動，窗戶跟著震動，所有顧客隨即奪門而**出**。

日常用語 •••

The woman **got a break** and hit the jackpot.
婦人**交好運**，中了頭獎。

Henry knew he already **got a crush on** his colleague, Lily.
亨利心想自己**迷戀上**了同事，莉莉。

We had better **get a move on**, or we'll be late for the meeting.
我們得**快點兒**，不然開會要遲到了。

I always **get ants in my pants** before the midterm and final exam.
我在期中考及期末考之前都會**坐立不安**。

We won't be able to **get at it** until tomorrow.
我們要到明天才能**抽空處理**。

01 get
02 go
03 come
04 put
05 take
06 turn
07 run
08 throw
09 keep
10 move
11 look
12 bring
13 pull
14 set
15 hold
16 knock
17 call
18 cut
19 stick
20 push
21 pass
22 fall
23 work
24 break
25 give

You'll never **get away with** this. Attempted murder is a felony.

你是無法**脫罪**的。預謀殺人是重罪一條。

Get away! Leave me alone!

走開！讓我靜一靜！

Don't **get behind the wheel** if you are tired.

疲累的話，不要**開車**。

What **gets** the president **in trouble** is the fact that she actually forgets who she represents.

總統之所以會**身陷麻煩**，是她已實際上忘掉自己代表誰。

The football season will **get into high gear** this month.

賽事將於這個月**進入高峰**。

I have no idea how to **get into a conversation with** a girl I'm really into.

我不知道怎麼**跟**自己喜歡的女孩**說話**。

Don't you **get it**? Jeff doesn't like you at all.

妳不**知道**嗎？傑夫一點也不喜歡妳。

Get moving! Our teacher is coming.

趕緊動起來！老師快來了！

Hey, **get real**! Stop daydreaming and get your stuff done.

嗨，**醒醒吧**！別做白日夢了，趕緊行動吧。

My parents' nagging often **gets me down**.

我父母嘮嘮叨叨的，常**令我心煩**。

I **get the blues** every time I leave my hometown.

每次出遠門，我就**心情憂鬱**。

Are you often **getting the cold shoulder** from your friend?

你常**被**某個朋友**冷落**嗎？

It took me days to **get the hang of** that 3D printer.

我花了幾天工夫才**掌握**那部 3D 印表機的**操作竅門**。

Though Jerome worked hard, he still **got the sack** any ways.
儘管傑羅姆工作努力，他仍**被炒魷魚**。

We all **got wind of** Kelly's emotional problems.
我們對凱利的情緒障礙**早有耳聞**。

Let's **get with it**! We are almost running out of time.
趕快！我們快要沒時間了。

01 get
02 go
03 come
04 put
05 take
06 turn
07 run
08 throw
09 keep
10 move
11 look
12 bring
13 pull
14 set
15 hold
16 knock
17 call
18 cut
19 stick
20 push
21 pass
22 fall
23 work
24 break
25 give

go
走；去；通往

動詞解析

　　go 主要表示「去」、「走」（travel or move to another place），衍生「離開」（leave）、「通往」（a road leads somewhere），甚至「發出聲響」（produce a noise）、「指責」（criticize）、「被出售」（be sold）等廣泛的語意。go 搭配 down、up、away、beyond、out 等介係詞或介副詞，衍生「朝不同方向位移」的意思。

基本用法

1. 去；走 v.

The stockbroker wanted to **go** to France to unwind before taking his new job. 那位證券經紀人想在新工作開始之前**去**法國放風一下。

2. 去（做……）；去（參加）；去（從事）v.

The family booked a flight to **go** skiing in the mountains of Colorado. 這家人訂了要**去**克羅拉多州山區滑雪的班機。

The foreigner stayed for a week on Green Island to **go** snorkeling. 那個外國人為了要**去**浮潛，在綠島待了一個禮拜。

3. 通向；往 v.

Can you please tell me how to **go** to Yellowstone?
可以告訴我**往**黃石公園的路怎麼走嗎？

4. 成為 v.

Jack's mother wants him to **go** be a doctor, so she paid for his college education. 杰克的媽媽希望他**成為**醫生，所以替他付大學學費。

5.（正常地）動；運轉 v.

Putting batteries of the right size into the toy boat finally allowed it to **go**. 把型號相符的電池放進去，玩具船終於**動**起來了。

6.（時間）流逝；過（去）v.

When the trial period **goes**, there will be no more free usage of the web site. 試用期一**過**，就不能再免費使用這個網站了。

7. 要瘋了 v.

Staying in the apartment all week made Stan **go** stir crazy. 整個禮拜待在公寓裡，史丹都**要瘋了**。

8. 開始 v.

The young boy was ready to **go** fly his kite as soon as the rain stopped. 雨一停，小男孩就準備要**開始**放風箏了。

9.【數】除 v.

A dozen eggs **goes** into a gross of eggs twelve times. 144 顆蛋**除以** 12 是 12 顆蛋。

10. 變 v.

When the batteries finally drained, the flashlight **went** dark. 電池耗盡的時候，手電筒會**變**暗。

11. 發出……聲 v.

The starter pistol **goes** "BANG," resulting in the start of the race. 開賽鳴槍**發出**「碰」一**聲**，賽跑開始了。

12. 配……恰到好處 v.

In European cafés, a Danish roll can **go** well with coffee. 在歐式咖啡館裡，喝咖啡**配**丹麥卷**恰到好處**。

01 get
02 go
03 come
04 put
05 take
06 turn
07 run
08 throw
09 keep
10 move
11 look
12 bring
13 pull
14 set
15 hold
16 knock
17 call
18 cut
19 stick
20 push
21 pass
22 fall
23 work
24 break
25 give

13. 要價 v.

The large yacht can easily **go** for a half million dollars.
大型快艇動輒**要價**五十萬元。

14. 匹配；相符 v.

The boss's selection of secretary obviously **goes** with his taste in women.　老闆選的祕書顯然和他選女人的品味**相符**。

15. 指責；數落 v.

With the President's failures, the media **went** at her on a daily basis.
因為總統的失策，媒體每天都在**指責**她的不是。

16. 搭；匹配 v.

That blue tie **goes** with the pinstripe suit very well.
那條藍領帶和這件細條紋西裝非常**搭**。

17. 出國 v.

Yvonne made a decision to **go** abroad during her Summer vacation.
依凡決定在暑假期間**出國**。

18. 氣瘋 v.

Hearing about his failure at earning income made the wife **go** ballistic.
聽到他沒賺錢，他老婆**氣瘋了**。

片語動詞 •

go about 到處走；繼續做某事；開始	● In the nursery school, the new toddler **went about** the place as if it were his home.　新來的幼兒在托兒所裡搖搖晃晃**到處走**，像在自己家一樣。
	● The police ordered bystanders to **go about** their business after the traffic accident. 車禍發生後，警察要圍觀的人**繼續做**自己的事。
	● The dentist **went about** the dental procedure on the patient. 牙醫師**開始**替病人看牙齒。

go after
追；追求

● The hunter **went after** the deer into the woods after wounding it. 獵人把鹿打傷以後，**追**著牠進樹林裡。
● Sally went on stage and sang her heart out to **go after** the fame and fortune she wanted.
為了**追求**想要的名利，莎莉踏上舞台，唱得撕心裂肺。

go against
違背；對抗；反對

● The President **went against** popular opinion and passed the Internet security law.
總統**違背**大眾意見，通過了網路安全法。
● The protestors are **going against** the police who are armed with shields and batons.
抗議人士正在與持盾牌和警棍的警察**對抗**。

go ahead
繼續（進行某事）；先走

● Even though the budget was low, the producer still **went ahead** with the film project as a labor of love. 雖然預算很少，但製作人還是把這部電影當作甜蜜的負擔**繼續**拍下去。
● The family **went ahead** of the others in line after showing a special pass to the attendant.
這家人向服務生出示通行證後，就繞過排隊人群**先走了**。

go along
沿著；進展

● The boy **went along** the pier to sell worms to all of the fishermen. 男孩**沿著**碼頭賣魚餌給漁夫們。
● The training of the young leaders **went along** better that expected. 青年領袖訓練**進展**得比想像中好。

go around
從一地或一人傳到另一地或另一人；圍繞；傳閱；（足）夠

● An unverified rumor **went around** that the teacher acted inappropriately with a student. 未經證實的謠言**從這裡傳到那裡**，說那位老師和學生有不當行為。
● The choir members **went around** the piano and sang a cheerful song. 唱詩班的成員**圍繞**著鋼琴走，唱著喜悅之歌。
● The notice **went around** the committee members to inform them of a rule change.
委員們**傳閱**更改規定的通知。

01 get
02 go
03 come
04 put
05 take
06 turn
07 run
08 throw
09 keep
10 move
11 look
12 bring
13 pull
14 set
15 hold
16 knock
17 call
18 cut
19 stick
20 push
21 pass
22 fall
23 work
24 break
25 give

Even for a dozen people, the turkey had enough meat to **go around.** 就算有十二個人，這隻火雞也**夠**吃的了。

go at
衝撞；賣力投入

The angry movie star **went at** the paparazzi reporter with his car. 憤怒的影星用自己的**車衝撞**狗仔記者。

The basketball player **went at** his practice sessions with unbridled enthusiasm. 籃球選手滿懷熱忱**賣力投入**訓練。

go away
遠離；離開；逐漸消失

George desperately wanted to **go away** from the bully who taunted him. 喬治非常想**遠離**霸凌他的小混混。

Valerie **went away** from her hometown for a few days of rest. 薇樂莉**離開**家鄉去度幾天假。

The smell from the locker room **went away** during the off season. 儲藏室的味道在沒有收納物的季節**逐漸消失**。

go back
回到；復工；追溯到；想到

Lewis wanted to **go back** to his old high school to remember the good times he had there.
路易斯想**回到**高中母校，追憶他曾在那裡的美好時光。

The labor chief ordered the workers to **go back** to work after a deal had been reached.
達成共識後，領班要工人們**復工**。

The Ferrari is a stylish brand of car that **goes back** to 1947.
法拉利是一家時尚汽車品牌，最早可**追溯到** 1947 年。

Going back to his previous bad experiences, Fred decided to avoid that restaurant.
想到之前不好的經驗，弗來德決定跳過那間餐廳。

go before
在……之前

Neil Armstrong **went before** anyone else walked on the moon. 阿姆斯壯**在**其他人**之前**踏上月球。

go beyond
超乎

The long distance runner **went beyond** what seemed physically possible to win the marathon.
長距離跑者**超乎**體能極限，在馬拉松競賽得勝。

go by
（時間）過去；
經過；順路拜訪

● The thief waited for an hour to **go by** before stealing a car to get away from police.
竊賊等一個小時**過去**，才偷車甩開警方。

● We watched the attractive roller skater **go by** in the park.
我們看著那個溜冰的帥哥從公園**經過**。

● We **went by** Uncle Frank's house to drop off some apples before we continued to grandma's house.　我們**順路拜訪**法蘭克叔叔家，送了一些蘋果，之後才前往奶奶家。

go down
南下；倒下；下
跌；（日、月）
落到地平面下；
消化；落幕；熄
燈；沉船

● The backpackers **went down** to Kaohsiung after going along Taiwan's East Coast.
背包客沿台灣東海岸走完後**南下**高雄。

● After being hit hard in the nose, the boxer **went down** for the count.　拳擊手的鼻子受到重擊後，在計時的時候**倒下**。

● The retiree's investments **went down** in value, so his monthly payments were reduced.
那個退休人員投資的東西價格**下跌**，所以月收入減少了。

● The orange sun **went down** below the horizon, giving people in Europe their sunrise.
橘紅的太陽**落到地平面下**，為歐洲的人帶來日出。

● Frank gulped down his cola to help his greasy pizza **go down**.　法蘭克大口喝可樂，幫助**消化**油膩的披薩。

● After the curtain **went down**, the cheering crowd threw flowers onto the stage.
落幕之後，喝采的觀眾把花丟到舞台上。

● Lisa returned to the theater just in time, as the lights **went down** before the movie previews.
麗莎剛好及時回到電影廳，因為電影預告之前就**熄燈**了。

● The passenger ship RMS Lusitania **went down** and England gained the sympathy of many Americans.
英國皇家郵輪盧西塔尼亞號**沉船**，許多美國人因此對英國表示同情。

01 get
02 go
03 come
04 put
05 take
06 turn
07 run
08 throw
09 keep
10 move
11 look
12 bring
13 pull
14 set
15 hold
16 knock
17 call
18 cut
19 stick
20 push
21 pass
22 fall
23 work
24 break
25 give

go for
攻擊；選擇；努力獲取

- The knife-wielding criminal **went for** the throat of the policeman. 罪犯揮舞刀子**攻擊**警察的喉嚨。
- Kenny decided to **go for** the turkey sandwich, while Kelly went for the cheese sandwich.
  肯尼決定**選擇**火雞肉三明治，凱莉則選了起司三明治。
- Larry enrolled in the university overseas to **go for** a degree that would be more valuable.
  賴瑞就讀海外大學，**努力獲取**更好的學歷。

go in
掩蓋

- The sun **went in** behind heavy clouds, giving the picnickers some temporary shade.
  太陽被濃密的雲**掩蓋**，讓野餐的人可以暫時遮蔭。

go into
進入房裡；進球得分；投身……行業；陷入……狀態；認真思考

- The woman **went into** the room to give her husband a neck massage. 那婦人**進入房裡**替她先生按摩肩頸。
- The crowd went wild when the shot **went into** the basket at the buzzer. 比賽鈴響時**進球得分**，人群都瘋狂了。
- Not wanting to be poor like his parents, Greg chose to **go into** a banking career.
  葛瑞哥不想跟他爸媽一樣窮苦，因此選擇**投身**銀行**業**。
- The child **went into** a state of confusion upon seeing a pig being slaughtered.
  看到豬隻被宰殺，那孩子**陷入**一種困惑的**狀態**。
- I will agree with you, because I don't have time to **go into** the reasons for my objections.
  我同意，因為我沒時間**認真思考**不同意的理由。

go off
爆炸；突然響起；壞掉；停電

- A bomb squad successfully detonated an old mine that was found in the harbor before it could accidentally **go off**.
  拆彈小組在港口內找到一枚老舊水雷，在意外**爆炸**之前成功引爆水雷。
- The fire alarm **went off**, giving all of the students a short break from the exams. 火災警報器**突然響起**，所有學生得以在考試期間短暫休息一下。

The bacon in the breakfast sandwich seemed to have **gone off**, and I didn't feel well afterwards. 早餐三明治裡的培根好像**壞掉**了，我後來覺得肚子怪怪的。

Many people in Taiwan were angry when an errant worker caused the power to **go off** islandwide. 一位怠忽職守的員工導致全島**停電**，讓許多在台灣的人都很生氣。

go on
繼續；（指演員）
上場；恢復；後
來

The television series **went on** for another three seasons despite the protests of religious groups.
雖然有宗教團體抗議，但這部電視劇還是**繼續**拍了三季。

The dance troupe **went on** and thrilled the audiences with a masterful performance.
舞蹈團**上場**，以出色的表演讓觀眾目瞪口呆。

One day after the typhoon passed, the power grid **went on** to the delight of island's residents.
颱風過後一天，島上居民都很高興電力**恢復**了。

I was proud to know that my student **went on** to win the chess tournament.
知道我的學生**後來**在西洋棋大賽奪冠，我感到很驕傲。

go out
走出（某地）；
過 時；與 ……
（短暫）交往；
發布；熄滅

The teacher was fired for **going out** of the classroom to smoke during a test.
那位老師因為考試中**走出**教室抽菸而被炒魷魚。

Video cassette recorders **went out** of style before my children were born. 我的孩子出生時，卡式錄影機早已**過時**了。

Steve **went out** with Jill for a month before they broke up amicably. 史提夫**與**吉兒**交往**一個月之後和平分手。

The new policy **went out** through the e-mail group to all of the managers. 新政策以 Email 的方式對所有主管**發布**。

After three hours of burning, the candle **went out**, leaving them in the dark.
蠟燭燒了三小時後**熄滅**，讓他們處在黑暗之中。

01 get
02 go
03 come
04 put
05 take
06 turn
07 run
08 throw
09 keep
10 move
11 look
12 bring
13 pull
14 set
15 hold
16 knock
17 call
18 cut
19 stick
20 push
21 pass
22 fall
23 work
24 break
25 give

go over
超出（時間、精力等）；仔細查看；反覆練習（琢磨）；向……走去

- The manager yelled at the customer for **going over** the allotted time at the KTV.
  主管對那位顧客大吼大叫，因為他在 KTV 唱歌**超時**了。
- Unable to get the DVD player working, the gentleman **went over** the manual in detail.　因為無法啟動 DVD 播放器，那位男士把操作手冊**仔細查看**一遍。
- Before the speech contest, Mabel **went over** the script about a hundred times.
  演講比賽前，梅布爾把講稿**反覆練習**了一百多遍。
- The butler **went over** to the foyer to bring drinks back to the guests.　管家**向**休息室**走去**，拿飲料來給賓客們。

go through
穿過；經歷；搜遍；接受（一套訓練、程序）

- The water churned as it **went through** the garden hose and emerged with a loud splash.
  水流**穿過**花園澆水的水管時劇烈翻騰，接著大聲噴灑出來。
- Jane **went through** a bout of serious depression during college.　珍在大學時**經歷**一場嚴重的憂鬱症。
- The security guard **went through** the luggage of the band members first.　保全人員首先**搜遍**樂團成員的行李。
- The fitness trainer urged his trainee to **go through** a rigorous workout twice a week.
  健身教練要他的訓練生每週**接受**兩次嚴格的健身訓練。

go together
相和

- People singing in different keys **go together** to form a harmonious sound.
  不同聲部一起合唱，**相和**成動人和諧的聲音。

go under
沉下；失敗；破產

- The submarine **went under** the surface upon seeing airplanes on the radar.
  一看見雷達上出現飛機，潛艇便**沉下**海面。
- The plastics business **went under**, so the owner decided to start a company in a new industry.
  塑膠生意**失敗**，所以老闆決定在新產業另起爐灶。

go up
漲（價）；北
上；搭建

● The rents in our complex **went up** by 15% this month.
這個月我們活動中心的租金**漲**了 15%。
● The teacher wanted to **go up** to Hsinchu to hang out with her old classmates. 老師想**北上**新竹跟老同學出去玩。
● A series of apartments **went up** next to the riverside park in a matter of six months.
短短六個月，河岸公園旁就**搭建**了一排公寓。

go with
支持；（搭）
配；結合

● I decided to **go with** the candidate who promised higher wages. 我決定**支持**承諾工資較高的候選人。
● I believe that hot dogs should **go with** mustard and relish for the best taste.
我認為熱狗就要**配**黃芥末醬，味道才是最好的。
● In the new type of engine, hydrogen **goes with** oxygen to produce water as by-product.
在這新款引擎中，氫和氧**結合**而排放出水作為副產品。

日常用語

Cindy **went along with the crowd** and chose to watch a movie with them.
辛蒂**人云亦云**地選擇跟大家去看電影。

The toddler **went ape over** the giant yellow duck in Kaohsiung Harbor.
搖晃學步的小朋友看到高雄港的黃色小鴨**興奮得不得了**。

The parents **went around in circles** trying to get a straight answer from their son.
爸媽**忙得暈頭轉向**，努力讓兒子直接了當地説出答案。

The children **went bananas** for the new trampoline in their back yard.
孩子們看到後院的新蹦床**開心到都發狂了**。

In order to finally quit smoking, he asked his wife to help him to **go cold turkey**.
為了戒菸成功，他要太太幫他，好讓他可以**馬上戒掉**。

01 get
02 go
03 come
04 put
05 take
06 turn
07 run
08 throw
09 keep
10 move
11 look
12 bring
13 pull
14 set
15 hold
16 knock
17 call
18 cut
19 stick
20 push
21 pass
22 fall
23 work
24 break
25 give

The manager bought cheaper ingredients, and his business **went downhill** from there.

負責人買了比較廉價的材料，於是他的事業從此**走下坡**。

Steve had the courage to try stand up comedy, but his routine **went down in flames**.

史提夫很有嘗試脫口秀的勇氣，但他的表演**一團糟**。

Both colleagues decided to **go Dutch** before meeting at the restaurant for lunch.

兩個同事在餐廳碰面吃午餐前就決定要**各付各的**錢。

The passengers panicked when the passenger plane **went into a nose dive**.

乘客在客機**突然俯衝**時驚慌起來。

The exchange student started to **go native to** match the students around her.

為了配合身邊的同學，那個交換學生開始**入境隨俗**。

Kenny didn't arrive at work on Monday, because he **went on a binge**, drinking all weekend.

肯尼星期一沒有來上班，因為他整個週末**喝酒喝過頭**了。

They say the baseball player was forced to retire, because he had **gone over the hill**.

他們說那個棒球選手被迫退休，因為他曾經**逃獄**過。

The newly installed soda machine **went over with a bang** at the junior high school.

新裝置的飲料機**大受**國中生**歡迎**。

The CFO was brought in, because he helped his previous company **go public**.

財務總監被介紹進來，因為他曾協助前公司**公開售股**。

The boxing match **went to the limit**, and ended in a draw, with no winner or loser.

拳擊手**達到極限**，最後打成平手，沒人贏也沒人輸。

You'd better **go to the bathroom** at this gas station before we continue our journey.

我們繼續上路之前，你最好在加油站**上個廁所**。

come
來；抵達；出現

01 get
02 go
03 come
04 put
05 take
06 turn
07 run
08 throw
09 keep
10 move
11 look
12 bring
13 pull
14 set
15 hold
16 knock
17 call
18 cut
19 stick
20 push
21 pass
22 fall
23 work
24 break
25 give

動詞解析

　　come 的原意是「來」（move towards the speaker），與 go 語意相反，但和 get、go 都有「抵達某處」（get to a particular place）的意思。這個三動詞都有「移動」（move）的概念及「改變」（change）的衍生語意，例如「甦醒」（come around）表示人從昏迷變為清醒，「出現」（come forth）表示人或物從無到有的改變過程。

基本用法

1. 來；過來 v.

Come to my side and listen to the tale of this weary traveler.
來我旁邊聽這個疲倦旅人的故事。
I will **come** to your desk to show you this news article I found.
我**過來**你的書桌這邊，讓你看看我找到的這則新聞報導。

2. 到（某處）；抵達 v.

The young man **came** to this village in Vietnam to find his ancestral home.　那年輕人**到**越南這個村莊來尋根。

3. 變成；演變 v.

Francois **came** to be a notable painter after spending several years in Belgium.　在比利時待了幾年後，法蘭西斯**變成**一位有名的畫家。
The minor flu symptoms **came** to be a serious epidemic in the city.
輕微發燒症狀**演變**成全市的嚴重流感。

29

4. 接著 v.

The Porsche race car **came** first, followed by two drivers from Team Ferrari. 保時捷跑車先出來，**接著**兩位法拉利團隊的駕駛走出來。

5. 出現；存在 v.

The island in the Middle East **came** to be after a large earthquake shook the area. 這個中東的島嶼**出現**在此區域的一場大地震之後。

6. 開始做 v.

The engineer **came** to measure the boundaries of the land before beginning construction. 開工前，建築工程師**開始**測量土地邊界。

片語動詞

come about
發生；開始

According to historians, the First World War **came about** after the assassination of Archduke Franz Ferdinand. 依照歷史學家的說法，第一次世界大戰是在法蘭茲・斐迪南大公被刺殺後才**開始**。

come across
偶然找到；理解；來到；過來

While visiting a yard sale, the art dealer **came across** a rare find. 逛庭院拍賣會的時候，那位藝品商**偶然找到**了很稀有的東西。

The artist hoped what would **come across** when people viewed his sculpture was that one should never give up hope. 藝術家希望人們欣賞他的雕塑作品時，能**理解**到人不應該放棄希望。

The convoy of supply trucks **came across** the Euphrates River to save the villagers. 貨車**來到**幼發拉底河，為村民送來補給物資。

come after
追趕；緊跟

After losing several chickens overnight, the farmer and his dogs **came after** the family of foxes. 一夜損失好幾隻雞後，雞農和他的狗**追趕**著狐狸一家子。

come along
一起來；出現

The parents asked a detective to **come along** to help them search for their lost child.
那對父母要偵探跟他們**一起來**找他們走丟的孩子。

I was minding my own business when a bird **came along** out of nowhere and attacked me. 我正在想自己的事情，一隻不知道從哪裡來的鳥突然**出現**攻擊我。

come apart
裂開；破裂

The overweight man stopped running when his pants **came apart** at the seams.
那個過胖的男子跑步跑到一半褲子從接縫處**裂開**了。

come at
攻擊；迫近

The policeman blocked the path of an angry mob when they **came at** the accused criminal.
警察擋開**攻擊**被告的憤怒人群。

come away
走；離開

My darling, **come away** with me, and we will make a new life together. 親愛的，跟我**走**，我們一起創造新生活。

come back
回來；使……活過來；回到（工作）位置；再度流行

Come back here and finish raking the leaves before you go out to play. **回來**這裡把落葉耙乾淨才可以出去玩。

The doctors managed to help the victim **come back** to life with the use of a defibrillator.
醫生想盡辦法用電擊讓遇難者**活過來**。

After his smoke break, the salesman **came back** to his task of calling potential customers. 業務員在他抽菸休息時間過後，**回到位置上**打電話給潛在客戶。

come between
影響；離間……之間的關係

Please don't let this misunderstanding **come between** our friendship. 請別讓這個誤會**影響**我們的友誼。

come by
（車子）從旁開過；來找（我）；怎麼會有

The city bus **came by** our bus stop and continued without stopping. 城市公車從我們的站牌**旁邊開過去**，沒有停下來。

If you're ever in the neighborhood, please **come by** for some tea. 如果你有到附近，請**來找我**喝杯茶。

01 get
02 go
03 come
04 put
05 take
06 turn
07 run
08 throw
09 keep
10 move
11 look
12 bring
13 pull
14 set
15 hold
16 knock
17 call
18 cut
19 stick
20 push
21 pass
22 fall
23 work
24 break
25 give

I know you're not wealthy, so how did you **come by** that expensive sports car?

我知道你並不富裕，所以你**怎麼會有**那麼貴的跑車？

come down
損壞；價格下滑；墜落；降價

Many priceless sculptures **came down** after the terrorists sacked the famous museum.

這棟著名的博物館在遭到恐怖分子洗劫後，很多要價不斐的雕刻品被**損壞**。

I haven't seen the price of gasoline **come down** to this level in 5 years.

這五年來從沒見過汽油**價格下滑**到這麼低的程度。

The passenger airline **came down** over Ukraine, sparing no one on board.　這架客機在烏克蘭**墜落**，機上無人生還。

If the price of this house can **come down** about 15%, I will consider buying it.

如果這棟房子可以**降價** 15%，我就考慮買下來。

come down to
（遺囑上的）給予

When the will was revealed, the British estate **came down to** a female attorney from London.

遺囑揭開後，這塊英國地產**給**了一位倫敦的女律師。

come down with
感染（小病）

The doctor had to take sick leave after **coming down with** the flu.　醫生在**感染**流行性感冒後必須請病假。

come forth
想出；產生

We didn't know how the problem would be solved, but a solution **came forth** before the end of the evening.　我們不知道問題要怎麼解決，但在傍晚之前**想出**了一個辦法。

come forward
前來自首；自告奮勇

When a reward was offered for the missing computers, a janitor **came forward** to admit his crime.　尋獲電腦就能拿獎金的消息一出，一位工友便**前來自首**了。

come from
從……來

Doesn't your cousin **come from** the Land Down Under?
難道你表哥不是**從**澳洲**來**的嗎？

come in(to)

得（名次）；法律開始生效；進來（房間、建築物）；蔚為流行

Although Kate only **came in** third in the English speech contest, she was chosen to study overseas. 雖然凱特只**得了**英文演講比賽的第三名，卻獲選到海外念書。

Once the law **comes into** effect, the paroled convicts may not live within 2 km of a school. 一旦**法律生效**，獲假釋的囚犯可能無法在學區兩公里之內居住。

The judge motioned for the police officers to **come in** and take their places. 法官示意警察**進來**執行法務。

It is hard to believe that those silly hats with feathers ever **came into** fashion. 很難相信那些滑稽的羽毛帽會**蔚為流行**。

come off

掉了下來；從……上脫落或分離；削價；停止（服藥、飲酒等）

The heavy-set man ran so hard into the door that it **came off** the hinges.
那個粗壯的男人重重撞上門，門從門框上**掉了下來**。

A few shingles **came off** the roof of our home during the typhoon. 颱風時我們家屋頂的瓦片**掉了**幾片。

The estate was unsold until the owner decided that $100,000 could **come off** the asking price.
直到地主決定**削價**十萬元，這塊地才賣出去。

Steve was a mess for about a week after he **came off** of the painkillers he was prescribed. 史提夫**停止**服用醫生開立的止痛藥之後，大概有一個禮拜狀況都很糟。

come on

（指演員）登場；來吧；別鬧了；有了（暖意、涼意）

The finalist **came on** the stage and sang her heart out, earning a standing ovation from the crowd.
最後一位演員**登場**唱得痛徹心扉，贏得滿堂喝采。

Come on and dance to the beat everyone. I know you can do it! **來吧**，跟著節奏跳舞吧，各位！你們可以的！

Come on, Stuart... Do you expect me to believe that you could afford this Rolex watch?
別鬧了，史都華……你覺得我會相信你買得起這支勞力士手錶嗎？

01 get
02 go
03 come
04 put
05 take
06 turn
07 run
08 throw
09 keep
10 move
11 look
12 bring
13 pull
14 set
15 hold
16 knock
17 call
18 cut
19 stick
20 push
21 pass
22 fall
23 work
24 break
25 give

The heat finally **came on** in the room after the fireplace was burning for about an hour.
火爐燒了約莫一個小時，房裡才終於**有了**暖意。

come out
（日月星辰）出現；出版；發行；為人所知

When the bright red light of Mars **came out** in the night sky, many people marveled at it.
當火星亮紅色的光芒在夜空中**出現**，許多人都讚嘆不已。

When will your new English resource book **come out**, Tim?
提姆，你的新英文參考書什麼時候會**出版**？

When it **came out** that Jill was secretly dating her boss, she felt pressured to quit her job. 當吉兒跟老闆幽會的事情**為人所知**，她覺得壓力很大，所以辭了工作。

come out into
跑進

The loyal dog **came out into** the cold rain to find its master, who had not yet returned.
忠心的小狗**跑進**冷冷的雨中尋找還沒回家的主人。

come over
到……前；從……過來

The pupil was asked to **come over** to the teacher's desk to turn in his homework.
學生被叫**到**老師桌**前**交作業。

The elderly woman enjoyed when her neighbors **came over** for tea and crumpets.
鄰居**過來**喝茶吃點心時，那老婦人很開心。

come around
繞過；甦醒；過來（順道拜訪）；改變想法

This time, Little Red Riding Hood **came around** the woods to visit her grandmother, instead of going through it.
這一次，小紅帽**繞過**樹林去找外婆，而沒有穿過樹林。

A small dose of smelling salts helped the athlete **come around** after he was knocked out.
一小撮嗅鹽就可以幫助累倒的選手**甦醒**。

Ever since Carl met his girlfriend, he rarely **came around** to see his grandfather.
自從卡爾認識了女朋友之後，就很少**過來**看他爺爺。

Once the students saw Harry's improved grades, they **came around** and believed in his study methods.
當學生們看到哈利的成績有了起色，他們**改變想法**且相信他的讀書方法。

come through
穿過；進入；履行（諾言）；經過；康復

If you **come through** the lobby and walk past the elevators, you will see the nurse's station.
你**穿過**大廳、走過電梯，就會看到哺乳室了。

The new coach of the basketball team **came through** and delivered the championship to the school.
新的籃球教練**履行**承諾，為學校帶來冠軍。

Everyone from the town of Jiali had to **came through** the village of Suijia on their way to Yuenshui.
佳里鎮的人要去鹽水都要**經過**學甲。

The child had a serious bout of Bird flu, but she **came through** in less than a week.
那孩子得了嚴重的禽流感，但不到一個禮拜就**康復**了。

come to
總共；怎麼；如何

Two kilograms of chicken feed **comes to** a total of NT120.
兩公斤的雞飼料**總共**一百二十元。

How did the father **come to** an understanding with his teenage son? 那位父親是**怎麼**了解他青少年時期的兒子的？

come under
屬於；遭受（批評、攻擊）

The new species found off the coast of Taitung **comes under** the classification of the invertebrate family, Spongillidae.
台東沿岸新發現的物種**屬於**無脊椎動物科，學名是 Spongillidae。

The President **came under** severe criticism after his economic policies failed to create new jobs. 總統的新經濟政策沒有創造新的工作機會，使他**遭受**嚴厲批評。

01 get
02 go
03 come
04 put
05 take
06 turn
07 run
08 throw
09 keep
10 move
11 look
12 bring
13 pull
14 set
15 hold
16 knock
17 call
18 cut
19 stick
20 push
21 pass
22 fall
23 work
24 break
25 give

come up
上前；（太陽、月亮）升起；將有；提及

- Only one student was brave enough to **come up** to the guest speaker to talk to him.
  只有一個學生夠勇敢，敢**上前**跟講者說話。
- The full moon **came up** over the horizon, illuminating the meadow with the mild, silver light.
  滿月從地平線**升起**，溫婉的銀色月光照亮草皮。
- **Coming up** after the intermission will be a performer with an unusual skill.
  中場休息過後**將有**一位擁有特殊技能的表演者。
- Sally asked her colleagues if the topic of a pay raise ever **came up** in their meeting with the boss.
  莎莉問同事，他們有沒有跟老闆**提過**加薪的事情。

come up with
想辦法、解決辦法

- The administrator asked the cafeteria manager to **come up with** a way to save money on the school lunches.
  行政助理要自助餐主管**想辦法**減少學校午餐的開銷。

日常用語

Come again? You want me to do what in front of the entire classroom?
你說什麼？要我在全班面前做什麼？

This summer, tank tops and white shorts have **come back in style**.
今年夏天，坦克背心和白 T 恤**再度流行起來**。

It wasn't much, but Stanley was proud that his income as a farmer was **come by honestly**.
雖然賺的錢不多，但史丹利很驕傲自己務農賺的錢都是**正正當當的**。

Frank, please **come clean about** the real reason you are avoiding me.
法蘭克，請把你躲我的真正原因**講清楚**。

The counselor's talk helped me to **come home to reality**.
那位顧問的一席話，讓我**回到現實中**。

These dried gourds can **come in handy as** a scrubbing sponge.

這些乾菜瓜可以**用來當**菜瓜布。

Ingrid, **come off it**! No one is going to take your side against the professor.

英格德，**別說了**！沒有人要跟你一起反對教授。

Greg spent more time on preparation for his speech competition and **came out ahead**.

葛瑞格為演講比賽花了更多時間準備，而且**奪得頭籌**。

It may cost you more to hire the famous band, but it will all **come out in the wash** when you sell more tickets.

請有名的樂團來要花更多錢，但**得以讓你**賣掉更多門票。

Steve did not want to **come out of the closet** to his parents, but his brother spilled the beans.

史提夫不想對父母**出櫃**，但他哥哥說出來了。

The crowd looked forward to seeing who would **come out on top** after the boxing match.

群眾興致高昂，想看誰會**贏得**這場拳擊賽。

01 get
02 go
03 come
04 put
05 take
06 turn
07 run
08 throw
09 keep
10 move
11 look
12 bring
13 pull
14 set
15 hold
16 knock
17 call
18 cut
19 stick
20 push
21 pass
22 fall
23 work
24 break
25 give

04 put

放；陷入；安裝

動詞解析 •

put 的主要意思是「放」（move sth into a particular place or position），把文字放到紙上就是「寫」（write），將人「置」（put）於某種情況，表示「使處於某種狀況」（cause someone or something to be in the stated condition or situation）。搭配 on、off、out、up、in 等介係詞或介副詞，衍生「穿」、「延遲」、「伸出」、「搭建」、「插入」等意思。

基本用法 •

1. 放；擺；安置 v.

Please **put** the couch over there in front of the fireplace.
請把沙發**放**到那邊的火爐前面。

The house plant died, because the woman forgot to put it in the windowsill to get sunlight. 盆栽植物死了，因為婦人忘了把它**放**在窗台曬太陽。

2. 寫 v.

Leo put his thoughts into writing, so he could get back to it at a later time. 里歐把想法**寫**下來，這樣之後才能想起來。

3. 陷入某種狀況、境地、局面；讓……背負 v.

The unfortunate automobile accident **put** the child into a coma.
這場不幸的車禍讓這孩子**陷入**昏迷。

The parents were proud of their child's college education, but it **put** the family in debt.
那對爸媽對孩子的大學學歷感到驕傲，但這學歷卻**讓**全家**背負**債務。

4.（表達）方式 v.

The family apologized for killing the girl's dog, but the girl did not like how the apology was **put**.　這家子因為害女孩的狗死掉而跟她道歉，但她並不喜歡他們道歉的**方式**。

5. 以金錢衡量 v.

Some say you can't **put** a price on friendship, but relationships play a big role in business success.
有人說友誼不能**以金錢衡量**，但人脈卻是事業成功的要素。

6. 留在……地方 v.

Because of the infraction in the classroom, the child was **put** in detention.
因為在教室裡不守規矩，那孩子被罰放學後**留**下來。

7. 裝上；安裝 v.

The smart phone was **put** into an attractive case to customize and protect it.　為了滿足消費者需求和保護內建，智慧型手機**裝上**了好看的外殼。

8. 當做 v.

The aluminum can was **put** to good use as a flower pot.
這個鋁罐很適合用來**當做**花盆。

9. 放進 v.

The glass blower **put** the glass bulb to the flame and began to shape it.
吹玻璃的人把玻璃球**放進**火裡，開始塑型。

10. 被送（出海）v.

The refugees were **put** out to sea to seek asylum in another country.
難民們**被送**出海，在其他國家尋求庇護。

01 get
02 go
03 come
04 put
05 take
06 turn
07 run
08 throw
09 keep
10 move
11 look
12 bring
13 pull
14 set
15 hold
16 knock
17 call
18 cut
19 stick
20 push
21 pass
22 fall
23 work
24 break
25 give

put about
散布；釋放消息

● It was possible that a false rumor was **put about** to the media to distract them from a bigger problem.
為了避免媒體注意到更大的問題，很有可能會**釋放**假**消息**。

put across
清楚有效地溝通或傳達（思想等）；告知

● The student worked passionately to **put across** his ideas as he ran for class president. 這個學生選班長的時候很有熱忱，能夠**清楚有效地傳達**想法。

● We need to **put across** the urgency of the budget deficit to our board members.
我們需要把預算赤字緊急**告知**理事會成員。

put aside
把……放到一旁；拋開；（替客人）保管；存（錢）

● After replacing the flat tire, the mechanic **put aside** the unusable tire to be recycled.
把扁掉的輪胎換掉後，維修人員**把**廢棄輪胎**放到一旁**回收。

● Please **put aside** your lack of trust and take my hand.
請**拋開**你的不放心，拉好我的手。

● The department store **put aside** the barbecue grill for the customer when he returns with a truck.
百貨公司替客人**保管**烤肉架，等他開車回來載。

● My parents have always told me I should **put aside** some money for a rainy day.
我爸媽總是告訴我，要**存**一些**錢**未雨綢繆。

put away
收進；存（錢）；把某人送進監獄、精神病院等

● After dinner, please **put away** your folded laundry into your dresser drawers.
晚餐後，請把你摺好的衣服**收進**衣櫃抽屜裡。

● Jeb quit his job and opened a small bakery with some money that he had **put away**.
傑柏辭掉工作，用**存下**的一些錢開了間小麵包店。

The victim of the violent act no longer needed to fear the attacker as he was **put away** for twenty years. 受暴者不再需要害怕施暴者,因為他已經**被判處**二十年**徒刑**了。

put back
把……放回去;
延期;拖延;
把……拿來投資

You don't want to forget to **put back** the gas nozzle after filling up your gas tank.
你不會想在加油之後忘了**把**油槍**放回去**的。

Due to the stormy weather, the baseball tournament was **put back** another week.
棒球賽因為狂風暴雨的天氣**延期**到下禮拜。

The coming typhoon **put back** the decathlon in Taitung another few days.
即將到來的颱風讓台東的十項全能運動**拖延**了幾天。

The wise investor **put back** the interest he earned into more shares of stock.
聰明的投資者會把賺來的利息**拿來投資**更多股票。

put down
放下;寫上;
寫下;付(訂
金);被下放;
停手;對……施
以安樂死

The police ordered the assailant to **put down** the gun and slowly put his hands up.
警方命令攻擊者把槍**放下**,並且慢慢舉起雙手。

While you're making the volunteer list, don't forget to **put down** my name.
你在列志工名單時,別忘了**寫上**我的名字。

Billy **put down** a bicycle and an iPad on his wish list to send to Santa.
比利在給聖誕老公公的許願單上**寫了**腳踏車和平板電腦。

If your credit rating is good, you won't have to **put down** a deposit to buy the car.
如果你的信用評級很好的話,買這台車就不需要**付**訂金。

Due to a poor peformance, the car racer was **put down** from the first team to the second team.
因為一次表現不佳,這位賽車手從一隊**被下放**到二隊。

01 get
02 go
03 come
04 put
05 take
06 turn
07 run
08 throw
09 keep
10 move
11 look
12 bring
13 pull
14 set
15 hold
16 knock
17 call
18 cut
19 stick
20 push
21 pass
22 fall
23 work
24 break
25 give

The impact of the bullet **put down** the large man wearing a bullet proof vest.　這顆子彈讓那穿防彈衣的粗壯男子**停手**。

The donkey broke its leg during the journey and had to be **put down**.　這頭驢子在旅行中斷了腿，只得被**施以安樂死**。

put forward
提 出；把（鐘錶 指 針）往 前調（校 準）；把……提前

Doug was hesitant to **put forward** his candidacy for the election, but eventually he did.
道格很猶豫要不要**提出**他的候選資格，但最後還是提出了。

Don't forget to **put forward** the clock for an hour for Daylight Saving Time on the second Sunday in March.
別忘了三月第二個星期日是日光節約時間，要把時鐘**往前調**一個小時。

The organizing committee **put** the event **forward** a week to avoid a conflict with another event.　籌畫委員會**把**活動**提前**一個禮拜，以免跟另一個活動撞期。

put in
插話；有（權力、力量）；架設

During the referee's explanation of the penalty, the coach **put in** his two cents about the decision.
在裁判說明懲處時，教練**插話**對懲處決議發表意見。

After a sweeping victory in the Congressional races, the Democratic Party was finally **put in** power.
在國會選舉大舉獲勝之後，民主黨終於**有了**力量。

Harry **put in** a barbecue pit in his back yard and became popular with the neighbors.
哈利在後院**架設**了個燒烤爐，變得很受鄰居歡迎。

put into
把……送進學校、醫院等；投入時間、精力等；駛入；（暫時）入港；將……注入

Poor Gretchen! Did you hear that she was **put into** a mental institution?
可憐的葛蕾琴！你有聽說她被**送進**精神病院嗎？

The young man **put** much effort **into** practicing tennis and it paid off.
那年輕人**投入很多時間精力**練習網球，而且打得很好。

The naval vessel **put into** Hong Kong harbor for a short visit.　船艦**駛入**香港港口短暫停留。

put off
晚了；關掉；
（會議）延後

If you **put off** mowing the grass until later, it will only take more time to do it.　如果除草的時間**晚了**，只是更費時。

Don't forget to **put off** the electric stove before you leave your apartment.　離開公寓房間之前，別忘了把電磁爐**關掉**。

Our meeting was **put off** due to the fact that so many members were ill.
因為好多成員都生病，所以我們的會議**延後**了。

put on
上蠟；穿；戴；
塗；抹；燒；播
放；增加（體
重）；（戲劇）
演出

Before he returned the newly painted car to its owner, Giovanni **put** extra shine **on** the paint.　喬望尼把新烤漆的車交回給車主之前，在烤漆上多**上**一層亮光**蠟**。

It's cold enough this morning to require **putting on** a jacket.　今天早上冷得要**穿**外套。

Before you go out in the snow, **put on** some moisture balm on your lips to prevent cracking.
下雪出門前，**抹**點護唇膏以免嘴唇乾裂。

Wait here while I **put on** a kettle of hot water for some tea.
在這裡等一下，我**燒**熱水來泡茶。

Harvey **put on** some romantic music to set the mood for his date.　哈維**播放**一些浪漫音樂，營造良好約會氛圍。

Sally returned from her trip to Mexico and **put on** about 5 kilograms.　莎莉從墨西哥旅遊回來後**增加**了五公斤。

Hannibal Elementary School **put on** a play every Halloween.
漢尼拔國小每年萬聖節都會舉辦話劇**演出**。

put out
展開；撲滅；擺
放；出版；身體
部位探出（伸
出）門或窗；

Reaching the top of the mountain, Jill **put out** her arms to express her triumph.
到達山頂時，吉兒**展開**雙臂以示勝利。

Baking soda can be used effectively to **put out** kitchen fires.　食用小蘇打可以有效**撲滅**廚房爐火。

01 get
02 go
03 come
04 put
05 take
06 turn
07 run
08 throw
09 keep
10 move
11 look
12 bring
13 pull
14 set
15 hold
16 knock
17 call
18 cut
19 stick
20 push
21 pass
22 fall
23 work
24 break
25 give

給……增添麻煩、問題等	The red fire extinguisher was **put out** in plain view in the kitchen.　紅色滅火器**擺放**在廚房容易看到的地方。
	The publishing company **put out** several newspapers in the country.　出版公司在國內**出版**了好幾份報刊。
	When driving casually through the countryside, Greg likes to **put** his arms **out** the window. 葛瑞格喜歡在鄉野間悠閒開車時把手**伸出**車**窗外**。
	I am sorry to **put** you **out**, but could you please watch my dog while I am away?　很抱歉**要給你添麻煩**了，但可以請你在我出門時照顧我的狗嗎？
put through 送到（某處）； 轉接電話	The owner **put** his unruly dog **through** an obedience school.　主人把他不乖的狗**送到**訓犬學校去。
	The telephone operator **put** the salesman **through** to the purchasing agent. 電話客服員把業務員的電話**轉接**給代購人員。
put together 把……放在一起；組裝	**Put together** some dried twigs and larger sticks, and you will have good fuel for a fire. **把**一些乾柴和大一點的枝條**放在一起**，就有生火的好燃料了。
	The model airplane took a month to **put together**. 這個飛機模型花了一個月才**組裝**好。
put up 拔擢；（擺） 放；搭起來	After an impressive trial period, the basketball player was **put up** to the first team.　試用期令人印象深刻的表現過後，這位籃球選手被**拔擢**到第一隊。
	The sport bar attracted more patrons after **putting up** large screen televisions. 運動酒吧**放**了大螢幕電視後，吸引到更多客人。
	It is advised to **put up** your tents before it gets dark. 天黑之前最好把你的帳篷**搭起來**。

The sweet looking elderly lady actually **put a con on** passersby in the parking lot.
那個看起來很慈祥的老太太其實是在停車場**行騙**過路客。

 A series of strong thunderstorms **put a damper on** our plans to go fishing.
一連串狂風雷雨**讓**我們釣魚計畫**無法成行**。

Giving an unexpected compliment can **put a smile on** someone's face.
隨口的讚美能**使**別人覺得**高興**。

I know you're going to meet the company President, so could you please **put in a plug for** me?
我知道你要去找這家公司的總裁，所以能不能請你**替我美言**幾句？

The performance of the violin student was **put in the same category** as those of master performers.
學生的小提琴演奏跟那些專業演奏家**一樣好**。

It was **put on the street** that the beer factory would be shutting down.
啤酒工廠要關了的消息**傳得沸沸揚揚**。

Please **put** your mother **on the phone**, so I can tell her something important.
請您母親**來接電話**，好讓我跟她說重要的事情。

Let's **put our cards on the table**, so we can all see that there are no ulterior motives.
我們**明人不說暗話**，這樣大家都清楚知道沒什麼不可告人的底細。

There's something quite odd here, but I can't quite **put my finger on** it.
這裡有點怪怪的，但我**想不出個所以然**。

If you give your father any reason to distrust you, he will **put his foot down** and take away your cell phone.
如果你讓爸爸有任何不相信你的理由，他就會**堅持**沒收你的手機。

01 get
02 go
03 come
04 put
05 take
06 turn
07 run
08 throw
09 keep
10 move
11 look
12 bring
13 pull
14 set
15 hold
16 knock
17 call
18 cut
19 stick
20 push
21 pass
22 fall
23 work
24 break
25 give

If you truly believe in your business idea, you need to **put your money where your mouth is**.

如果你真的相信自己的創業理念，就要**說話算話**。

You really **put your nose in** it this time; everyone knows of your involvement in the affair.

你這次真的是**多管閒事**，大家都知道你跟這件事有關了。

He won a minor tennis match and **put on the dog** in front of his class-mates.

他贏了一場小型網球賽，就在同學面前**得意忘形**了。

Sam received the promotion that Jane was hoping for, and **put her nose out of joint**.

山姆得到貞恩所想要的晉升位置，讓她很**心煩意亂**。

This particular manager likes to **put** his new recruits **through their paces**.

這位嚴苛挑剔的主管很喜歡**測試**新員工的**能力**。

The clue found in the attic **put** the detective **wise to** the cause of the death.

閣樓上找到的線索讓偵探對死亡原因**瞭然於心**。

The newly passed laws were designed to **put the chill** on free speech.

新通過的法律便是要**壓制**言論自由。

The teacher didn't like the student **putting words into her mouth** in front of the principal.

那位老師不喜歡學生在校長面前**硬說**她**說過某些話**。

05 take
帶；拿；搭乘

01 get
02 go
03 come
04 put
05 take
06 turn
07 run
08 throw
09 keep
10 move
11 look
12 bring
13 pull
14 set
15 hold
16 knock
17 call
18 cut
19 stick
20 push
21 pass
22 fall
23 work
24 break
25 give

動詞解析

　　take 的主要語意是「帶走」、「拿走」（carry or move sth from one place to another），衍生「挪開」（remove sth/sb from a place or person）、「帶某人去某地」（go somewhere with someone）等意思。另外，take 有「減」（subtract a number）的意思，表示「將東西拿走」，「數量減少」。搭配介係詞或介副詞 apart、away、back、off、over 等，意思是「拆開」、「外帶」、「拿回」、「起飛」、「接管」。

基本用法

1. 拿出去；帶走 v.

The soldier was ordered to **take** all of the trash bags out of the mess hall.
士兵被叫去把髒亂的走廊上所有垃圾袋**拿出去**。

2. 帶到 v.

The beggar was **taken** away by police to an undisclosed location.
乞丐被警察**帶到**一個隱密的地方。

3. 把……帶到（另一個層次、層面）v.

Jackie **took** his younger brother to an expert level in the video game.
傑奇**把**他弟弟**帶到**電子遊戲的專家級別。

4. 牽;拿;握;抱 v.

During the movie, Vernon **took** the opportunity to take Betty's hand.
維農看電影時,裡趁機**牽**了貝蒂的手。

Harriet looked to **take** the broom and sweep the gymnasium floor.
哈麗特看了看四周,**拿起**掃把掃體育館地板。

5. 接納;接受 v.

Kendall **took** the job offer without even thinking twice about it.
肯道連想都沒想就欣然**接受**這份工作。

6. 帶某人去某地 v.

Lisa promised to **take** her sister to the movies on Sunday.
麗莎答應星期日要**帶**她妹妹**去**看電影。

7. 搭乘交通工具 v.

Will you **take** a train or bus to Taipei to see the Universiade?
你要**搭**火車或客運去台北看世大運?

8. 佔領 v.

The army **took** the capital city and installed a new government.
軍隊**佔領**首都,並組織了新政府。

9. 減 v.

If you **take** nine from eighteen you will have nine.
18 **減** 9 等於 9。

10. 收取,收入 v.

Nelda's job was to **take** the admission fees from visitors at the skating rink. 內耳達的工作就是在溜冰場跟遊客**收**入場費。

11. 寫;記錄 v.

With his clipboard in hand, the organizer **took** down the names of those in attendance. 辦活動的人手上拿著記事板,**寫下**參加者的名字。

12. 拍照；攝影 v.

During her visit to the park, Mindy **took** vivid photos of the flowers there.
敏蒂逛公園的時候，在那裡**拍**了栩栩如生的花朵照片。

13. 就座 v.

Take a seat and relax; the waitress will arrive shortly.
入座休息吧，服務生馬上就會過來。

14. 需要……時間 v.

How much time do you need to **take** to find a solution to this math problem? 你解出這個數學題目**需要**多少**時間**？

片語動詞

take aback 吃了一驚；使震驚	● John was **taken aback** when he realized the person with the ponytail was a man. 約翰發現綁馬尾的那個人是男的時候**吃了一驚**。
take after 追趕；行為很像	● The cops jumped into their police cars and **took after** the bank robbers. 警察跳上警車**追趕**那些銀行搶匪。 ● The rambunctious child was said to **take after** his mother. 大家都說那個大聲喧鬧的孩子跟他媽媽的**行為很像**。
take against 開始不喜歡；反對	● Chris quickly **took against** his new stepmother after she moved into the house. 克里斯的新媽媽搬進來後，他很快就**開始不喜歡**她。
take apart 拆開；輕鬆打敗	● The curious student **took apart** the vacuum cleaner to find out how it worked. 好奇的學生把吸塵器**拆開**來看裡面是怎麼運作的。 ● Julio **took apart** his opponent in the boxing match, which lasted only one round. 朱利歐在拳擊賽只花了一回合就**輕鬆打敗**對手。

01 get
02 go
03 come
04 put
05 take
06 turn
07 run
08 throw
09 keep
10 move
11 look
12 bring
13 pull
14 set
15 hold
16 knock
17 call
18 cut
19 stick
20 push
21 pass
22 fall
23 work
24 break
25 give

take away

移到;把……移到別處;減去;外帶;帶走;使離開(某人的監護等)

Last night, someone **took away** the pink flamingo from my yard and placed it in front of my school.
昨晚有人把紅鶴裝飾品從我家後院**移到**學校前面。

The committee voted to **take away** the statue, which offended some people.
委員會投票表決是否**把**銅像**移到別處**,引起一些人不滿。

When you **take away** twelve from nineteen eggs, you get seven eggs. 19 顆蛋**減去** 12 顆,就剩 7 顆蛋。

We love going to the Chinese restaurant to **take away** lunch and read our fortune cookies.
我們很喜歡到中式餐廳**外帶**午餐和讀幸運餅乾裡的字條。

The government agency **took away** the neglected child from the drug addict.
政府機構把未被妥善照顧的孩子們從藥頭身邊**帶走**。

take back

拿回;收回;退貨;收回退貨;把……送回家、送回原處

Linda had to **take back** the lawn mower from her boyfriend, because her father needed it.
琳達要向她男朋友**拿回**除草機,因為她爸爸需要用到。

You shouldn't have said that I failed you as a mother, so please **take** that **back**.
你不該說我沒有盡到母親的責任,所以請**收回**那句話。

Brian **took** his new computer **back** to the store after he realized it was defective.
布蘭恩發現新電腦有問題,所以把它拿去店裡**退貨**。

Steve **took** Cindy **back** to the mall after lunch, so she could go back to work.
午餐後史提夫把辛蒂**送回**購物中心,好讓她回去工作。

take down

寫下;從高處拿下;刪除(網站內容);踢倒

Xavier happily **took down** the attractive girl's phone number when she offered it.
那個漂亮女孩給電話號碼時,扎維爾開心地**寫下來**。

The teacher **took down** the trophies from the shelves in order to wipe the dust off them.
那位老師把獎盃從櫃子上**拿下來**，擦掉獎盃上的灰塵。

She demanded that her ex-boyfriend **take down** the photos of her from his Facebook page.
她要前男友**刪除**臉書上有她的照片。

The judo expert **took down** his opponent with a sweeping kick to the legs.　柔道選手一個掃腿**踢倒**對手。

take for
當作；誤認為

Fred was **taken for** a fool when he was asked to feed the tiger by hand.
弗瑞德被**當作**笨蛋一樣被叫去徒手餵老虎。

take in
看到；收留；拘押；成為（某組織成員）；欺騙；吸入

When you looked at the mountain scenery, did you **take in** snowcapped peaks?
看這片山景時，你有**看到**被白雪覆蓋的山頂嗎？

The Wilson family lost their home to the flooding, and a wealthy family in the neighborhood **took** them **in**.　威爾森家族因為水災失去家園，附近一戶有錢人家**收留**了他們。

The policemen **took in** the drunk driver to the jail and will process him when he is sober.
警察將酒駕司機**拘押**在看守所裡，等他清醒時再行審問。

The student couldn't believe he was **taken in** as a member of Mensa International.
那個學生不敢相信自己能**成為**門薩國際的成員。

The teacher warned her student not to be **taken in** by the false claims of the candidate for Class President.
老師警告她的學生不要**被**班長候選人的不良政見**騙**了。

The pneumonia patient used an oxygen mask, because his lungs were not **taking in** the necessary levels of oxygen.
肺炎病患帶著氧氣罩，因為他的肺部無法**吸收**足夠的氧氣。

01 get
02 go
03 come
04 put
05 take
06 turn
07 run
08 throw
09 keep
10 move
11 look
12 bring
13 pull
14 set
15 hold
16 knock
17 call
18 cut
19 stick
20 push
21 pass
22 fall
23 work
24 break
25 give

take off

起飛；快速爆
紅；兜風；脫下
（衣物）；休假

- The new Boeing 787 Dreamliner **took off** from the runway.
  新型的波音 787 夢幻客機從跑道**起飛**。
- Expecting the new type of headphones to **take off**, the investors invested a lot.
  投資人下了重本，期待新款耳機**快速爆紅**。
- Madam, will you get into my carriage and **take off** with me to the countryside?
  夫人，您願意上我的馬車，跟我一起到鄉野間**兜風**嗎？
- The factory worker **took off** his heavy boots and placed his tired feet on the coffee table.
  工廠工人**脫下**沉重的靴子，把疲倦的雙腳放到小桌子上。
- The office manager **took off** for a two days to participate in a golf tournament.
  辦公室主管**休**了兩天**假**去參加高爾夫球賽。

take on

呈現；聘用；
（競賽時）對
上；與……較
量；承擔

- After going to the tanning salon repeatedly, the old man's face **took on** an orange hue.
  去了幾次助曬館之後，那老人的臉上**呈現**出橘色色調。
- The factory was losing money until it **took on** foreign workers.　這家工廠在**聘用**外國工人之前一直在賠錢。
- Team Japan **took on** Team China in the annual Math Championships.
  日本隊在一年一度的數學冠軍賽**對上**中國隊。
- The assistant professor **took on** extra duties, such as running errands as they were needed.
  助理教授同意**承擔**額外庶務工作，例如需要時去跑腿。

take out

洗掉；外帶；領
出（來）；割
掉、摘除器官

- Do you think this detergent can **take out** the ink stain from my shirt?　你覺得這罐去汙劑可以**洗掉**我襯衫上的墨水漬嗎？
- The restaurant manager asked the patron if he would eat in or **take out** the meal.
  餐廳主管問那位老主顧要內用或**外帶**。

The bank account is empty, as the funds were **taken out** this morning.

這個銀行戶頭是空的，因為募來的款項今早被**領出來**了。

The doctor asked Mitch if he had already had his appendix **taken out**. 醫生問米奇是不是已經把闌尾**割掉**了。

take over
席捲；突出；接替；接管

When DVD's were introduced, they quickly **took over** the video industry once dominated by VHS.

DVD 一出現，很快就**席捲**了曾經以錄影帶為主的影視產業。

Sally's voice would often **take over** a choir performance, so she was asked to lower it. 莎莉的聲音常在合唱團表演時過於**突出**，所以被要求降低聲量。

After the budget cuts, the receptionist **took over** the duties of her boss. 預算被砍之後，接待員便**接替**了她上司的工作。

The foreign national company attempted to **take over** the high tech company. 那家外國公司打算**接管**這家高科技公司。

take to
喜歡；沉溺於；習慣去（做某事）

Ted **took to** reading books, because his mother read to him every night as a child.

泰德**喜歡**看書，因為小時候母親每晚都會唸書給他聽。

The villagers **took to** a week of feasting after a bountiful harvest. 大豐收後，村民整個禮拜都**沉浸**在筵席盛宴中。

The college student **took to** swimming every evening to deal with her stress.

那位大學生每天傍晚都**習慣去**游泳，好紓解她的壓力。

take up
抽（菸）；接受；接下（工作）；繼續承接

Would anyone consider **taking up** smoking if they were always around children?

如果成天被孩子們包圍，有任何人會想**抽菸**嗎？

Although he was bashful, Henry **took up** the woman's offer to go out to dinner.

雖然亨利很害羞，但他還是**接受**了女子的晚餐邀請。

01 get
02 go
03 come
04 put
05 take
06 turn
07 run
08 throw
09 keep
10 move
11 look
12 bring
13 pull
14 set
15 hold
16 knock
17 call
18 cut
19 stick
20 push
21 pass
22 fall
23 work
24 break
25 give

After thinking it over, Steve decided to **take up** the position of assistant manager at the restaurant.
仔細思量後，史提夫決定**接下**餐廳副理的職位。

Jack **took up** the civil rights case for the homeless man after the last attorney quit. 杰克在上一位律師辭職之後，**繼續承接**這位流浪人士的民權議案。

take up with
結交

Mary was distraught when her son **took up with** the bullies at his school.
瑪莉因為兒子在學校**結交**小混混而感到煩惱。

日常用語 ·

Lionel demanded to be the team leader, saying that he **took a back seat** to no one.
萊昂內自願擔任隊長，說他不想**屈居人後**。

Bart promised to finish mowing the lawn after he **took a break**.
巴特保證在他**稍作休息**之後就會把草皮的草割完。

Kevin, **take a chill pill**, man. You don't need to overreact.
凱文，**冷靜**點好嗎？不需要大驚小怪。

The ship captain **took a hard line** with people who refused his orders, and sometimes threw them overboard.
船長對拒絕服從命令的人採取**強勢**態度，有時會把他們丟下水。

The battle was hastened when covert agents **took** the enemy general **hostage**.
當祕密特務**抓住**對方將軍**作為人質**時便催化了戰事。

The company was sued for copyright infringement, and its stock **took a nose dive**.
公司被控侵權，因此股價**暴跌**。

54

Taiwanese politicians have been known to **take a punch at** rivals during their arguments.　台灣政治人物以爭辯時**大打出手**而聞名。

During his training, the young boxer told his coach he wanted to **take a shot at** the heavyweight title.
訓練時，那位年輕拳擊手跟教練說他想**嘗試**重量級比賽。

After shooting video for two hours, the director announced it was time to **take five**.　拍了兩小時的影片後，導演宣布**休息五分鐘**。

The citizens began to **take in the belief** that their mayor was corrupt after reading the article.　讀了這篇文章後，市民們開始**相信市長貪汙這件事**。

The insurance covers flood damage, and it also **takes into account** water damage from a leaking roof.
保險內容涵蓋水災損失，也**包含**屋頂漏水造成的損壞。

Please **take it slow**. It's my first time taking a dance lesson.
請**慢慢來**，這是我第一次上舞蹈課。

When two parents are fighting, it is often difficult for children to **take sides**.
父母吵架時，孩子往往很難**選邊站**。

Selling three used cars in his first week **took the heat off** the new car salesman.
第一個禮拜就賣了三台二手車，新來的汽車銷售員**減輕**不少**壓力**。

Hiring a counselor **took the lid off** of many psychological problems of the students at the school.
聘任輔導老師能夠**找到**許多在校學生的心理**問題所在**。

Yes, that man IS crazy! You **took the words right out of my mouth**, Joe.
沒錯，那個人「超級」瘋狂！你**把我要講的話說出來**了，喬。

If you think I was a difficult secretary to work with, Mr. Johnson– please remember, it **takes two to tango**.
強森先生，要是你覺得我是個很難搞的祕書──請記得，**一個巴掌拍不響**。

01 get
02 go
03 come
04 put
05 take
06 turn
07 run
08 throw
09 keep
10 move
11 look
12 bring
13 pull
14 set
15 hold
16 knock
17 call
18 cut
19 stick
20 push
21 pass
22 fall
23 work
24 break
25 give

turn
轉；翻；變成

動詞解析

turn 的核心語意是「轉動」（to move sth），轉身（move your body）、轉彎（go in a new direction）是衍生語意。turn 也有連綴性質，意思是「成為」（become），而搭配介係詞或介副詞 against、back、down、in、off、on 時，意思分別為「反對」、「往回走」、「關小音量、燈光」、「呈交」、「關掉」、「打開」等。

基本用法

1. 轉動；對準 v.

The battleship **turned** its gun turrets to point to the small island.
戰艦將砲塔**對準**小島。

2. 轉身 v.

Turn yourself around to greet the person sitting behind you.
轉身跟坐在你後面的人打招呼。

3. 翻頁 v.

The children smiled anxiously every time the teacher **turned** the page in their storybook.
老師每**翻一頁**他們的故事書，那群孩子就露出緊張的微笑。

4.（左、右）轉 v.

To get there, you need to drive for a kilometer, and **turn** left at the gas station.　要去那裡的話，你得先開一公里，然後在加油站左**轉**。

5. 旋動；轉 v.

Turn the dial of the timer to 20 minutes, so you will know when the pot of stew will be done.　把計時器**轉**到二十分鐘的地方，這樣這鍋燉肉煮好了你就會知道。

6.（使）變成 v.

The salt in the air made the metal doors of the beach hotel **turn** a rusty red.　空氣中的鹽分讓海灘旅館的鐵門**變成**銹紅色。

7. 到達某個年齡、時間 v.

Dirk **turned** 50 and celebrated his birthday by purchasing a speedy sports car.　德克**到**五十歲了，於是買了一輛超跑慶祝自己生日。

8. 翻土 v.

The farmer **turned** the soil after the harvest to make the following crop more bountiful.　收割之後，農夫**翻土**讓之後的穀物長得更好。

9.（牛奶）酸掉 v.

My coffee had a sour taste, because I used milk that had already **turned**.　我的咖啡喝起來酸酸的，因為我加了已經**酸掉**的牛奶。

片語動詞 ·

turn about
飛快轉身

● Realizing he had the upper hand, the wrestler **turned about** and faced his opponent.
意識到自己佔了上風，摔角手**飛快轉身**迎戰對手。

turn against
反目成仇

● The bully became nervous and ran away when his buddies **turned against** him.
當同夥跟他**反目成仇**時，那小流氓緊張地跑走了。

turn around
轉身；曲解；讓（經濟）好轉、有起色

● He **turned around** and looked at his fiancée one last time, before going through the security checkpoint.
他**轉身**最後看了未婚妻一眼，才走過安檢站。

01 get
02 go
03 come
04 put
05 take
06 turn
07 run
08 throw
09 keep
10 move
11 look
12 bring
13 pull
14 set
15 hold
16 knock
17 call
18 cut
19 stick
20 push
21 pass
22 fall
23 work
24 break
25 give

Accused of being greedy, the CEO **turned around** the accusation and credited his motivation for the company's growth.　那位總裁被説貪心，他**曲解**成自己是為了公司的成長著想。

Raising the minimum wage can **turn around** the economy, because citizens will have more income to spend.　提高最低薪資可以讓**經濟好轉**，因為民眾會有更多收入可以花用。

turn back
往回走

The driver of the truck was ordered to **turn back**, because the bridge was washed out.
卡車司機被下令**往回走**，因為橋被沖毀了。

turn down
拒絕；關小音量、燈光等

Ophelia couldn't understand why Frank **turned down** her invitation to have lunch.
歐菲莉亞不懂為什麼法蘭克要**拒絕**她的午餐邀約。

The patient asked the nurse to **turn down** the setting on the heater.　病人要求護士把暖氣**調小**一點。

turn in
交出；退還；把……扭送當局

Jill promised to **turn in** her essay within 24 hours, after missing the original deadline.　吉兒錯過原本的截止日期之後，保證會在二十四小時內**交出**論文。

The coach asked Fred to **turn in** his football uniform after he quit the team.
弗瑞德退出足球隊後，教練要求他**退還**足球制服。

When the reward was announced on TV, the family **turned in** the fugitive hiding in their home.　當電視上公告懸賞獎金時，這家人便**把**藏在家裡的逃犯**扭送當局**。

turn into
變成

According to legends, a full moon can make a cursed person **turn into** a werewolf.
傳説滿月會讓受詛咒的人**變成**狼人。

turn off
關掉；離開一條路而走上另一條路；不想再支持

The family decided to **turn off** the life support system keeping their comatose elder alive.

這家人決定**關掉**讓昏睡的長者維持生命的生命維持器。

The teenager finally **turned off** the music to find out what his mother wanted.

那青少年終於**關掉**音樂，聽他母親需要什麼。

Turn off Highway 1 onto Highway 8 for the quickest way to the mountains.

進到山區最快的路線就是**從**國道一號**轉**國道八號。

When the politician used racist remarks, many supporters were **turned off**. 當政治人物用到種族歧視的字眼，很多支持者都**不想再支持**他了。

turn on
燈亮起來；使感興趣；取決於

The floodlights **turned on** when an unknown visitor came to the front door.

一位不明人士走到前門時，泛光燈**亮起來**。

When the teacher showed a video about Duke Ellington, the entire class was **turned on** to jazz music. 老師播放艾靈頓公爵的影片時，全班都對爵士樂**感興趣**起來。

The timely completion of this project **turns on** whether you are willing to work through the weekend.

這個專案的完成時間**取決於**你願不願意在週末工作。

turn out
關掉（燈或爐火）；結果是；出席；變怎麼樣

Darling, don't forget to **turn out** the lights before coming up to bed. 親愛的，上床睡覺前別忘了**關燈**。

As it **turned out**, the man did not want to marry, because he was a divorcée. **結果**那個人並不想結婚，因為他離過婚。

The fans **turned out** in droves to attend the funeral of the deceased athlete. 粉絲們成群結隊**出席**已逝運動員的喪禮。

She divorced and left the country, never knowing how her children's lives would **turn out**. 她離了婚，離開那個國家，不知道孩子的生活會**變怎麼樣**。

01 get
02 go
03 come
04 put
05 take
06 turn
07 run
08 throw
09 keep
10 move
11 look
12 bring
13 pull
14 set
15 hold
16 knock
17 call
18 cut
19 stick
20 push
21 pass
22 fall
23 work
24 break
25 give

turn over

翻面;移交;發動;營業額為

- Halfway through her nap, Betty **turned over** her pillow in order to sleep on the cool side.
  為了要睡比較涼的那一面,貝蒂午睡到一半把枕頭**翻面**。
- Students found a discarded gun on campus, which the security guard **turned over** to police.　學生在校園裡發現一把棄置的槍枝,警衛把槍**移交**給警察局。
- The auto mechanic turned the key, but the engine would still not **turn over**.
  汽車維修工轉動鑰匙,但還是沒有**發動**引擎。
- Does your real estate business **turn over** at least a million dollars in rental income every month?　你的房屋租賃事業,每個月的租金收入**營業額**會超過一百萬元嗎?

turn to

求助;轉頭;轉而

- Many students **turned to** the teacher for help, because he was a good listener.　很多學生會去找那位老師**求助**,因為他是個很好的傾聽者。
- The defendant **turned to** his attorney for advice before answering the prosecutor.
  回答檢察官之前,被告**轉頭**詢問律師意見。
- Unable to support her children through legal means, the single mother **turned to** a life of crime.　因為合法工作養不起孩子,那個單親媽媽**轉而**做非法工作。

turn up

找到;意外出現;想到;調高音量、暖氣等

- The detective returned to the scene of the crime and didn't leave until a clue **turned up**.
  偵探回到犯罪現場,直到**找到**一個線索才離開。
- My relatives **turned up** at my door this weekend, so I didn't have any free time to myself.　這週末我的親戚**意外出現**在我家門口,所以我完全沒有自己的時間。
- If we spend enough time brainstorming, a solution to our problem will **turn up**.
  如果我們花時間思考,一定會**想到**解決問題的辦法。

● Manny **turned up** the controls of the space heater next to his grandmother.　曼尼把奶奶旁邊的小型暖氣溫度**調高**。

01 get
02 go
03 come
04 put
05 take
06 turn
07 run
08 throw
09 keep
10 move
11 look
12 bring
13 pull
14 set
15 hold
16 knock
17 call
18 cut
19 stick
20 push
21 pass
22 fall
23 work
24 break
25 give

日常用語

Mary's lemonade stand **turned a small profit**, allowing her to adopt a puppy.
瑪莉的檸檬水攤子**賺了點小錢**，讓她能夠認養一隻小狗。

The expensive koi **turned belly up** in the pond during the last cold snap.
上一波寒流來的時候，池塘裡的名貴錦鯉**翻肚死了**。

Our entire organization may **turn belly up** if we can't find a good fundraiser.
如果找不到好的贊助人，我們整個組織可能**會完蛋**。

The security guards in the mall like using a Segway to get around, because it can **turn on a dime**.
購物商城裡的警衛很喜歡用飄移車巡邏，因為可以**急速轉彎**。

Knowing her father wouldn't buy the doll, the toddler **turned up the water works** in the toy store.
知道爸爸不買那個洋娃娃，那小朋友在玩具店裡**哭了起來**。

Steve went to his high school reunion in a sharp suit, **turning heads** wherever he went.
史提夫穿了一件帥氣西裝去參加高中同學會，走到哪都很**吸睛**。

Just the smell of my grandmother's pea soup is enough to **turn my stomach**.
光是我外婆的豌豆湯味道就已經夠讓我**反胃**了。

The professor **turned** his **thoughts back** to his math problem after briefly dozing off.
教授打了一下瞌睡，**回過神**來繼續解他的數學題目。

The teacher called the annoying student an idiot, immediately **turning his water off**.
老師罵那個惹人厭的學生是笨蛋，讓他馬上**安靜**下來。

When the bully was confronted by seven smaller kids with baseball bats, he **turned tail and ran**.

迎面遇到七個年齡更小、手拿球棒的孩子，那小混混**落荒而逃**。

Fearing being defeated, the soldiers on the island worked together to **turn the tide** of battle.

因為害怕被擊潰，島上的士兵們一起努力**扭轉局勢**。

Sally offered to work on Saturdays to earn more money, but he **turned thumbs down on** her idea.

莎莉願意在星期六工作賺更多錢，但他**不同意**。

The President never believed that his longtime ally and confidant could **turn traitor**.

總統不相信自己一直以來的助理和密友竟成了**叛徒**。

The kayak expert used his balancing skills to avoid **turning turtle** in the rapid-flowing water.

小艇專家發揮平衡技巧，避免在湍急的水流中**翻覆**。

The committee voted to require residents to recycle waste, but they **turned their nose up** at the idea.

委員會投票要住戶做垃圾回收，但住戶們對此**嗤之以鼻**。

run
跑；運轉；流動

01 get
02 go
03 come
04 put
05 take
06 turn
07 run
08 throw
09 keep
10 move
11 look
12 bring
13 pull
14 set
15 hold
16 knock
17 call
18 cut
19 stick
20 push
21 pass
22 fall
23 work
24 break
25 give

動詞解析

　　run 的核心語意是「跑」（move your legs more quickly than when you walk），衍生「運轉」（a machine or engine operates/a computer program operates）、「流動」（flow）等意思。run a company（經營公司）是讓公司持續運轉的口語講法。run 搭配不同介係詞或副詞 around、away、into、out、over，產生「東奔西跑」、「逃跑」、「撞上」、「用盡」、「輾過」等意思。

基本用法

1. 跑；奔 v.

Although the tortoise couldn't **run**, it beat the hare through persistence.
雖然烏龜**跑**不快，卻因為堅持而打敗了兔子。

2. 參加（賽跑、競賽）v.

After taking a drug test, the European athlete was cleared to **run** the race.
經過藥物檢測後，大會宣布這位歐洲選手可以**參加**賽跑。

3. 辦；經營；管理 v.

Workers weren't surprised when the retiring chairman assigned his son to **run** the company.
即將退休的董事長指派自己兒子**經營**公司時，員工們並不意外。

63

4. 趕緊;趕去 v.

Keith's mom **ran** to the store to get some milk before taking him to school.　凱斯的媽媽帶他去上學前**趕去**店裡買牛奶。

5. 競賽;競選 v.

There seems to be more doctors **running** for political office these days. 近來好像越來越多醫生參與政治**競選**。

6.（機器等）運轉;操作 v.

Before getting the CT scan, the patient asked the physician if the machine was **running** normally.
電腦斷層掃描開始前,病人問醫師機器有沒有正常**運轉**。

The new plastic molding machine **ran** without any problems during its testing.　測試的時候,新的塑膠模型機**運轉**沒有任何問題。

The factory worker needed to be fully alert when **running** the press machine.　工廠工人在**操作**壓床的時候必須全神貫注。

7. 刊登;播放 v.

The corporation tried to prevent the newspaper from **running** the story about their lawsuit.　那家公司試圖阻止報紙**刊出**他們的訴訟案件。

8.（電腦程式）運行 v.

Michael's friend said his computer had a virus, so he needed to **run** anti-virus software.
麥可的朋友說他的電腦中毒,所以需要**開啟**防毒軟體。

9. 行駛 v.

Excuse me. Can you please tell me if the city bus is **running** after 11:00 pm?　不好意思,可以跟我說市區公車晚上十一點過後還有**行駛**嗎?

10. 流動;流出 v.

In Taitung County, there is a famous spot where it is said that the water **runs** uphill.　台東縣有一個著名景點,聽說那裡的水會往上**流**。

11. 發生；開場 v.

> The dance program **ran** in a timely manner, thanks to the stage manager.
> 幸好有舞台總監，舞蹈節目才及時**開場**。

12. 達到；燒到 v.

> The child had a fever and his temperature **ran** at 38.5 degrees Celsius.
> 孩子發高燒**到**攝氏 38.5 度。

13 花掉 v.

> If you want to buy a decent house in the San Francisco area, it can **run** you at least half a million dollars.
> 如果想在舊金山地區買棟不錯的房子，可能至少要**花掉**你五百萬美金。

片語動詞

run across
意外找到；偶然遇見
- Nelda **ran across** her high school math teacher in a coffeeshop, and he still recognized her. 內歐達在咖啡店**偶然遇見**高中數學老師，而且他還認得她。

run after
追蹤；追逐（對象等）
- Harriet was reluctant to go out, because she was uncomfortable with a neighbor **running after** her. 哈莉特不想出去，因為有個鄰居會**跟蹤**她，讓她很不舒服。
- The woman arrived at the bus stop too late, so she needed to **run after** the bus.
  那婦人太晚到公車站，所以她得用跑的**追上**公車。

run around
東奔西跑；亂跑
- William couldn't understand why his wife was **running around** so much.
  威廉不懂為什麼他老婆要**東奔西跑**。
- Jim **ran around** in a panic when his shirt caught fire in the chemistry lab.
  吉姆襯衫著火的時候，他在實驗室裡驚慌**亂跑**。

01 get
02 go
03 come
04 put
05 take
06 turn
07 run
08 throw
09 keep
10 move
11 look
12 bring
13 pull
14 set
15 hold
16 knock
17 call
18 cut
19 stick
20 push
21 pass
22 fall
23 work
24 break
25 give

run at
衝向；（指統計
或數字）達到一
定水平或比率

- The pit bulls **ran at** the passersby in a threatening gesture, but luckily they were chained up. 鬥牛犬以嚇人的姿態**衝向**行人，但幸好牠們都被綁起來了。
- Those motor boats appear to be **running at** approximately half of their maximum speed.
  看來這些汽艇正**達到**最大速度的一半左右。

run away
逃跑；逃離；離
家

- Once the truck smashed into the gas pump, everyone **ran away** from the gas station.
  卡車一撞到油箱，所有人便立刻**逃離**加油站。
- Why didn't Cinderella **run away** from her wicked step-mother long ago?
  為什麼灰姑娘不在更久以前就**逃離**她壞心的繼母？

run down
把……撞倒；快
速瀏覽；耗損；
沒電

- There's a story in the newspaper about a man who was **run down** by his ex-wife after he divorced her.
  報紙裡寫到有個男子跟前妻離婚後，被前妻開車**撞倒**。
- The bouncer **ran down** the guest list to see if the young man was on it.
  保鑣**快速瀏覽**訪客名單，看那個年輕人有沒有在上面。
- He wanted an antique car, but that 1955 Chevy was a **run-down** piece of junk. 他想要一台古董車，但那台 1955 年的 Chevy 古董車已經**耗損**成廢鐵了。
- The MP3 player had **run down**, so Cindy had to recharge it.
  這台 MP3 播放器已經**沒電**了，所以辛蒂得拿去充電。

run in
順便……；串門子

- Would you mind if I **run in** the store to buy a pack of cigarettes? 你介不介意我**順便**到店裡買包香菸？

run into
撞上；（偶然）遇見；
遭遇困難、問題；途
中遭遇惡劣天氣

- The driver had a seizure while driving and **ran into** a police car. 司機開車時癲癇發作，**撞上**了警車。
- You wouldn't believe who I **ran into** at the train station -- it was Dave! 你絕對不會相信我在火車站**遇見**誰——是戴夫！

It took six months for Gary to find a new job, so he **ran into** some serious financial problems.　蓋瑞花了六個月才找到新工作，所以他在經濟上**遭遇**滿嚴重的**問題**。

The fishing vessel **ran into** a squall and had to return to port.　漁船在**途中遭遇**暴風，只得掉頭回漁港。

run off
流出去；道路通向；悄悄去

A small stream of filthy water **ran off** behind the house and down a hill.
髒水匯成一條小河從屋子後面**流出去**，流下小山坡。

There are three roads that **ran off** of my property, and the one on the East side leads to town.
我的住宅**通往**三條路，東邊的那一條通向市區。

Leo snuck out of his house and **ran off** to see his girlfriend after everyone fell asleep.　所有人都睡了以後，里歐偷溜出家門，**悄悄去**見他女朋友。

run on
喋喋不休；繼續跑；延長；綿延；做為……動力

The two mothers **ran on** about their gossip while their children played on the swings.
那兩個媽媽在孩子玩盪鞦韆的時候，**喋喋不休**地講八卦。

Once the dog escaped the dog catchers, it **ran on** and disappeared into the woods.
那隻狗一甩開捕狗大隊便**繼續跑**，消失在樹林裡。

Because of a few delays, the opening ceremony of the competition **ran on** longer than expected.
因為有些**拖延**，競賽的開幕典禮比預期的時間長。

The new Coastal Highway **ran on** for about 100 kilometers, following the coastline.
新的海岸高速公路沿著海岸線**綿延**一百公里。

The astounding engineer built a system that could modify a car engine to **run on** water as a fuel.
那個讓人驚嘆的工程師做了一個改裝系統，能讓水像汽油一樣**做為**汽車引擎的**動力**。

01 get
02 go
03 come
04 put
05 take
06 turn
07 run
08 throw
09 keep
10 move
11 look
12 bring
13 pull
14 set
15 hold
16 knock
17 call
18 cut
19 stick
20 push
21 pass
22 fall
23 work
24 break
25 give

run out
用完；耗盡；過期；失效

● When the ATM's in the city **ran out** of cash, the citizens went into a panic.
市區的提款機現金**用完**時，市民們一片緊張慌亂。

● Mark's rental contract had **run out**, and he could not afford the new rental rate.
馬克的租約已經**過期**了，而且他付不起新的租金。

run over
輾過；溢出；超時

● The driver accidentally **ran over** a deer and was confounded about what to do with the carcass.
那司機意外**輾過**一隻鹿，而且對著屍體不知所措。

● Little Jimmy poured the grape soda into his playmate's cup until it **ran over**.
小吉米把葡萄汽水倒進玩伴的杯子裡，直到汽水**溢出來**。

● I am sorry I will be home late, since my meeting **ran over** by about thirty minutes.
抱歉我會晚點回家，因為會議時間**超過**大概三十分鐘。

run through
瀏覽；弄得全都是；花光

● The actors **ran through** the script briefly before the director shot the scene.　導演開拍前，演員們快速**瀏覽**過劇本。

● The ink of my ballpoint pen **ran through** the pocket of my white shirt.　我白襯衫的口袋裡**全都是**原子筆的墨水。

● The freshman college student quickly **ran through** the monthly allowance provided by his parents.
那個大一新生很快就把爸媽給的每月零用錢**花光**了。

run to
達到；足夠買；找某人尋求幫助、建議、保護等

● The amount of flour needed to bake a cake this size can **run to** 5 kilograms.　要烤這個尺寸的蛋糕，麵粉要**達到**五公斤的量。

● Fearing being teased at school, the anxious student **ran to** the counselor.
怕在學校裡被嘲笑，那不安的學生找輔導老師**尋求幫助**。

● The amount of fuel needed to propel a spaceship to Mars can **run to** 2,000 tons.
把太空船送到火星的所需燃料**可達**二千噸。

- Our car broke down yesterday, but our family has the ability to **run to** a new automobile by next week. 我們的車昨天壞了，但我們家下禮拜之前就**可以買**新車了。
- The prostitute **ran to** the shelter to escape the abuse of her assailant. 那妓女跑到避難所**尋求保護**，逃離毆打她的人。

run up

積欠帳單、債務等；跑向

- Sally **ran up** her credit card bill so much last semester that her parents took it away from her.
  莎莉上學期**積欠**好大一筆信用卡**債**，以至於她爸媽沒收了她的信用卡。
- After landing on the beach, the soldiers **ran up** to the sand dunes, which provided cover.
  在沙灘降落後，士兵們**跑向**提供掩護的沙丘。

日常用語

During the poker game, Bill **ran a bluff on** the other players, successfully causing them to fold.
玩撲克牌時，比爾**對**其他玩家**虛張聲勢**，成功讓他們放棄這一局。

When the CEO arrived at the office, the manager **ran around like a chicken with its head cut off**.
當總裁抵達辦公室時，經理**像無頭蒼蠅一樣亂轉**。

Sherry was afraid to ask the new boss for some time off, because he was known to **run a tight ship**.
雪莉不敢跟新主管要求要休息一下，因為他的**行事風格嚴厲**是出了名的。

The father boasted to the other parents that his son's musical talent **ran in the family**.
爸爸跟其他家長吹噓他兒子的音樂天賦是**家族遺傳**的。

Trying to get the judge to be lenient was like **running into a stone wall**.
要法官仁慈是會**碰壁**的。

01 get
02 go
03 come
04 put
05 take
06 turn
07 run
08 throw
09 keep
10 move
11 look
12 bring
13 pull
14 set
15 hold
16 knock
17 call
18 cut
19 stick
20 push
21 pass
22 fall
23 work
24 break
25 give

The construction team was **run into the ground** trying to keep up with an impossible schedule.

建築團隊**拼命工作**追趕不可能的進度。

Instead of taking flu medicine, Jeremy let the fever **run its course** naturally.

傑若米沒吃感冒藥，而是讓發燒症狀**順其自然**消退。

The football player is quite talented, but he is known to **run off at the mouth** during the games.

那個足球員很有天分，但他很愛在比賽的時候**胡言亂語**。

Jenkins chose to stay in and rest all weekend, so he could **run on all cylinders** on Monday.

詹金斯選擇整個週末待在家休息，這樣他才能**頭腦清醒地**處理星期一的工作。

The toddler **ran off to** the playground before his mother arrived at the kindergarten.

媽媽來幼稚園之前，那小朋友**衝向**遊戲區。

Mercer worked through the entire day without eating and **ran out of gas** before 4:00 pm.

莫瑟工作了整天卻沒吃東西，下午四點前就**累癱**了。

Parker's new workout is quite intense, and most people who try it **run out of steam** before it is over.

帕克的新訓練很精實，多數人還沒結束就**筋疲力竭**了。

I know things are tough right now, but please don't **run out on** me and our children.

我知道現在家裡很辛苦，但請不要**拋棄**我和我們的孩子。

The Army drill sergeant was known to **run** the new recruits **off their feet**.

陸軍訓練官以讓新兵**跑到軟腳**聞名。

The basketball team went into the game with the defending national champions **running scared**.

籃球隊**戰戰兢兢**地應戰國家冠軍衛冕隊。

I am not sure if I heard you correctly, so please **run that** by me **again**.
我不確定我聽到的對不對，所以**請再**跟我**說一遍**。

The ringmaster at the circus made sure that everyone knew that he **ran the show**.
馬戲團的表演指導員要讓所有人知道他**操控一切**。

Because our water heater is small, you need to **run the tap** for a minute before it gets hot.
因為我們的熱水器很小，所以要**讓水流**一下才會熱。

The fashion designer **ran his eyes along** the models before they took to the stage.
模特兒登台前，時尚設計師把他們上下**掃視**一遍。

01 get
02 go
03 come
04 put
05 take
06 turn
07 run
08 throw
09 keep
10 move
11 look
12 bring
13 pull
14 set
15 hold
16 knock
17 call
18 cut
19 stick
20 push
21 pass
22 fall
23 work
24 break
25 give

08 throw
丟；扔；拋

動詞解析

throw 的核心語意是「投」、「擲」、「拋」、「扔」（move an object quickly through the air by pushing your hand forward quickly and letting the object go）等，都與手部動作有關。throw 構成的片語動詞繁多、語意豐富，從手部動作往外延展，例如 throw away（拋棄）、throw down（狼吞虎嚥）、throw into（使陷入……）、throw off（擺脫）、throw on（匆匆穿上衣服）、throw up（嘔吐）等。

基本用法

1. 投；擲；拋；扔 v.

Everyone watched the baseball game intently as the pitcher **threw** the ball towards the batter.
當投手把球**投**給打擊者時，所有看棒球賽的人都目不轉睛。

2.（使）摔倒；推倒 v.

The wrestler **threw** his opponent to the mat and pinned him down for two seconds.　摔角選手把對手**摔倒**在地墊，將他壓制了兩分鐘。

3. 伸（四肢）；舉 v.

The dancer completed her routine by **throwing** her hands in the air and spinning in a circle.　舞者以高**舉**雙手轉圈完成演出。

4. 隨手扔 v.

Upon entering the apartment, the man **threw** his bags on the floor and ran to the bathroom.

進到公寓房間時，那人把包包**隨手扔**在地上，跑進廁所裡。

5. 使困惑 v.

I enjoyed the movie, but the unexpected way it ended really **threw** me.

我看電影看得很過癮，但出奇不意的結局真的讓我覺得很**困惑**。

片語動詞

throw around
四處扔；傳、丟球等；泛泛而談

● Upset that he couldn't go on the class trip, Billy **threw around** a bunch of papers to protest. 比利對自己不能去班級旅遊很生氣，便**四處扔**一疊疊的紙作為抗議。

● While the friends were relaxing and talking to each other, they **threw around** a tennis ball.
朋友們在休息和跟彼此聊天時，他們**丟**了一顆網球**過來**。

throw aside
把……扔在一邊；擱置一旁

● The brave man **threw** his girlfriend **aside**, as a runaway bull headed right for him. 逃跑的公牛朝他衝過來時，那勇敢的男子把女朋友**推到一邊**。

● Milo **threw aside** the notion that he needed a job, and chose to travel around the world as a backpacker.
米羅把找工作的念頭**擱置一旁**，選擇當背包客環遊世界。

throw at
抛；投；擲；砸

● The school raised money by charging a small fee for letting students **throw** pies **at** a teacher's face.
學校收一點手續費當募款，讓學生在老師臉上**砸**派。

throw away
丟掉；浪費

● Nick asked his neighbor if he meant to **throw away** the sofa sitting next to the road.
尼克問他鄰居是不是要把通道旁邊的沙發**丟掉**。

01 get
02 go
03 come
04 put
05 take
06 turn
07 run
08 throw
09 keep
10 move
11 look
12 bring
13 pull
14 set
15 hold
16 knock
17 call
18 cut
19 stick
20 push
21 pass
22 fall
23 work
24 break
25 give

Many would say the retired teacher **threw away** his savings when he bought the old boat. 當那退休老師買了艘舊船的時候,很多人説他把積蓄都**浪費**了。

throw back
丟回去;放下來

For some reason, the gorilla **threw back** the banana to the surprised visitor.
不知道什麼原因,大猩猩把香蕉**丟回去**給驚訝的遊客。

The man looked out the window and **threw back** the curtains before he went outside.
男子出門前看向窗外,把窗簾**放下來**。

throw down
放下;狼吞虎嚥
吃掉

The police demanded that the bank robbers **throw down** their weapons and surrender. 警察要銀行搶匪**放下**武器投降。

Famished, the man **threw down** three hot dogs within a minute. 那男人餓壞了,一下子就**狼吞虎嚥**吃掉三條熱狗。

throw in
隨口插進;不經
大腦説了

The manager asked the players what they wanted to eat, but Phil **threw in** an unrelated request. 那主管問選手們想吃什麼,但菲爾**不經大腦説了**毫不相關的東西。

throw into
使突然陷入……
境地;遇上

When the poor lad lost both parents in a car accident, his childhood was **thrown into** chaos. 當那可憐男孩在車禍中失去雙親,童年便**突然陷入**混亂的境地。

The cruise ship was **thrown into** stormy seas not long after leaving Acapulco.
遊艇在離開阿卡波可不久後便**遇上**了海上暴風雨。

throw off
擺脱;匆匆脱
掉;擾亂

After a tumultuous ten year relationship, Frannie **threw off** the unhealthy dependency. 在爭執不斷的關係過了十年後,芙蘭妮才**擺脱掉**不健康的依賴關係。

Anxious to take a dip in the swimming pool, the lovely woman **threw off** her towel and dove in. 對於在泳池下水感到緊張,那可愛的女子**匆匆脱掉**浴巾後便迅速泡進水裡。

While Sally was performing, a competitor knocked over a vase to **throw off** her concentration.
莎莉在表演的時候，競爭對手撞倒花瓶**擾亂**她的注意力。

throw on
匆匆穿上衣服

Everyone stared at the mismatched outfit that Barbara **threw on** when she was rushing to get dressed.
所有人都盯著芭芭拉身上**匆忙穿上**的不搭調衣服看。

throw out
丟掉；趕走；否決；隨口提出；突然伸出手、臂

A neighbor asked Charlie if he was **throwing out** the refrigerator in his front yard.
一個鄰居問查理要不要把他前院的冰箱**丟掉**。

The old man died, and his relatives **threw out** the live-in caretaker, so they could quickly sell the home.
那老人過世了，他的親戚們**趕走**住在他家的看護，這樣才能趕快把房子賣掉。

The principal collected suggestions, **throwing out** those from the students and keeping those from the teachers.
校長聽完之後，**否決**了學生的意見，採用老師的意見。

The driver was uncertain of where to go, so the child **threw out** a suggestion to drive to Disneyland. 開車的人不確定要去哪裡，所以那孩子**隨口提出**要開去迪士尼樂園。

Surprised and afraid of being stung, Jim **threw out** his arm to scare off the offending bee.
吉姆又驚訝又怕被螫，**伸出手**嚇跑討人厭的蜜蜂。

throw over
拋下……不管；隨意叫

If the wealthy benefactor **throws over** the charity, they will lack the funds to operate.
如果那有錢的贊助人**拋下**這家慈善機構**不管**了，他們就會沒有營運資金。

The waiter **threw over** the other staff members to get to the choking customer.
那服務生**隨意叫**了其他工作人員去協助那個噎到的客人。

01 get
02 go
03 come
04 put
05 take
06 turn
07 run
08 throw
09 keep
10 move
11 look
12 bring
13 pull
14 set
15 hold
16 knock
17 call
18 cut
19 stick
20 push
21 pass
22 fall
23 work
24 break
25 give

throw together
匆匆拼湊；使偶
然相遇

- The castaways **threw together** a basic shelter from the materials they found near the beach. 遭遇船難的人用海灘附近找到的材料**匆匆拼湊**出簡單的遮蔽處。
- Many of the married couples were **thrown together** for the first time during their college graduation cruise trip. 很多夫妻都是在大學畢業旅行搭郵輪時第一次**偶然相遇**。

throw up
嘔 出 來；丟 上
去；舉起手臂

- There was something strange about the ham sandwich, which his son eventually **threw up**. 火腿三明治有點怪怪的，他兒子後來把它**吐出來**。
- The hammer was **thrown up** to the workers on the roof of the house. 槌子被**丟上**屋頂給工人們。
- The rhythmic beat of the music the DJ played made everyone **throw up** their arms. DJ 播放的音樂很有節奏感，讓大家都把手**舉起來**了。

日常用語

The sudden death of the president **threw** the managers **a curve** and delayed their plans to expand the factory.
董事長突然過世，讓主管們**一陣慌亂**，延後了擴展工廠的計畫。

A female security guard came to the aid of a mother whose child was **throwing a tantrum** in the store.
一個媽媽的孩子在店裡**發脾氣**，女警衛趕過來協助。

The reporters began to wonder if the star athlete **threw the game** to the winning player, who was a novice.
記者們開始懷疑這個明星球員是**故意輸**給那個新手球員的。

Because they lacked enough boys for the team, they **threw around the idea** of letting girls play.
因為他們男孩人數不夠組隊，所以他們就**想到**讓女孩子來玩。

The nervous ballerina **threw back her shoulders** and went out on stage to face her fears.

緊張的芭蕾舞女主角**挺起胸膛**，走上舞台面對自己的恐懼。

The revelation that Matt had a mental illness **threw doubt on** his ability to be a leader.

馬特有心理疾病的消息一公開，**讓人們對**他的領導能力**產生懷疑**。

The headmistress warned the girls that the one who stole the statue would be **thrown in jail**.

私校女校長警告女孩們，偷了雕像的人會被**送進監獄裡**。

Hank drank too much liquor, and ended up **throwing a map of Alaska on the floor**.　漢克喝了太多酒，最後**吐了一地**。

The police interviewed eyewitnesses to determine which of the two men was the first to **throw a punch**.

警察要目擊證人作筆錄，確認這兩個人是誰先開始**動手打人**的。

In a rush to catch my flight, I was **thrown into a chance meeting with** a famous actor in a taxi.

我急匆匆趕搭飛機時，在計程車上**無意間碰見**一位名演員。

The battered and bruised fighter pleaded to his coach not to **throw in the towel** yet.

被打得鼻青臉腫的拳擊手拜託教練還不要**扔毛巾認輸**。

The chief financial officer told the board members that this wasn't a problem that you could just **throw money at**.

財務總監告訴委員們這個問題不是**花費大把金錢**就能解決的。

After the leader left the club, a few outgoing members **threw their hat in the ring** to become the new leader.

社長離開社團後，幾位活躍的成員**投入**新社長的**競選**。

The young ventriloquist **threw her voice** to make two puppets sing to the judges.

年輕的腹語表演者**用她的聲音**讓兩個玩偶對裁判唱歌。

01 get
02 go
03 come
04 put
05 take
06 turn
07 run
08 throw
09 keep
10 move
11 look
12 bring
13 pull
14 set
15 hold
16 knock
17 call
18 cut
19 stick
20 push
21 pass
22 fall
23 work
24 break
25 give

The assistant manager **threw his weight around** at the team, even though he didn't have the authority.

襄理在團隊中**濫用職權**，即便他並沒有那些權力。

After the recent local elections, the entire city council was **thrown out of office**.

最近的地方選舉過後，整個市議會突然被全數**解雇**了。

When a nun came out and confessed to the crime, it **threw** the investigator **for a loss**.

一位修女出來自首時，調查犯罪案件的人**震驚**不已。

The group who cheated on the exam **threw** Max **to the wolves**, and blamed him for the scandal.

考試作弊那群人**把錯推給**麥克斯，怪他做出這種醜事。

Oscar was known to **throw people's names around**, but no one believed that he actually knew Elvis.

奧斯卡很**愛跟人裝熟**，但沒人相信他真的認識艾維斯。

Lionel offered to sweeten the deal by **throwing** an autographed football **into the bargain**.

萊昂內願意**免費贈送**親品簽名足球來提高商品價值。

The unsuspecting student was **thrown to the ground** by someone who ran past him.

那個學生沒當心，被某個擦身而過的人**用力撞倒**在地。

Keep in touch

09 keep
保持；繼續；留著

01 get
02 go
03 come
04 put
05 take
06 turn
07 run
08 throw
09 keep
10 move
11 look
12 bring
13 pull
14 set
15 hold
16 knock
17 call
18 cut
19 stick
20 push
21 pass
22 fall
23 work
24 break
25 give

動詞解析

keep 的核心語意是「使……保持在某一狀態」（cause to stay in a particular condition），衍生「繼續不斷」（continue doing sth）、「保持不壞」（stay fresh）、「留著」（continue to have sth）、「存、放」（save sth for sb）等語意。有趣的是，「飼養」（own and care for animals）動物，是將動物馴服並使其「持續留在」生活範圍內。keep form（阻止）、keep on（繼續）是相當常見的片語動詞。

基本用法

1. 使……保持在某一狀態；讓……留在某處 v.

This tightly-sealed plastic container will **keep** your food fresh for up to 24 hours.　密封的塑膠保鮮盒可以讓你的食物**保持**新鮮二十四小時。

The teacher was told to **keep** the students in the classroom during the exam.　他們要求老師在考試期間要**讓**學生**留在**教室裡。

2. 繼續做 v.

If you don't make an adjustment, you're going to **keep** making the same mistake.　如果你不調整，就會**繼續**犯同樣的錯誤。

3. 讓……無法；妨礙 v.

Some people think that poverty can **keep** people from achieving their potential.　有些人認為貧窮會**讓**人**無法**發揮潛能。

79

4. （食物）保持不壞 v.

The organic cheese will **keep** for a few months in a cool, dry room.
有機起司可以在陰涼乾燥的地方放好幾個月**不會壞**。

5. 留著 v.

There were many stacks of newspapers in Lily's house, and no one knew why she wanted to **keep** them.
莉莉家裡有好幾疊報紙，沒人知道她為什麼要**留著**那些報紙。

Helga **kept** her wedding ring long after her husband died to give to her granddaughter.　黑爾佳在丈夫死後一直把結婚戒指**留著**要給自己的孫女。

6. 飼養 v.

The apartment complex strictly prohibits residents from **keeping** pets.
公寓社區嚴格禁止住戶**飼養**寵物。

7. 記載（日記、帳目、記錄等）v.

The accountant was ordered to **keep** accurate records of every transaction for the company.　公司要求會計師確實**記錄**公司每筆交易。

片語動詞

keep at
繼續做；不停；
一直

● Jimmy's grandfather promised that if he **kept at** his piano lessons, he would play professionally one day.
吉米的祖父保證，如果他**繼續上**鋼琴課，有天一定會成為專業鋼琴家。

● Lying on blankets under the great oak tree, the three brothers **kept at** tossing the ball to each other.
三兄弟躺在橡樹下的毯子上，**不停**把球拋來拋去。

● The small group of friends at the beach **kept at** their conversation until the sun finally set.
一小群朋友在沙灘上**一直**聊天，聊到太陽終於落下。

keep away

不讓……接近；
遠離

- The goal of the game is to **keep away** the opponents from the flag at your home base.
  這個遊戲的目的就是**不讓**對方**接近**你的本壘板旗子。
- There is a large, ominous sign warning people to **keep away** from the military base.
  有個大型警示標語警告人**遠離**軍事基地。

keep back

阻止；抵禦；隱
瞞；留下

- The police tape did little to **keep back** the curious bystanders from the accident scene.
  事故現場的封鎖線**阻止**不了那些好奇的圍觀群眾。
- The Maginot Line in France was designed to **keep back** the German Army. 法國的馬其諾防線是為了**抵禦**德軍而建造。
- The murder suspect was questioned, but the interrogators felt he was **keeping** something **back**.
  訊問凶殺案嫌疑犯的檢察官們覺得他在**隱瞞**些什麼。
- Several hostages were released, but the majority were **kept back** to use later for negotiations. 好幾位人質已被釋放，但大部分人被**留下**做為之後的談判條件。

keep down

勢力漸小；存
放；埋伏；不敢

- The indigenous tribes were **kept down** by forcing them to fight each other. 原住民部落被迫彼此征戰而**勢力漸小**。
- The soldiers **kept** the gunpowder **down** in the subterranean levels for safety reasons.
  為了安全起見，士兵們將火藥**存放**在隱蔽的地下。
- The police officers **kept down** behind their squad cars when they heard gunshots. 警察們聽見槍聲時**埋伏**在警車後方。
- Christine wanted to volunteer to be class leader, but her fear **kept** her hand **down**.
  克里絲汀想自願當班長，但她的恐懼感讓她**不敢**舉手。

keep from

讓……無法；不
跟……說

- The cast on Walter's leg **kept** him **from** skiing for three months. 瓦特腿上的石膏**讓**他三個月都**無法**去滑雪。

01 get
02 go
03 come
04 put
05 take
06 turn
07 run
08 throw
09 keep
10 move
11 look
12 bring
13 pull
14 set
15 hold
16 knock
17 call
18 cut
19 stick
20 push
21 pass
22 fall
23 work
24 break
25 give

I had thought you wouldn't **keep** a secret **from** me, because you were my best friend.

我以為你不會有祕密**不跟我說**，因為你是我最好的朋友。

keep in
無法跑出；待……
病房；忍不住；藏

A tall metal fence **kept in** the young children at the kindergarten. 高高的鐵籬笆讓小孩子們**無法跑出**幼兒園。

Lucy was **kept in** intensive care for a few days, before they could move her to her own room.

露西在加護病房**待**了幾天後，他們才送她回自己的病房。

The guest's outfit looked so funny, that the emcee couldn't **keep** his laughter **in**.

賓客的衣著看起來很好笑，讓司儀**忍不住**笑出來。

The bank notes were **kept in** a heavy vault, inside a hidden room. 鈔票**藏**在一間隱密房間的巨大保險箱裡。

keep off
（使）不接近；
遠離；不提（某
話題）

The maintenance man turned on the sprinklers to **keep** the deer **off** the golf course.

維修工人打開灑水器，好讓鹿**不要接近**高爾夫球場。

The barbed wire fence effectively **kept** trespassers **off** the property. 帶刺的鐵絲網有效地讓侵入者**遠離**這塊土地。

The guest speaker was **kept off** the topic of gun control by the show's organizers.

展覽會主辦方要求講者**不要提到**槍枝管制的議題。

keep on
繼續；沿路繼續
走；繼續穿著；
一直開著

The soldiers ordered the prisoners to **keep on** marching until they arrived at the camp.

士兵命令囚犯們**繼續**走到紮營處。

Keep on the path around the side of the mountain, and you will eventually reach the cypress forest.

沿著山邊小路**繼續走**，最後會到達一片落羽杉森林。

The young man was scolded for **keeping on** his shoes after he entered the temple.

那年輕人因為**穿著**鞋子進廟裡而被罵。

When you travel, do you **keep on** the lights and radio in your home? 外出的時候，你會把家裡的燈和收音機**開著**嗎？

keep out

不得進入；趕走；在……之外的地方；沒加入；不能參與

Unauthorized visitors were **kept out** of the girl's dormitory after 6:00 pm.
晚上六點後未經許可的訪客**不得進入**女生宿舍。

The politician promised to **keep out** the immigrants to protect his country.
那位政客允諾要**趕走**移民以保護自己的國家。

The couple **kept out** of the party, because they didn't want to feel pressured to stay. 那對夫妻一直**在聚會之外的地方**，因為他們不想有被迫留下的壓力。

The teacher didn't want to take sides and **kept out** of the argument. 那位老師不想選邊站，所以**沒加入**爭執。

The children were **kept out** of the planning process for the summer camp. 孩子們**不能參與**夏令營的規畫過程。

keep to

不要離開；把……講清楚；按照

Keep to the path, or you may never find your way out of the dark forest. **不要離開**這條路，否則你永遠也走不出黑森林。

The readers of the report complained that the author could not **keep to** the point of the story.
讀到這篇報導的讀者抱怨作者沒有**把**事情重點**講清楚**。

Let's **keep to** our agreement, and we will share the treasure after we find it.
我們**按照**約定走吧，找到寶藏後再一起平分。

keep together

別走散；使在一起

Walking through the forest at night, the leader ordered the group of lost travelers to **keep together**.
夜晚穿越森林時，領導人要一群迷路的旅人**別走散**。

keep up

保持（同一速度或水準）；維

The man claimed that his high-fiber, low-fat diet helped him to **keep up** a fast pace during the race.
那人說他高纖低脂的飲食讓他在賽跑時能**保持**速度。

01 get
02 go
03 come
04 put
05 take
06 turn
07 run
08 throw
09 keep
10 move
11 look
12 bring
13 pull
14 set
15 hold
16 knock
17 call
18 cut
19 stick
20 push
21 pass
22 fall
23 work
24 break
25 give

護；雨、雪等持續不停	A lot of money is required to pay for the company that **keeps up** the lawn of the estate. 要花很多錢才能請到**維護**莊園草坪的公司。
	If the snowfall **keeps up** all night, we may be stranded here for several days. 要是雪**下**整晚**沒停**的話，我們可能會被困在這裡好幾天。
keep up with 保持聯絡；密切注意	Even after the exchange student returned to Germany, Steve **kept up with** her through E-mail. 雖然那個交換學生回德國去了，但史提夫還是繼續跟她用 E-mail **保持聯絡**。
	While studying in England, Kenny Wu **kept up with** what was going on in Taiwan through the Internet. 在英國讀書的時候，吳肯尼透過網路**密切注意**台灣發生的事情。

日常用語

Jack was **kept in detention after school** for pulling the hair of his classmate.
捷克因為拉同學的頭髮而被**罰課後留校**。

The Clark family wanted to **keep up with the Joneses** and bought a BMW when their neighbor bought one.
克拉克全家人想**跟**瓊斯一家人**攀比**，人家買了 BMW 的時候他們也買了一台。

10 move
移動；搬；感動

01 get
02 go
03 come
04 put
05 take
06 turn
07 run
08 throw
09 keep
10 move
11 look
12 bring
13 pull
14 set
15 hold
16 knock
17 call
18 cut
19 stick
20 push
21 pass
22 fall
23 work
24 break
25 give

動詞解析

move 的核心語意是「移動」（change position），衍生語意也與「移動」有關，例如「搬家」（go to a different place to work or live）、「促使（採取動作）」（cause someone to take action）、「移動棋子」（change the position of a piece），甚至有「感動」（cause someone to have strong feelings）的意思。move 搭配不同的介係詞或介副詞 forward、back 表示前、後移動，搭配 in、out 表示「搬入新居」、「搬出去住」。

基本用法

1. 移動；搬動 v.

If you **move** the speakers on top of the table, more people can hear the music.　如果你把麥克風**移動**到桌子最上方，會有更多人聽到音樂。
You're going to need to **move** your vehicle out of the median of the highway.　你得要把車子**移**到高速公路的路旁。

2. 遷移；搬家 v.

When his family **moved** to Germany, Tony enjoyed exploring castles.
全家**搬**到德國後，湯尼很喜歡去城堡探索。

3. 感動 v.

The orchestra **moved** the audience and received a standing ovation.
管弦樂團**感動**了觀眾，大家站起來熱烈鼓掌。

4. 提議；請求 v.

The attorney **moved** for a 1-hour recess in order to provide a response to the new allegation.

律師**訴請**一小時的休息時間，以便對新的指控提出回應。

5. （使）進展；（使）發展 v.

The entertainers spoke out for marriage equality, and **moved** public opinion on the issue.

藝人們為婚姻平權發聲，促使大眾在這個議題上的意見有了**進展**。

6. 促使；驅使 v.

The emotional pleas of the unknown candidate **moved** many people to vote for the first time.

默默無名的候選人提出動人的懇求，**促使**很多人首次出來投票。

7. （使）改變觀點、看法 v.

Hearing about the Dengue fever outbreak **moved** me to stay indoors all summer. 聽說登革熱大流行，**讓**我整個夏天都**只好**待在家裡。

8. 使（腸子）通便；蠕動 v.

Mark ate a bowl of high-fiber cereal to help his bowels **move** properly.

馬克吃了一碗高纖燕麥粥，幫助腸胃**蠕動**。

9. 移動棋子 v.

If you **move** your knight to the white square, you can put the opponent in check mate.

如果你把騎士**移到**白色方塊裡，那你就可以把對方將軍了。

片語動詞 •

move across
穿越

A line of ducklings and a duck were miraculously able to **move across** the busy highway. 母鴨奇蹟似地竟能帶著一排小鴨**穿越**川流不息的高速公路。

move ahead 進展	● Traffic finally began to **move ahead** after a tow truck removed the overturned vehicle.　拖吊車把翻覆的車子移走之後，交通狀況終於開始有**進展**了。
move along 向前走；進展	● The herd of buffalo loudly **moved along** to a greener pasture. 一群水牛大聲地**向前走**到一片更綠意盎然的牧草地。
	● When asked how his film project was going, Steve said it was **moving along** quite well. 有人問史提夫的電影拍攝狀況如何，他說**進展**不錯。
move apart 分開；沒見過面	● The teacher and his student **moved apart** after graduation, and were reunited 10 years later.　那位老師和他的學生畢業後就**沒見過面**，十年後才又相聚。
move around 搬來搬去；移動；繞過去	● The military family **moved around** frequently, living in different countries.　軍人家庭很常**搬來搬去**，住在不同的國家。
	● The missile launcher was **moved around** frequently to hide its location from the enemy. 多管火箭砲經常要**移動**隱藏，以免敵方知道它的位置。
	● A tree fell onto the road, and fortunately, we were able to **move around** it.　一棵樹倒在路上，幸好我們可以**繞過去**。
move aside 挪到一邊；移開	● Inside the tunnel, the disabled car was **moved aside** to allow traffic to move forward. 隧道裡，拋錨的車被**挪到一邊**，好讓其他車輛可以前進。
	● The architect **moved aside** the fireplace to make more space in the living room. 建築師把壁爐**移開**，好讓客廳有更多空間。
move away 遷離；搬走；移到	● The French girl **moved away** from our neighborhood, to the dismay of the local boys.　住在我們附近的法國女孩**搬走**了，附近的男孩們都很難過。

01 get
02 go
03 come
04 put
05 take
06 turn
07 run
08 throw
09 keep
10 move
11 look
12 bring
13 pull
14 set
15 hold
16 knock
17 call
18 cut
19 stick
20 push
21 pass
22 fall
23 work
24 break
25 give

The senior manager **moved away** from the factory floor and took his place in the main office.

資深主管的辦公桌從廠房**移到**主要辦公室。

move back
移到……後面；
搬回；延期

The adult videos were **moved back** to a room behind the cashier.　成人影片被**移到**櫃台**後面**的一間房間去。

The computer at the library was **moved back** to the table near the checkout desk.

圖書館的電腦被**搬回**服務台附近的桌子上。

The School Dance was **moved back** to October 12th, after it was initially rescheduled.

學校舞會初步重新調整後，**延期**到十月十二日。

move down
從高處往下搬；
調降；降級

The senior citizen **moved down** from the 3rd floor to a 1st floor apartment.　年邁的住戶從公寓三樓**搬到**一樓。

The volume control was **moved down** to level 4, because the neighbor complained it was too loud.

音量**調降**到第四格，因為鄰居抱怨太吵了。

Little Ken was **moved down** to 2nd grade, because he could not pass the basic math exam.

小肯被**降級**到二年級，因為他無法通過基礎數學測驗。

move forward
前移

The librarian's desk was **moved forward**, so it could be at the entrance.　圖書館員的桌子往**前移**到入口旁的位置。

move in
向……逼近；搬
進來

The predator waited in the shadows until the prey was close, and then it **moved in** for the kill.

掠食者在陰影中等待，直到獵物靠近，然後**逼近**掠食。

The student invited his friends to **move in** with him next to the college campus.

那學生邀朋友**搬進來**跟他一起住在大學校區旁邊。

move into
進入新的位置、階段

The cancer had already **moved into** the 3rd stage before it was discovered.　癌症發現之前就已經**進入**第三期了。

move off
搬離；離開

- For his sophomore year, Greg **moved off** campus to live in his own apartment.
  大二的時候，葛瑞格**搬離**學校，住在自己的公寓房間裡。
- The band **moved off** the stage, so the next act could perform.　樂團**離開**舞台，好讓下一個節目可以演出。

move on
繼續前進

- The cyclists spent too much time at the coffee shop, so they decided to **move on** immediately.　自行車運動員們在咖啡店待太久了，所以他們決定馬上**繼續前進**。

move out
搬出去住；讓……
搬離；挪開

- In order to **move out** of his home, Arthur needed a week to pack his boxes.
  為了**搬出去住**，亞瑟需要一個禮拜來裝箱打包。
- The city government **moved** the poor family **out** of their home next to the river.
  市政府**讓**貧困家庭**搬離**他們在河邊的住所。
- The school **moved out** the basketball hoops from the gym to make room for the dance.
  校方把體育館的籃球框**挪開**，才有辦舞會的空間。

move over
朝……移動；讓
開

- The crew of reporters **moved over** to the attorney after he left the courthouse.
  律師離開法院後，記者團**朝**他**移動**過去。
- The policeman told the woman to **move over** and let him handle the problem.　員警叫那婦人**讓開**，讓他來處理問題。

move towards
撲向

- The tiger aggressively **move towards** the zoo visitor who was teasing it.　老虎兇猛地**撲向**逗弄牠的動物園遊客。

move up
升遷；晉升

- The talented manager quickly **moved up** the ranks in the company.　那位主管很有天分，在公司裡**升遷**得很快。
- The scoutmaster **moved** Billy **up** to the rank of Eagle Scout, which made his parents proud.　童子軍團長讓比利**晉升**到鷹級童軍，讓他的父母感到很驕傲。

01 get
02 go
03 come
04 put
05 take
06 turn
07 run
08 throw
09 keep
10 move
11 look
12 bring
13 pull
14 set
15 hold
16 knock
17 call
18 cut
19 stick
20 push
21 pass
22 fall
23 work
24 break
25 give

A volunteer at the school entrance helped the traffic **move along** more **smoothly**.

校門口的志工幫忙指揮交通，讓交通更**順暢**。

The new technology helped to **move forward the efforts** to prolong human life.

新科技對延長人類壽命**有所助益**。

In the movie, the grieving father **moved heaven and earth** to find the killer of his daughter.

電影裡，悲傷的父親**竭盡全力**要找出殺害他女兒的兇手。

Jim told Lisa that she needed to **move with the times** and choose a major that can help her find a future job.

吉姆告訴麗莎她需要**與時俱進**，選一個對未來工作有幫助的科系。

The salesman **moved in** elite **social circles** in order to find buyers for Ferraris.

為了找尋法拉利的買家，業務員**打入**菁英**社交圈**裡。

Move over Michael Jackson! This young dancer can't be beaten.

麥克傑克森讓位吧！沒有人跳得比這個年輕舞者好。

look
看；看起來；面向

01 get
02 go
03 come
04 put
05 take
06 turn
07 run
08 throw
09 keep
10 move
11 look
12 bring
13 pull
14 set
15 hold
16 knock
17 call
18 cut
19 stick
20 push
21 pass
22 fall
23 work
24 break
25 give

動詞解析

look 的核心語意是「看」（turn your eyes in a particular direction），從看著某對象，衍生「面向」（face a particular direction）、「注意」（pay attention to sth）的意思。look 也有連綴動詞的用法，意思是「看起來」（appear）或「似乎」（seem）。look after（照顧）、look back（回顧）、look down on（輕視）、look for（尋找）、look forward（期待）、look into（調查）都是常見的片語動詞。

基本用法

1. 看 v.

If you **look** up to see the solar eclipse, don't look directly at it.
要抬頭**看**日蝕的話，別直接用肉眼看。

2. 尋找 v.

If you want to find the best restaurant in the area, **look** for the concierge in the lobby.　如果你想**找**這附近最好的餐廳，去飯店大廳找服務員問吧。

3. 盯著看 v.

Looking at the kettle doesn't make water boil any faster.
盯著熱水壺**看**並不會讓水燒得比較快。

4. 面向 v.

His grandmother's grave headstone **looks** to the West, towards her ancestral home.　他祖母的墓碑**面向**西方，朝向她的故鄉。

91

5. 看起來；似乎 v.

The decomposed body **looks** as though it was mauled by a wild animal. 腐爛的屍體**看起來**好像被野生動物撕咬過。

6. 計畫做 v.

The administration is **looking** to build a new gymnasium on this piece of land. 行政部門正**計畫**在這塊地上蓋一間新體育館。

片語動詞 ●

look across
迅速朝房間對面看

● When the witness spoke, the defendant **looked across** the courtroom at him and made a threatening gesture. 目擊證人說話時，被告**迅速朝法庭對面看**他，做出威脅的姿勢。

look after
照顧；負責看管

● Mandy asked her co-worker to **look after** her dog while she is on vacation. 曼蒂請同事在她休假時**照顧**她的狗。
● The security guard's main purpose was to **look after** the historic documents.
保全的主要目的就是**負責看管**歷史文件。

look ahead
向前看

● According to the chart, if we **look ahead** to next quarter, we can expect a 10% drop in revenues. 根據圖表，如果我們**向**下一季**看**，收益成長預估下滑一成。

look around
四下環顧；回頭看；參觀

● Peter crawled out of the tent and **looked around**, searching for the source of the noise.
彼得爬出帳篷**四下環顧**尋找噪音來源。
● **Look around** behind you, and you may be shocked by what you see. **回頭看**後面，你可能會被看到的東西嚇一跳。
● The realtor brought the attorney in to **look around**, hoping she would be interested in the home.
房仲帶那位律師進屋**參觀**，希望她會對這棟房子有興趣。

look at
看著；仔細看；
考慮

● Stop **looking at** those women, and look at me, damn it! I am your wife.
不要再**看**那些女人了，可惡，看著我！我是你老婆。

● The art critic **looked at** the painting and couldn't believe what a rare find was in front of him.
藝術評論家**仔細看**著那幅畫，不敢相信自己面前的是稀世珍寶。

● The student was **looking at** doing a work exchange program after graduating from college.
那學生**考慮**在畢業後參與一個交換工作計畫。

look away
移開視線

● In the movie, the alien's face was so hideous that the audience couldn't help but to **look away**.
電影中外星人的臉好可怕，以致於觀眾忍不住**移開視線**。

look back
回顧

● I **looked back** at my son's high school graduation as the proudest moment in my life.　我**回顧**人生，覺得最驕傲的時刻是在兒子高中畢業典禮時。

look down on
輕視；瞧不起

● Larry claimed he didn't **look down on** legal immigrants, but he has never hired one.
賴瑞說他沒有**瞧不起**合法移民，但他從來沒有雇用過他們。

look for
尋找；期待

● There needs to be a better way for me to **look for** my keys when I am in a hurry.
我趕時間的時候，需要更好的方法來**找**鑰匙。

● I am **looking for** the next President to have the courage to take in more immigrants.
我很**期望**下任總統可以有勇氣接納更多移民。

look forward
期待

● Joy is **looking forward** to attending the next Bieber concert.　喬伊很**期待**參加小賈斯汀的下一場演唱會。

01 get
02 go
03 come
04 put
05 take
06 turn
07 run
08 throw
09 keep
10 move
11 look
12 bring
13 pull
14 set
15 hold
16 knock
17 call
18 cut
19 stick
20 push
21 pass
22 fall
23 work
24 break
25 give

look in
照看

I will be home late, because I need to **look in** on my sick aunt and bring her some food.　我會晚回家，因為我得去**照看**生病的阿姨，還要帶些食物給她。

look into
調查

The Dean promised to **look into** the reasons for the low graduation rates.　院長答應要**調查**低畢業率的原因。

look on
觀望；旁觀

While the underdog team was making a comeback, Coach Jones was **looking on** in disbelief.
當敗陣隊伍重整旗鼓時，**旁觀**的瓊斯教練不可置信。

look out
小心；注意

I believe that if you're walking outside at night, you should **look out** for anyone wearing sunglasses.　我認為你晚上如果在外面走動，應該要**小心**戴太陽眼鏡的人。

look over
檢查；瀏覽

The auto mechanic **looked over** the used car and said it was problem free.
汽車維修工**檢查**了這輛二手車，說車完全沒有問題。

I briefly **looked over** the newspaper article, and it didn't look like the protestor did anything illegal.　我快速**瀏覽**過新聞標題，抗議的人好像沒做什麼不合法的事情。

look through
瀏覽

The company's attorney **looked through** the contract and made one small revision to the terms.
公司律師把合約**瀏覽**過，在用詞上做了小幅修改。

look to
確保；指望

We need to **look to** the wall to make sure it can withstand a direct attack.　我們需要**確保**這面牆可以抵擋直接攻擊。

We **look to** Frank to deliver us some good news from headquarters.　我們**指望**法蘭克可以從總部捎來好消息。

look up
查詢；向上看

Linda **looked up** the meaning of the word "love" to understand her feelings for Walter.
琳達**查詢**「愛情」的意義來確認她對瓦特的感覺。

● Please **look up** at our flag and stand at attention during the national anthem.　唱國歌時請**仰望**國旗並立正行注目禮。

日常用語

My father screamed at my mother and shouted that he only wanted to **look out for number one**.
我父親對母親大吼大叫，説他只想**顧好自己的利益**。

When Joe gave his old car to his younger brother, he told him not to **look a gift horse in the mouth**.
喬把老車給弟弟時，要他不要**雞蛋裡挑骨頭**。

Look alive, my fellow soldiers, and don't be afraid to face the enemy when they breach the walls.
同袍們**振作起來**！敵方進犯城牆時不要害怕正面迎敵。

When things **looked black**, Gary remembered a song his grandmother sang to him to cheer him up.
面臨低潮時，蓋瑞想起祖母曾唱來哄他開心的歌。

The way you're **looking daggers** at me, you must think that I stole your money.
你那樣**怒氣沖沖**看著我，一定是覺得我偷了你的錢。

I never liked the way Mr. Jenkins **looked down his nose at** all of his employees.
我從來不喜歡甄金斯先生對所有員工**頤指氣使**的樣子。

Wow! The way you're dressed, you **look like a million bucks**, Carl!
哇！你的打扮看起來**容光煥發**啊，卡爾！

Steve paid attention to every detail of his wardrobe and wanted to **look sharp** when he accepted his award.
史提夫對自己的服裝穿著每個細節都很講究，希望受獎的時候**體面光彩**。

Vernon **looked smart** when he combed his hair and styled it with hair gel.
維儂梳起頭髮、抹上造型髮膠的時候**帥極了**。

01 get
02 go
03 come
04 put
05 take
06 turn
07 run
08 throw
09 keep
10 move
11 look
12 bring
13 pull
14 set
15 hold
16 knock
17 call
18 cut
19 stick
20 push
21 pass
22 fall
23 work
24 break
25 give

bring
帶；引起；拿

動詞解析

　　bring 的核心意思是「帶來」（take something or someone with you to the place where you are now），衍生出「引起」、「導致」（make a particular situation exist, or cause a particular feeling）這個常見的意思。bring 搭配不同介係詞或介副詞 forth、forward、out、over、up 等，產生「生小孩」、「提前」、「出版」、「把……帶來」、「養育」等意思。

基本用法

1. 帶 v.

Will you **bring** Nancy to the dance with you on Friday?
你星期五會**帶**南西去舞會嗎？

2. 引起；導致 v.

Wearing this mask can **bring** about fear and panic among young children.　戴這個面具會**引起**小朋友的恐懼和慌張。

3. 帶……來到 v.

When the tour guide **brings** people to the hot springs, they often smile with delight.
導遊**帶**大家**來到**溫泉池的時候，他們通常會露出開心的笑容。

4. 拿上去 v.

Please **bring** this cup of hot tea up to mother's room before you go out.
出門前請把這杯熱茶**拿上去**媽媽的房間。

5. 帶來可供人們使用、擁有或享用的東西 v.

I **brought** several steaks to share at the Moon Festival barbecue.
中秋烤肉時，我**帶**了幾塊肉排來跟大家分享。

片語動詞

bring along
帶上

● Why did you have to **bring along** your baby brother to the party? 為什麼你要**帶**你的小弟弟來參加派對？

bring back
送……回家；回憶……席捲而來；重新推出

● Please do me a favor and **bring** Greta **back** home after the game. 比賽之後請幫我**送**葛瑞塔**回家**。
● Looking at her photo in the yearbook **brought back** a flood of memories. 看著年報裡的照片，**回憶**的洪流朝她**席捲而來**。
● This company **brought back** vinyl records, which is becoming popular with collectors.
這家公司**重新推出**黑膠唱片，受到收集者的歡迎。

bring down
降低；撤下；推翻；減少；鬱鬱寡歡

● I can't afford that price, so would you please **bring down** the rent a bit?
我負擔不起那個價格，所以可以請你把租金**降低**一點嗎？
● All of the public statues of the deposed dictator were **brought down**. 那位被廢黜獨裁者的所有雕像都被**撤下**了。
● It's not easy to **bring down** a dictator who has a big army behind him. 要**推翻**背後有強大軍隊的獨裁者並不容易。
● Yvette was sensitive to the medicine, so she asked her doctor to **bring down** the size of the dosage.
伊薇特很容易藥物過敏，所以她要醫生**減少**劑量。
● The news that his brother was killed in battle **brought** him **down**. 弟弟死於戰場的消息讓他**鬱鬱寡歡**。

bring forth
產生；上交

● The union of a dog and a pig through genetic splicing **brought forth** an unholy, unnatural creature. 狗和豬透過基因剪接的結合會**產生**一隻可怕又不自然的生物。

01 get
02 go
03 come
04 put
05 take
06 turn
07 run
08 throw
09 keep
10 move
11 look
12 bring
13 pull
14 set
15 hold
16 knock
17 call
18 cut
19 stick
20 push
21 pass
22 fall
23 work
24 break
25 give

The judge ordered the attorney to **bring forth** the evidence that would clear the name of the accused.
法官要律師把洗清被告罪證的證據**上交**。

bring forward
提前；提出

The court case was **brought forward** a week, because of public pressure.
法庭案件因為公眾壓力而**提前**一個禮拜。

The nun **brought forward** a suggestion to the priest to provide food for the homeless.
修女向神父**提出**建議，希望提供遊民食物。

bring in
賺進；採收（作物、水果等）；實施新法規；提及；帶到警察局訊問；吸引訪客或顧客

His dream was to **bring in** a six-figure salary and buy a nice home in the suburbs.
他的夢想就是**賺進**六位數薪水，並且在郊區買個舒適的家。

The farmer **brought in** ten kilograms of corn and stored them for the pigs.
畜牧農**採收**了十公斤的玉米，當作餵豬的存糧。

The new legislators **brought in** new laws to forward their progressive policies.
新立法委員**實施新法規**來推進革新政策。

Don't **bring in** my illness when we are discussing our vacation plans.
我們在討論度假計畫的時候，不要**提起**我的病情。

The police captain told his subordinates to **bring in** the suspects to the interrogation room.
警長要他的部屬**帶**嫌犯**進來**訊問室。

The new chef from France seemed to **bring in** larger crowds to the restaurant in Taipei.
法國來的新主廚似乎為台北的餐廳**吸引到**更多人潮。

bring into
把……帶到某處；聊到

The captured secret agent was **brought into** the military headquarters.　抓來的祕密特務**被帶到**軍事總部。

The conversation was casual until the upcoming exam was **brought into** the conversation.　**聊到**即將到來的考試之前，談話氣氛原本是很輕鬆的。

bring off
成功；完成

The song was one of the most difficult to play on the violin, but Fred **brought** it **off** wonderfully.　這首是小提琴曲裡最難拉的曲子，但弗瑞德**演奏得很成功**動人。

bring on
引起、招致令人
不愉快的事

He victoriously scaled the mountain, but the accomplishment **brought on** a case of pneumonia.
他成功攀登上山峰，但卻**引發**了肺炎。

bring out
更出色；帶來；
開採出；出版；
寫出

She wore the dress, because her mother told her that it **brought out** the blue color in her eyes.　她穿了洋裝，因為她母親說那件洋裝讓她藍色的眼珠**更出色**。

The Hubble telescope **brought out** the vivid colors of the universe that we could not see from Earth.
哈伯望遠鏡**帶來**了宇宙栩栩如生的色彩，那是我們從地球上無法看見的。

The green emerald was the most precious stone ever **brought out** of that mine.
那座礦山**開採出**最珍貴的寶石是祖母綠。

Millions of fans waited two years for the famous author to **bring out** the next novel in the series.　上百萬粉絲等了兩年，那位名作家才**寫出**系列小說的續集。

bring over
帶……來

If you're going to come over to watch the game, why don't you **bring over** some pizza?
如果你要過來看球賽，能不能**帶**點披薩**來**？

bring around
使某人恢復知覺

The coach **brought around** the knocked-out boxer with smelling salts.　教練用嗅鹽讓被擊倒的拳擊手**恢復知覺**。

01 get
02 go
03 come
04 put
05 take
06 turn
07 run
08 throw
09 keep
10 move
11 look
12 bring
13 pull
14 set
15 hold
16 knock
17 call
18 cut
19 stick
20 push
21 pass
22 fall
23 work
24 break
25 give

bring through
幫助……度過

It was the nurse's nurturing that **brought** the comatose man **through** his most difficult time.
護士的照顧讓那昏迷的男子**度過**最難熬的時期。

bring together
達成和解;相識

The negotiator found some common ground to **bring together** the coal miners and the company owners.
協商者找到了一些可以讓煤礦工和公司所有人**達成和解**的共識。

A group of mutual friends **brought together** Mary and Steve during a dinner party.
瑪莉和史提夫因為一群共同好友而在一場晚宴中**相識**。

bring up
養育;登上;提起

It was hard for sociologists to believe that the boy could be **brought up** by wolves.
社會學家很難相信狼群可以**養育**那男孩。

The Taiwanese baseball player was **brought up** from the minor league to the major league.
那位台灣職棒選手從小聯盟**登上**大聯盟。

I could introduce you to the CEO, but please don't **bring up** the subject of a pay raise.
我可以讓你見總裁,但請不要**提起**加薪的事情。

日常用語

The mayor **brought a lawsuit against** a newspaper for posting a story about him accepting a bribe.
市長因報社報導他收受賄款的事而對報社**提起訴訟**。

A small child gave a balloon to Steve, who sits in a wheelchair, and it **brought a smile** to his **lips**.
一位小朋友給坐在輪椅上的史提夫一個氣球,讓他的**唇邊露出了笑意**。

Fred's mother explained that the father was given more food, because he **brought home the bacon**.

弗瑞德的母親解釋道，因為父親要**賺錢養家**，所以可以吃比較多。

A new principal **brought pressure to bear** on the students to get them to conform.

為了讓學生乖乖守秩序，新校長對他們**施加壓力**。

When she saw a little girl give her lollipop to a homeless man, it **brought tears to her eyes**.

她看見小女孩把棉花糖給遊民時**紅了眼眶**。

01 get
02 go
03 come
04 put
05 take
06 turn
07 run
08 throw
09 keep
10 move
11 look
12 bring
13 pull
14 set
15 hold
16 knock
17 call
18 cut
19 stick
20 push
21 pass
22 fall
23 work
24 break
25 give

13 pull

拉；拖；拔；摘

動詞解析 •

　　pull 的核心語意與手部動作有關，例如「拉」、「拖」（use your hands to make something or someone move towards you）、「摘」、「採」（use force to take something from the place where it is fixed or held）。另外，生活常聽到的片語 pull the trigger（扣扳機）也與手部動作有關。pull 的片語動詞用法多元，例如 pull away（車輛開動）、pull down（拆毀）、pull out（駛離）、pull over（停靠路邊）等。

基本用法 •

1. 拉；拖；牽；拽 v.

The first grade class **pulled** with all their heart to win the tug-of-war competition. 為了贏得拔河比賽，這班一年級學生用盡全力**拉**繩子。

2. 拔；採；摘；抽 v.

The gunman was surprised when an elderly woman **pulled** the gun out of his hands. 一位年邁婦人從他手上**抽**出槍，持槍歹徒吃了一驚。

3. 拖動；牽引 v.

The mule **pulled** a cart full of pumpkins for the farmer to sell in town. 騾子替農人**拖**著一輛裝滿南瓜的貨車，要到城裡去賣。

4. 掏出 v.

Standing on the bridge overlooking a waterfall, Greta **pulled** out her phone to take a selfie. 葛瑞塔站在俯視瀑布的橋上，**掏出**手機自拍。

5. 拉傷；扭傷 v.

Jack was taken out of the tournament, because he **pulled** his hamstring.
杰克在比賽時**拉傷**腿筋而被送出去。

6. 掙脫；移開；縮回 v.

She reached out to grab the kettle, but **pulled** her hand back after realizing it was too hot to handle.
她伸手去拿熱水壺，但發現太燙無法拿，又**縮回**手。

7. 拉開關；扣扳機 v.

Harry was bored with his job in the factory, as it consisted only of **pulling** levers and pushing buttons.
哈利覺得工廠工作很無聊，因為只有**拉**控制桿和按按鈕。

8. 吸引；招徠 v.

Did the teacher's physical charms **pull** more students to sign up for her class? 那位老師的外在魅力會**吸引**更多學生去上她的課嗎？

片語動詞

pull ahead of
超前

The two-year-old horse **pulled ahead of** the pack with an unexpected sprint to the finish line.
兩歲的馬出乎意料地**超前**馬群，全速疾跑到終點線。

pull apart
撕扯；嚴厲批評

A brutal punishment during the Middle Ages was to let horses **pull apart** people's bodies.
中世紀有個殘忍的懲罰，就是讓馬把人體**撕扯**開來。

The last essay turned in by the grad student was **pulled apart** by his advisor.
研究生交出的最後一篇論文被指導教授**嚴厲批評**。

pull aside
把……拉到一旁

After he danced, Jack was **pulled aside** by his best friend and warned not to do it again. 杰克跳完舞後，被最好的朋友**拉到一旁**，警告他不要再跳了。

01 get
02 go
03 come
04 put
05 take
06 turn
07 run
08 throw
09 keep
10 move
11 look
12 bring
13 pull
14 set
15 hold
16 knock
17 call
18 cut
19 stick
20 push
21 pass
22 fall
23 work
24 break
25 give

pull away
拉開；駛離

● The teachers **pulled** the students **away** from each other when it became obvious that they would throw punches.
當學生們顯然要打起來的時候，老師們把他們**拉開**來。

● After getting a ticket from the police officer, the driver **pulled away** from the curb very slowly.
被警察開罰單之後，那個司機**駛離**路邊時開得很慢。

pull back
撤退；後退；拉出來

● Instead of attacking the enemy, the general **pulled back** to give them time to move the wounded.
將軍沒有攻打敵方，而是**撤退**以爭取時間將傷兵搬離。

● The army had no choice but to **pull back** to the beach when it met an advancing line of tanks.
當一排坦克迎面而來時，軍隊不得不**後退**到海灘上。

● The fireman **pulled back** the mother from the fire and assured her that they would find her son.
消防員把那位媽媽從火裡**拉出來**，向她保證會找到她兒子。

pull down
拆除；拆毀；拉下來

● The old warehouse was **pulled down** by demolition crews to make space for new commercial development.
為了增加商業發展空間，拆除大隊**拆毀**了舊五金行。

● After having a losing record, the longtime coach was **pulled down** to an assistant coach position. 有了輸掉比賽的紀錄後，那位待了很久的教練被**拉下來**當助理教練。

pull for
支持；激勵

● I liked both candidates, but I was **pulling for** the one with better ideas to create jobs. 兩個候選人我都喜歡，但我會**支持**對增加就業機會有更好想法的人。

pull in
（火車等）到達、到站；聚集、吸引很多人；賺錢

● Keith was excited when his train **pulled in** to Grand Central Station.
火車**到達**紐約曼哈頓的大中央總站時，凱斯非常興奮。

Jenny believed that having a celebrity would **pull in** a bigger crowd to the high school dance.
珍妮認為邀請名人可以**吸引**更多人加入高中舞會。

How much do you **pull in** a month, if you don't mind me asking? 不介意的話，我可以問你一個月**賺**多少錢嗎？

pull off
（使勁）脫掉；
做到；拉開

Moe **pulled off** his t-shirt and shorts and joined the rest of his friends in the hot tub.
莫伊**脫掉** T 恤和鞋子，跟其他朋友一起泡澡。

The magician said he could make an elephant disappear, and he actually **pulled** it **off**.
魔術師說他可以讓大象消失，而且他真的**做到**了。

The supervisor **pulled off** the overzealous security guard who was attacking the homeless man.
鎮長把因過度盡忠職守而攻擊遊民的保全人員**拉開**。

pull on
用力拉；穿上

Hearing his mother opening the door, he **pulled on** his shorts and ran into the bathroom to hide.
聽見媽媽打開門的聲音，他**穿上**短褲，跑到浴室裡躲起來。

pull out
出港；退出；抽出

He decided to buy the ticket, even though he would have to run to catch the ferry before it **pulled out**.
他決定要買票，雖然他要用跑的才能在船**出港**之前趕上。

The investment club was doing well, but Sally wanted to **pull out** of it anyway.
投資社團運作得很好，但莎莉無論如何都想**退出**。

The shopper **pulled** the umbrella **out** of the large vase, which held many umbrellas inside.
顧客從放了很多雨傘的大雨傘架裡**抽出**雨傘。

pull over
把……開到

The military police **pulled over** a suspicious white van outside of the base.
憲兵**把**一輛可疑的白色貨車**開到**基地外面。

01 get
02 go
03 come
04 put
05 take
06 turn
07 run
08 throw
09 keep
10 move
11 look
12 bring
13 pull
14 set
15 hold
16 knock
17 call
18 cut
19 stick
20 push
21 pass
22 fall
23 work
24 break
25 give

pull together
通力合作；齊心
協力

● We need to **pull together** and find a way to survive on this deserted island.
我們需要**齊心協力**找出在這荒島生存下去的辦法。

pull up
把……向上拉；
愣著

● It took a lot of effort to **pull up** the bucket of water from inside the well.
把一桶水從井裡**拉上來**要花很大的力氣。

● Instead of pitching the ball, the pitcher **pulled up** to see what the runner was doing on first base.
捕手沒接球，而是**愣著**看跑者在一壘做什麼。

日常用語 ●

I waited for 30 minutes to catch a fish, when I realized I **pulled a boner** and forgot to put on the bait.
我釣魚等了三十分鐘，才發現自己**幹了傻事**，忘記放魚餌。

The two men were gone, before Sam realized that they had **pulled a fast one** on him.　那兩個人走了，山姆才意識到他們**騙了**他。

He had an experienced eye, so he knew when the man at the door was trying to **pull a fast one** on him.
他很會看人，所以他知道門邊的那個人正要**作弄**他。

I knew the man was stingy when he **pulled an attitude** about being asked to make a small donation.
那個人被問到能不能小額捐款時**裝腔作勢**，我就知道他很小氣。

It was highly unlikely that he could survive a week in the wilderness, but the teenager **pulled it off**.
那個少年不太可能在野外生存一個禮拜，但他卻**做到了**。

The father of the kidnapping victim took a few minutes to **pull himself together** before he faced the reporters.
面對記者之前，孩子被綁架的父親花了幾分鐘讓自己**鎮定下來**。

106

For the grand opening, the new theme park **pulled out all the stops** to make it unforgettable.

為了盛大的開幕會，新開的遊樂園**竭盡全力**把開幕會辦得令人難忘。

I didn't believe you were leaving, because I thought you were just **pulling our leg**.

我不相信你要離開，因為我覺得你只是在**開**我們**玩笑**。

The investigators followed the money trail, forcing the gang to **pull the plug** on the illegal operation.

調查人員循著轉帳足跡，逼迫幫派**揭露**非法交易。

01 get
02 go
03 come
04 put
05 take
06 turn
07 run
08 throw
09 keep
10 move
11 look
12 bring
13 pull
14 set
15 hold
16 knock
17 call
18 cut
19 stick
20 push
21 pass
22 fall
23 work
24 break
25 give

14 set
設定;放置;下山

Set goals

　　set 常表示「放」、「置」(carefully put sth down on somewhere),和 sit(坐)是同源字,母音通轉,因此也有「太陽落下」(when the sun sets, it moves down in the sky and disappears)的意思。set 的語意豐富,可仔細推敲衍生字意之間的關係。set 搭配不同的介係詞或介副詞 apart、aside、down、forth、up,意思是「撥出」、「留出」、「寫下」、「啟程」、「設立」等。

基本用法

1. 放下 v.

The family **set** the picnic basket down and sat on a large blanket in the park. 全家人在公園裡把野餐籃子**放下**,坐在一張大毯子上。

2. 為(電視、戲劇、舞台等)設置背景 v.

The new science fiction movie was **set** in the post-apocalyptic future. 新推出的科幻電影**場景設定**在大災難後的未來。

3. 嵌入表面 v.

Upon completion of the new school, a bronze plaque was **set** into the wall. 新學校一落成,牆上便**嵌入**一塊銅碑。

4. 制定;規定 v.

The religious practices were **set** by the early immigrants to the country, and they are still followed today. 宗教儀式是由這個國家早期移民**制定**的,他們至今仍遵守著那些儀式。

5. 使開始；使著手做 v.

The downfall of the country's economy was **set** in motion by the moving of its factories overseas.　國家經濟的衰退是從工廠外移**開始**的。

6. 確定；安排某事 v.

Let's **set** a date and time tentatively for the party, and see if it works for everyone.　來為派對**安排**個暫時的日期和時間吧，看大家有沒有空。

7. 設定；校正 v.

The alarm was **set** to go off at 5:00 am, so that Ted could make it to the meeting.　鬧鐘**設定**早上五點，好讓泰德能夠參加會議。

8. 落下；下山 v.

The sun **set** behind the mountains, lighting up the sky with orange and purple hues.　太陽從山邊**落下**，橘色和紫色的光芒照亮了天空。

9. 整復 v.

Mark screamed when the doctor **set** his broken leg and wrapped it in a cast.　醫生幫馬克**整復**斷掉的腿並打上石膏時，他痛得尖叫。

10. 造型 v.

Suzie used a curling iron to curl her hair and used heat to **set** the curls to last longer.　蘇西用電棒捲來捲頭髮，用溫度讓**造型**捲度持久。

11. 排字；排版 v.

The story and design of the newsletter was **set** on the computer before it was printed.　通訊小報的故事和樣式在發印前會先在電腦上**排版**。

片語動詞

set about
著手處理；開始
（做）；安排

● The visitors watched the chimpanzee to see how it would **set about** opening the box of cookies.
遊客們看黑猩猩要怎麼**著手**打開那盒餅乾。

01 get
02 go
03 come
04 put
05 take
06 turn
07 run
08 throw
09 keep
10 move
11 look
12 bring
13 pull
14 set
15 hold
16 knock
17 call
18 cut
19 stick
20 push
21 pass
22 fall
23 work
24 break
25 give

He planned to visit Hawaii for a long time, and when the time came, he **set about** the journey with zeal. 他計畫要去夏威夷好久了，時機到來時，他興致勃勃地**安排**行程。

set against
挑撥；兩相權衡

Jack maliciously told Mary a rumor that **set** her **against** her own sister. 杰克別有用心地跟瑪麗說了個謠言，**挑撥**她和她親生姊姊。

With the pros **set against** the cons, it made sense to proceed with the project. 贊同和反對意見**兩相權衡**之下，要繼續把計畫做下去才合理。

set apart
撥出；不一樣的地方；分開

Patty earned a good salary, but she learned to **set apart** some money each month for a small "rainy day" fund. 佩蒂薪水很高，但她學會每個月**撥出**一些錢來當作「未雨綢繆」小基金。

The quagga was **set apart** from the horses by its brown and white stripes.
斑驢和馬**不一樣的**地方在牠的棕色和白色條紋。

When a new employee is **set apart** from others, he or she may have more anxiety. 新進員工被和跟其他人**分開**的時候，他或她會有更多焦慮。

set aside
把……放到一旁；晾在一旁；暫且放下

After the wedding, Jenna wrapped up her wedding dress and **set** it **aside** for future use.
婚禮之後，珍娜**把**結婚禮服包起來**放到一旁**，以便未來之用。

When Cher entered the room, Steve **set aside** his girlfriend to ask the actress for an autograph. 雪兒走進房間時，史提夫把女友**晾在一旁**，要求跟她合照。

Franklin **set aside** his fears of being away from home, and accepted the invitation to study at Oxford.
法蘭克林**暫且放下**他離家的恐懼，接受到牛津讀書的邀請。

set back

延後；把時鐘回撥

- The explosion at the laboratory **set back** the research by at least six months.　工廠爆炸讓研究**延後**了至少六個月。
- On Sunday, November 2nd, people in some countries **set back** their clocks by an hour.　十一月二日星期日時，某些國家的人會**把時鐘回撥**一個小時。

set down

放在；寫下；降落

- The maid **set down** the hot tea pot on the bamboo mat in order to protect the table.
為了保護桌子，女僕把熱水壺**放在**竹墊上。
- Winston hummed a new tune, and made sure it was **set down** on paper, so he wouldn't forget it.　溫斯頓哼著一首新曲子，確定在紙上**寫下**來了，這樣才不會忘記。
- The troubled passenger jet **set down** on the runway to the relief of the control tower staff.　出問題的客機**降落**在飛機跑道上，讓塔台工作人員鬆了口氣。

set forth

帶著；聲明……開始

- The traveling salesman **set forth** with two large suitcases and went door to door.
到處跑的業務員**帶著**兩個大行李箱挨家挨戶推銷。
- The peace treaty was signed in Paris, and both parties **set forth** a new era of peace.
和平協約在巴黎簽訂，雙方**聲明**新的和平時代**開始**。

set in

突然感到

- Harry smiled on stage until a sense of panic **set in**, and then he ran away.　哈利在舞台上微笑，直到**突然感到**一陣緊張，然後他便溜走了。

set off

動身前往；動身；引爆；觸動（警報）

- The art class **set off** to explore the entire Louvre Museum within a day.　藝術班**動身前往**探索羅浮宮博物館一日遊。
- The remote controlled robot was used by the bomb disposal squad to **set off** the homemade bomb.
拆彈小組使用遙控機器人來**引爆**那個自製炸彈。

01 get
02 go
03 come
04 put
05 take
06 turn
07 run
08 throw
09 keep
10 move
11 look
12 bring
13 pull
14 set
15 hold
16 knock
17 call
18 cut
19 stick
20 push
21 pass
22 fall
23 work
24 break
25 give

The entire school went outside, because a prankster **set off** the fire alarm.

全校的人都跑出來了，因為有個屁孩**觸動**消防警鈴。

set on
撲向

The Siberian tiger **set on** its prey, a mountain goat, which didn't have a chance to survive the attack. 西伯利亞虎**撲向**獵物，一隻山羊，這隻山羊完全沒機會躲過牠的攻擊。

set out
動身；啟程

The two elves **set out** on an epic journey to find their long lost friend in a faraway land. 兩個頑皮的小孩**動身**壯遊，在遙遠的土地上尋找他們失聯已久的朋友。

set to
毅然前往；開始
攻擊

The rescue team assembled their gearand **set to** the task of finding the lost mountain climbers.

救援團隊裝備好工具，**毅然前往**尋找走失的登山客。

The angry mob **set to** the fearful villagers, and there were no police to protect them. 憤怒的群眾**開始攻擊**害怕的村民，卻沒有警察來保護他們。

set up
建造；設立；設
局；誣陷

Once the settlers reached a water source, they **set up** a new village along the riverbank. 拓荒者一旦找到有水源的地方，就會沿著河岸**建造**新村落。

The size of the natural disaster led the country to **set up** an unprecedented number of NGO's. 這場自然災害的規模讓國內的公益團體如雨後春筍般紛紛**設立**。

Frank realized he was being **set up** by his friends when they seated him next to a beautiful young woman.

法蘭克的朋友們安排他坐在一個年輕漂亮的正妹旁邊，他才發現自己被**設局**了。

A woman delivered the gun to the police, but she was **set up** by the gang to take the blame for the shooting.

一個婦人把槍交給警察，但她卻被幫派**誣陷**是開槍的人。

The organization **set a goal** of one million dollars for its annual fundraising campaign.

組織**訂下**每年募款一百萬元的**目標**。

Many times, Kobayashi had **set a record** for eating the greatest number of food items.

小林尊多次**創造**大胃王的**紀錄**。

The news of his star basketball player's sudden death **set** the coach **back** on his heels.

籃球明星球員驟死的消息讓教練**大吃一驚**。

Excited that her teacher was coming over for dinner, Cindy happily **set the table**.

期待老師要來用晚餐，辛蒂開心地**擺盤和備好餐具**。

After being a mechanic's assistant for ten years, he was ready to **set up shop somewhere** for himself.

技工助手當了十年後，他準備好自己**開店**。

The war was over, and the courts ruled to **set** the prisoners **free**, so they could return home.

戰爭結束了，法庭裁定**釋放**囚犯，因此他們得以返鄉。

01 get
02 go
03 come
04 put
05 take
06 turn
07 run
08 throw
09 keep
10 move
11 look
12 bring
13 pull
14 set
15 hold
16 knock
17 call
18 cut
19 stick
20 push
21 pass
22 fall
23 work
24 break
25 give

hold

握著;舉行;容納

動詞解析

　　hold 的核心語意是「握著」、「抓住」、「抱住」（have sth in your hand, hands, or arms），衍生出「擁有」、「持有」（officially own or possess money, a document, a company etc.）的概念。「握住」則能使其不動，因此也衍生出「停止」（stay at a particular amount, level, or rate）的意思。hold 的語意豐富，片語動詞 hold on（堅持）、hold off（延期）、hold back（抑制）等都相當常見。

基本用法

1. 握著;抱著 v.

Nancy **held** the crying boy in her arms, before his mother would arrive at the day care center.
南西懷裡**抱著**哭泣的男嬰，直到男嬰的母親抵達托兒所。

2 托住;支撐 v.

The child's bed broke because it wasn't designed to **hold** the weight of a full grown adult.
那孩子的床壞了，因為它的設計**支撐**不住一個成年人的體重。

3. 舉行;召開 v.

Citizens celebrated as the country **held** its first ever democratic elections.
國內首次**舉行**民主選舉時，公民歡天喜地。

114

4. 擁有（頭銜、稱號）；被封為 v.

The inventor of the Internet **held** the title of honorary Chairman at the research institute. 網際網路的發明者**擁有**研究機構的榮譽主席頭銜。
Usain Bolt **held** the title of the World's Fastest Man after winning many international competitions.
尤山・波特在贏得許多國際競賽之後，**被封為**「全世界跑最快的人」。

5. 穩定下來 v.

The temperature of the nuclear reactors **held** steady after the cooling pumps were restored.
核反應爐的溫度在冷卻幫浦修復之後**穩定下來**了。

6. 扣留；被關起來 v.

Jamie was **held** against her will after her captors took over the hotel.
潔米在綁架她的人佔據整棟旅館後**被關起來**。

7. 認為；持有（見解等）v.

Many religions **hold** the belief that circumcision is beneficial for baby boys. 很多宗教**認為**男嬰行割禮是有益處的。

8. 擁有；握有；持有 v.

The company where Jack worked was **held** primarily by his uncle Joe.
杰克工作的公司主要是由他的舅舅——喬——**持有**。

9. 容納；包含 v.

The gas tank of the new car **held** 15% more gasoline than the previous version. 這輛新車的油箱比起前一款可以多**容納** 15% 的汽油。

10. 保存；保管 v.

The volunteer **held** the baseball bats in his hand until they were needed by the players. 志工**保管**棒球球棒，以便選手們需要。

01 get
02 go
03 come
04 put
05 take
06 turn
07 run
08 throw
09 keep
10 move
11 look
12 bring
13 pull
14 set
15 hold
16 knock
17 call
18 cut
19 stick
20 push
21 pass
22 fall
23 work
24 break
25 give

11. 維持 v.

On this day, the Nikkei Index **held** steady, while the TAIEX was up by 5%.
這一天，日股指數**持平**，而台股指數則上漲了 5%。

片語動詞

hold back
留下；隱藏；收
手；退縮；暫時
停工；阻擋；隱
瞞

● Charice handed out spending money to each child, and **held back** enough to pay for the hotel and meals.
夏瑞絲把零用錢交給每個孩子，**留下**足夠的錢付食宿費。

● Jason never knew his wife was suffering, because she had been good at **holding back** her true feelings.
傑森從來不知道太太很痛苦，因為她一直把自己真正的情緒**隱藏**得很好。

● The young man punched at the homeless man, but upon recognizing him, he **held back**.
年輕人揍了遊民一拳，但一認出是他便**收手**了。

● The construction was making good progress, but was **held back** until further funding was secured.
建造進度良好，但要**暫時停工**，直到確定有更多資金來源。

● The police put up yellow tape to **hold back** onlookers during the apartment building fire.
公寓大火時，警方圍起封鎖線來**阻擋**圍觀者。

● He did very well during his interview, but he **held back** the fact that he did not have a college diploma. 他在面試時表現得非常好，但他**隱瞞**了自己沒有大學學歷的事實。

hold down
努力做；壓制；
小聲；忍住

● The single mother **held down** a full-time job as a waitress, while raising six children.
單親媽媽**努力做**正職服務生來養育六個孩子。

● The wrestler **held down** his opponent long enough for the referee to end the match.
摔角選手**壓制**住對手，直到裁判宣布比賽結束。

The principal asked the students to **hold down** their celebration to respect the residents nearby.
校長要學生們**小聲**慶祝，以尊重附近的住戶。

After losing his son, Greg **held down** his displays of grief, in order to keep his family together.
失去兒子後，為了維繫全家人的感情，葛瑞格**忍住**悲傷。

hold forth
滔滔不絕地講述
某事；展示

The Dean of the school was **holding forth** on the accomplishments of the faculty of the school.
學校主任**滔滔不絕地講述**學校教職員的豐功偉業。

The professor **held forth** the inner workings of the Internet to the class. 那位教授**展示**網路內部運作給班上同學看。

hold in
壓抑；抑制

His mother told him to go ahead and cry, because it was not healthy to **hold in** one's feelings.
他母親要他盡情大哭，因為**壓抑**情緒是不健康的。

hold off
延期；雨沒落下；
抵擋

Let's **hold off** on the barbecue and wait until everyone has a day off. 我們把烤肉**延期**吧，等到大家哪天有空再說。

The sky was dark and threatening, but the rain **held off**, and the skies eventually cleared.
天色又暗又恐怖，但**雨沒落下**，最後烏雲散去了。

At the Battle of Thermopylae, a Spartan army of 300 **held off** the Persian army for three days. 溫泉關戰役時，三百名斯巴達軍**抵擋**了波斯軍隊整整三天。

hold on
果腹；等一下；
直到

The stranded family **held on** by eating whatever they could find in the forest.
受困的一家人靠任何可以在森林裡找到的東西**果腹**。

The driver was asked by the security guard to **hold on**, while he checked his ID card.
警衛要司機**等一下**，他要檢查他的身分證。

01 get
02 go
03 come
04 put
05 take
06 turn
07 run
08 throw
09 keep
10 move
11 look
12 bring
13 pull
14 set
15 hold
16 knock
17 call
18 cut
19 stick
20 push
21 pass
22 fall
23 work
24 break
25 give

The couple embraced when they listened to the song, and **held on** until it ended.
那對情人聽歌的時候擁抱著彼此，**直到**歌曲結束。

hold out
抱著希望；抵擋；
拒絕；拿出

Kim **held out** hope that his son's grades would turn around by the end of the semester.
基姆對兒子的成績**抱著希望**，期望在學期末會有轉機。

The military men could **hold out** for months in reinforced bunkers dug into the mountains.
軍人可以靠山區裡的支援燃料庫**抵擋**數月。

When the police were ordered to shoot the protestors, most officers **held out** and walked away. 當警察收到命令對抗議的人開槍，多數員警**拒絕**接受並離開現場。

Ken **held out** a small, black box, and then opened it, revealing an engagement ring.
肯恩**拿出**一個黑色小盒子，然後打開，亮出一枚求婚戒指。

hold over
擱置；加映

The citizens demanded the voting results, but the government **held over** the announcement for another day.
公民們要求公開投票結果，但政府**擱置**了一天才公布。

The new Star Wars movie was **held over** for an extra two weeks, because it was so popular.
新星際大戰電影很受歡迎，又**加映**了兩個禮拜。

hold to
堅持

Even though others disagreed, he **held** tightly **to** the belief that immigrants were stealing jobs.
雖然其他人不認同，但他仍**堅持**移民會把工作機會搶走。

hold together
團結在一起；證明

Often, citizens of nations are **held together** by the fear of a common enemy.
通常不同國家的人民會因為懼怕共同敵人而**團結在一起**。

The attorney was asked to present evidence that would **hold together** his client's alibi.

律師被要求出示證據**證明**委任人當時並不在場。

hold up
舉著；阻擋；復原；經得起

There were many children in the park who **held up** sparklers to celebrate the national holiday.

公園裡有很多孩子**舉著**螢光棒慶祝國慶日。

The women's march was **held up** when the police barricaded the street. 警方在街上設置拒馬**阻擋**婦女遊行。

The drowning patient **held up** quite well in the emergency room after being revived.

溺水的患者被救醒後在加護病房**復原**良好。

A team of scientists analyzed the research to see if the inventor's theory would **hold up** to scrutiny. 科學家團隊分析這項研究，看看發明者的理論是否**經得起**檢視。

hold with
同意；贊成

This teacher didn't **hold with** the education system policies of standardized testing.

這位老師不**贊同**標準化測驗的教育政策。

日常用語 ●

The wealthy landowner **held all the aces** when trying to force the farmer to give up his land.

有錢的地主試圖逼迫農民放棄土地來**掌控一切**。

The elderly couple bravely asked the neighbors to **hold down the racket** during their party.

那對老夫妻鼓起勇氣在鄰居開派對的時候請他們**小聲一點**。

Hold everything! Did you see that the President's tax documents were finally revealed?

慢著！你有看到總統的稅務文件總算公開了嗎？

01 get
02 go
03 come
04 put
05 take
06 turn
07 run
08 throw
09 keep
10 move
11 look
12 bring
13 pull
14 set
15 hold
16 knock
17 call
18 cut
19 stick
20 push
21 pass
22 fall
23 work
24 break
25 give

After a warning shot was released, the police chief ordered his officers to **hold their fire**.

發出警告槍響之後，警長指示他的部屬**暫時不動聲色**。

Hold your horses, son, and don't be in a hurry to run down the mountain trail.

慢一點，兒子，不要急著跑下山坡。

The couple had been fighting until the woman **held out an olive branch** and gave her man a hug.

那對情侶一直在吵架，直到女方**釋出善意求和**，給了男人一個擁抱。

Harvey said that he didn't **hold** any **sway** over his sister and wouldn't ask her to do the favor.

哈維說他**改變**不了他姊姊，而且並不打算找她幫忙。

Mary and Beatrice both were guilty of the prank, but Mary was left **holding the bag** when Beatrice disappeared.

瑪莉和比翠絲都對惡作劇感到內疚，但比翠絲不見後，瑪莉卻被留下來**背黑鍋**。

Karen was told her story didn't **hold water**, when she tried to explain how she acquired the money.

凱倫試圖解釋她的錢怎麼來的，卻有人說她的話**站不住腳**。

During the exam, Steve finished early, asked the teacher a question, and was told to **hold his tongue**.

考試的時候，史提夫提早交卷、問了老師一個問題，然後被要求**閉上嘴巴**。

16 knock
敲擊；相撞

01 get
02 go
03 come
04 put
05 take
06 turn
07 run
08 throw
09 keep
10 move
11 look
12 bring
13 pull
14 set
15 hold
16 knock
17 call
18 cut
19 stick
20 push
21 pass
22 fall
23 work
24 break
25 give

動詞解析

　　knock 常見的意思有「敲」、「擊」（repeatedly hit sth, producing a noise），「相撞」、「碰擊」（hit, especially forcefully, and cause to move or fall）、「敲門」（hit a door, etc. firmly）等意思。knock 搭配不同介係詞或介副詞 back、down、off、over，表示「駁回」、「撞倒」、「把……踢進」、「撞倒」、「打翻」等。美國文化中，knock on wood 表示「好險」，所以敲敲桌子（knock on wood）是為了祈求好運。

基本用法

1. 敲倒；碰倒 v.

To her dismay, the child swung the bat in the house and **knocked** over the vase.　那孩子在屋裡揮球棒**敲倒**花瓶，讓她一陣驚愕。

2. 指責；挑剔 v.

It was unfair to **knock** Teacher Smith about the test results, because he didn't design the test.
用考試結果**指責**史密斯老師是不合理的，因為題目不是他出的。

3. 敲門、窗戶等 v.

Someone kept **knocking** on the door, and it turned out to be the mailman.　有人一直在**敲門**，結果原來是郵差。

4. 心怦怦跳 v.

Escaping from the mysterious man, Eve's heart was **knocking** wildly.
逃離那詭祕的男子後，伊芙的**心臟怦怦跳**。

片語動詞

knock around
敲打；打；遊歷

The plumber used a rubber hammer to **knock around** the pipes to find the blockage.
水管工用橡皮槌**敲打**水管四周尋找阻塞的地方。

The unemployed husband was warned by the police to stop **knocking around** his wife.
警察警告那個失業的丈夫不要再**打**他老婆。

The backpacker spent a week in Europe **knocking around** and finding odd jobs.
那個背包客在歐洲**遊歷**了一個禮拜，做稀奇古怪的工作。

knock back
很快喝掉……；
嚇了一跳；拒絕

They celebrated a night on the town and each one **knocked back** a six-pack of beer before they went home.
他們慶祝在鎮上的一晚，每個人回家前都**喝掉**六手啤酒。

Neal was **knocked back** by the news that his old girlfriend was back in town.
尼歐知道他前女友回到鎮上的消息**嚇了一跳**。

The farmboy was eager to learn how to drive the tractor, but was **knocked back** by the farmer.
農場男孩很想學開拖拉機，但被農場主人**拒絕**了。

knock down
熏倒；撞上；吹
倒；拆解

I am sorry to tell you that your breath is bad enough to **knock down** an elephant.
遺憾地告訴你，你的口臭簡直可以**熏倒**一頭大象了。

The bus was out of control, **knocking down** an old lady crossing the street.
公車失控**撞上**一位正在過馬路的老太太。

It is unimaginable how the wind can **knock down** such a sturdy structure.

無法想像風是怎麼**吹倒**這麼堅固的建築的。

The stage was **knocked down** and transported to the next concert site.　舞台被**拆解**運送到下個演唱會地點。

knock into
把……踢進；嵌進；鑽……洞

The ball was **knocked into** the goal, and the soccer team advanced to the playoffs.

球被**踢進**球門，足球隊晉級到決賽。

The wooden pegs were **knocked into** the panel in order to hold up shelves.　木樁**嵌進**嵌板裡才能撐起架子。

The jackhammer **knocked** a hole **into** the street that needed to be repaired.

街道被電鑽**鑽**了一個**洞**，以利維修。

knock off
打擊；破壞；打敗；完成

Cans were placed on the fence, only to be **knocked off** during target practice.

籬笆上放了罐頭，只是為了當射擊練習的目標物來**打擊**。

The vandals were arrested for driving through neighborhoods and **knocking off** mailboxes with a bat.

毀損公物的人因為在附近開車拿球棒**破壞**信箱而被逮捕。

The independent candidate won the election, **knocking off** the candidate from the dominant party.

無黨籍候選人贏得選舉，**打敗**了優勢黨的候選人。

Jane sold her paintings for a lot of money, even though she **knocked** them **off** in less than a day.

貞恩賣畫賺了很多錢，雖然那些畫只花一天就**完成**了

knock out
打敗；病倒；昏睡

The exuberant young man finally gained fame after **knocking out** the champion boxer.　**打敗**冠軍拳擊手之後，那個精力旺盛的年輕人總算出人頭地。

The poor man worked on his book writing until he was **knocked out** by illness.　那可憐人努力寫書直到他**病倒**。

01 get
02 go
03 come
04 put
05 take
06 turn
07 run
08 throw
09 keep
10 move
11 look
12 bring
13 pull
14 set
15 hold
16 knock
17 call
18 cut
19 stick
20 push
21 pass
22 fall
23 work
24 break
25 give

Crystal was **knocked out** for the night after taking several sleeping pills.
克里絲朵吞了好幾顆安眠藥之後**昏睡**了一夜。

knock over
撞翻；搶劫

The rhinoceros was strong enough to **knock over** the truck and its passengers.
那犀牛壯得足以**撞翻**卡車和上面的乘客。

The bank was **knocked over** for the second time this month.　這家銀行這個月已經第二次被**搶劫**了。

knock together
相互撞擊；搭起來

The drumsticks were **knocked together** in a rhythm to get the band ready.
鼓槌有節奏的**相互撞擊**，提醒樂團準備上場。

The shelter on the beach was **knocked together** with sticks and leaves from palm trees.
海灘上的遮蔽處是用棕櫚樹的枝葉**搭起來**的。

knock up
敲門喚醒

The mother **knocked** his son **up** at 5:00 am to get him ready for his big day.　母親在早上五點**敲門叫醒**兒子，要他為重要的日子做好準備。

日常用語

The father came up to the bedroom and told the two arguing brothers to **knock it off**.
父親上樓走進臥室，要兩個吵架的兄弟**別鬧了**。

I hope we can make it through the night without any other bad luck happening, **knock on wood**.
我希望我們可以撐過這晚，不會發生任何不好的事情，**祝我們好運！**

The dance coach walked his pupil onto the stage and shouted, "**Knock them dead!**"
舞蹈教練帶著他的學員走上舞台，大喊：「**迷倒他們！**」

Peter held out his hands to his buddy and asked him to **knock** him **some skin**.

彼得朝他的好朋友伸出手，要他**跟**他**握手**。

When the college athlete ran the 100 meter race in 9.9 seconds, it **knocked everyone's socks off**.

那位大專運動選手在 9.9 秒內跑完百米時，**跌破了所有人的眼鏡**。

When unexpected dinner guests arrived, Mary invited them in and **knocked something together** in the kitchen.

晚餐突然有客人來訪，瑪莉邀他們進來，在廚房**隨便煮**了東西。

01 get
02 go
03 come
04 put
05 take
06 turn
07 run
08 throw
09 keep
10 move
11 look
12 bring
13 pull
14 set
15 hold
16 knock
17 call
18 cut
19 stick
20 push
21 pass
22 fall
23 work
24 break
25 give

call

打電話；呼叫

17

動詞解析

　　call 是使用頻率很高的一個字，「打電話給」（telephone someone）、「通話」（when you use the telephone）是生活中不可或缺的動作。call 的核心語意是「呼叫」（say sth in a loud voice），衍生出「召來」（ask someone to come to you）的意思。call by（順路探望某人）、call for（公開要求）、call on（拜訪）等都是常見的片語動詞。值得一提的是，call in（打電話到廣播或電視節目）並非 call out（召喚某人幫助）的相反詞。

基本用法

1. 打電話（給）v.

Jane, will you please **call** your parents and let them know you need to go home early?　貞恩，妳可以**打電話給**妳爸媽，跟他們說妳要早點回家嗎？

Sometimes, it is better to discuss something in person than to **call** someone about the matter.　有時候，面對面討論會比**打電話**講還要好。

2. 叫喊；叫喚 v.

Jackie went to her back porch and **called** her sons to come in for dinner. 潔奇走到後門陽台**叫喚**她兒子進來吃晚餐。

3. 認為 v.

After all she did for her father, she couldn't believe that he **called** her lazy.　在她為父親做了所有事情之後，她無法相信他**認為**她很懶惰。

4. 召來；叫 v.

The professor **called** his assistant over and requested a fresh cup of coffee. 那位教授**叫**她的助教過來，要她泡一杯咖啡。

片語動詞

call away
叫去

● Steve sat at the desk, because the secretary was **called away** briefly to handle an errand.
史提夫坐在書桌前，因為祕書臨時被**叫去**處理一件事情。

call back
回電話；叫回來；
再度去；（通知求
職者等）回來複試

● Getting the note from his assistant, Frank immediately **called back** his boss.
法蘭克從他助理那裡拿到紙條，立刻**回電話**給老闆。

● The owner **called back** the landscaper and showed him where he forgot to cut the grass.
屋主把園藝工人**叫回來**，讓他看他忘了修剪的草坪。

● It had been awhile since he saw his girlfriend, so he **called back** at her place on his day off. 他已經一段時間沒跟女朋友見面了，所以休假的時候便**再度去**了她的住處。

● Sally was excited after the interview when the manager told her to **call back** next week for a second round. 面試過後，主管要莎莉下個禮拜再**回來複試**時，她興奮得不得了。

call by
順路過去拜訪

● I don't mean to bother you, but I thought I'd **call by** on my way to work. 我沒打算打擾妳，但我想我上班路上會**順路過去拜訪**一下。

call down
叫下樓；祈求
（天佑、降禍）

● Harry was **called down** from his third floor bedroom to have breakfast with the family.
哈利從三樓房間被**叫下樓**跟全家人一起吃早餐。

● May God **call down** thunderbolts on you to punish you for what you have done to my family.
希望你會因為對我家人做的事情**遭受**天打雷劈。

01 get
02 go
03 come
04 put
05 take
06 turn
07 run
08 throw
09 keep
10 move
11 look
12 bring
13 pull
14 set
15 hold
16 knock
17 call
18 cut
19 stick
20 push
21 pass
22 fall
23 work
24 break
25 give

call for
去接……；（公開）要求；需要

● Hank **called for** Betty at 8:00 pm and took her out for the school dance.
漢克晚上八點**去**貝蒂家**接**她，送她去學校舞會。

● During the teacher's strike, the workers **called for** an immediate pay raise.
教師罷課時，教師們的**訴求**是即刻加薪。

● The cavity was at the back of the tooth, which **called for** a special type of drill.
蛀洞在牙齒後方，**需要**特別的鑽頭來處理。

call forth
發射出

● He flipped a switch and **called forth** a spectacular fireworks display that dazzled the crowd.
他輕按下開關，**發射出**讓人群眩目的壯麗煙火。

call in
打電話到廣播或電視節目；跑去找（朋友）；收回；叫……來

● Mary **called in** to try to win the free concert tickets that were being given away by the radio station. 瑪莉**打電話到廣播電台**，想拿到電台贈送的演唱會免費門票。

● She was 10 minutes late to her class, because she **called in** on her best friend for a while. 她晚了十分鐘才回班上，因為她**跑去找**她最好的朋友待了一會。

● The company had no choice but to **call in** the new line of toy robots after some of them caught fire.
某些玩具機器人自燃之後，公司不得不**收回**這批新生產的玩具機器人。

● Even though Jesse wanted to repair the broken sink, his wife **called in** a plumber to do the job.
即便傑西想修理壞掉的洗手台，他老婆還是**叫**了修水管的人**來**做。

call in
打電話請病假

● After a night of heavy drinking, Billy **called in** and told his manager that he was too sick to come to work.
無節制地喝酒喝了整晚後，比利**打電話**跟主管說他生病無法去上班。

call off
取消

● The football game between the teams had to be **called off,** because a typhoon flooded the field.
這幾隊的橄欖球隊的比賽得**取消**，因為颱風讓球場淹水了。

call on
短暫拜訪；要求

● Before going home, the postman **called on** his longtime neighbor, Charlie.
郵差回家前**短暫拜訪**跟他當了很久鄰居的查理。

● The mayor was **called on** by angry citizens to fire the police chief.　憤怒的人民**要求**市長把警長革職。

call out
大聲呼喊；召喚
某人幫助

● The family was stranded on the roof during the flood, and they **called out** to rescuers in nearby boats.　那家人在水災時被困在屋頂，他們**大聲呼喊**附近船上的搜救人員。

● An unknown voice **called out** the firefighter from inside an elevator.　消防員聽到電梯裡**傳來**求救聲。

call over
傳喚

● The judge **called** the attorneys **over** to the bench to show him their evidence.　法官**傳喚**律師們拿證據到他身邊給他看。

call up
打電話給……；
使想起；徵召

● The roommates **called up** the pizza shop and ordered six pizzas for their movie night.　室友們**打電話給**披薩店，訂了六個披薩，打算晚上看電影時吃。

● Watching the fireworks with his children **called up** memories for David of his own childhood.
大衛和他的孩子們一起看煙火，**想起**了自己的童年回憶。

● Because of their desperate need for more troops, the general **called up** recruits who were over 40 years old.
因為急需更多軍隊，將軍**徵召**了四十歲以上的士兵。

日常用語 ●

The supervisor described his assistant as a nice person, but his employees demanded that he **call a spade a spade**.
管理人說他的助理人很好，但他的員工要他**實話實說**。

01 get
02 go
03 come
04 put
05 take
06 turn
07 run
08 throw
09 keep
10 move
11 look
12 bring
13 pull
14 set
15 hold
16 knock
17 call
18 cut
19 stick
20 push
21 pass
22 fall
23 work
24 break
25 give

"Let's **call it a day** and go out for drinks," said Steve's boss on a Friday evening.

「**今天就到這裡**，我們去喝幾杯吧！」史提夫的老闆在星期五傍晚時說。

My neighbor kept losing money on his business ideas, because he never knew when to **call it quits**.

我的鄰居經商一直賠錢，因為他永遠不知道什麼時候該設**停損點**。

He seemed extremely confident with the hand he was dealt, but I **called his bluff** and found out he had a bad hand.

他似乎對他自己的手氣非常有信心，但我**逼他攤牌**後，發現他的手氣很差。

The Chairman brought in his son to **call the shots**, even though he lacked the experience to run a company.

董事長讓他兒子來**做決策**，即便他並沒有經營公司的經驗。

Babe Ruth pointed to the upper deck, **calling his shot**, and blasted a home run to that exact location.

貝比‧魯斯指向外野看台，**表明意圖**，然後朝相同方向擊出全壘打。

18 cut
切割；縮短

01 get
02 go
03 come
04 put
05 take
06 turn
07 run
08 throw
09 keep
10 move
11 look
12 bring
13 pull
14 set
15 hold
16 knock
17 call
18 cut
19 stick
20 push
21 pass
22 fall
23 work
24 break
25 give

動詞解析 ·

　　cut 的核心語意是「切」、「割」（break the surface of sth, or to divide or make sth smaller），衍生語意有「刪除」（remove sth from sth else）、「切斷」（stop or interrupt sth）、「削短」（make sth shorter），而曠課（cut class）是刻意「切掉」某（些）課沒去上。cut 的片語動詞也都緊扣「切」、「割」的意思，搭配不同介係詞或介副詞 away、through、down，「切」的方式就不同，例如「切去」、「切開」、「削減」等。

基本用法 ·

1. 切；割；剪；削；砍；剁；劃破 v.

Phil **cut** the bananas from the tree and gave it to his neighbor.
菲爾從樹上**砍下**香蕉，送給鄰居。
The thorn of the rose **cut** the woman's lip as she held it in her mouth.
那女人用嘴叼著玫瑰，玫瑰的刺**劃破**了她的唇。

2. 削減；縮短；切薄 v.

The carrot was **cut** into small pieces, so they could be easy-to-eat snacks.　把紅蘿蔔**切**成小薄片，這樣才方便當零嘴。

3. 中斷 v.

Harold apologized for having to **cut** the meeting short and leaving for the airport.　黑羅德因為要前往機場，必須**中斷**會議而道歉。

4. 缺席 v.

The student **cut** class in order to meet a girl that he liked in the library.
為了要跟喜歡的女生在圖書館碰面，那學生**沒去上課**。

5.（發牌之前）切牌 v.

The dealer offered to let the gambler **cut** the deck before passing out the cards. 發牌員在發牌之前讓下注的人**切牌**。

6. 長（牙齒）v.

The toddler cried more than usual, so his mother guessed that he was **cutting** new teeth.
那小孩哭的頻率比平常更多，所以他媽媽猜他應該是在**長牙齒**。

片語動詞

cut across
直接穿越

● The student missed the bus and **cut across** the football field in order try to catch it on the other side.
那學生錯過公車，為了從另一頭趕上便**直接穿越**橄欖球場。

cut away
切去；停播

● The skilled vendor showed great skill in **cutting away** the thick skin from the pineapples he sold.
刀法俐落的鳳梨攤販**切去**厚厚的鳳梨皮，展現高超技能。

● The television **cut away** from regular programming to announce the death of President Kennedy. 為了宣告康乃迪總統的死訊，電視台將正常時段的節目**停播**。

cut back
刪減；修剪（矮樹、灌木等）

● The school made a poor choice to **cut back** the budget for school lunches, and the students protested.
校方做了**刪減**午餐預算的糟糕決定，學生們群起抗議。

● Sally **cut back** the bushes in her front yard, so she could have a clear view out of her window.
莎莉**修剪**前院的灌木叢，這樣窗外才能有清爽的景色。

cut down

減少;射殺;砍下

- If you're going to be serious about losing weight, you need to **cut down** your intake of carbohydrates. 如果你要認真減重,就得**減少**攝入的碳水化合物。
- As the soldiers were running up the hill, they were **cut down** by machine gun fire from a bunker. 士兵們跑上山丘時,被掩蔽處的機關槍給**射殺**了。
- It was almost Christmas, and their tradition was to go to a tree farm to **cut down** a Christmas tree. 聖誕節即將到來,他們的傳統就是到樹農場去**砍下**一棵聖誕樹。

cut in

插話;超車搶道;插隊

- While Sam was explaining the proposal, the manager **cut in** to announce that lunch time had already passed. 山姆在說明提案時,主管**插話**說午餐時間已經過了。
- In a dangerous move, a man in a BMW **cut in** front of the a bus, causing it to slam on the brakes. 開 BMW 的男子突然**超車**到公車前方,這危險動作讓公車緊急剎車。
- The foreign tourists **cut in** front of people waiting in line to buy tickets for the show. 外國旅客為了買表演的門票,**插隊**到排隊等待的人前面。

cut off

割掉;擋住;關掉煤氣、水、電等的供應;遠離;切斷電話線路;斷絕

- The famous artist was suspected of being insane when he **cut off** his own ear. 名藝術家**割掉**自己的耳朵,被懷疑精神失常。
- During the high speed chase, a police car managed to **cut off** the getaway car and force it to stop. 高速追逐時,警車試圖**擋住**逃逸車輛,逼迫它停下。
- In an aggressive move, the police **cut off** electricity to the building where the bank robbers were hiding. 那警察強行**關掉**銀行搶匪藏匿的大樓總電源。
- The island was **cut off** from any other population center, making it an ideal location for a retreat. 這個島嶼**遠離**人口集中地區,成為隱居的理想位置。

01 get
02 go
03 come
04 put
05 take
06 turn
07 run
08 throw
09 keep
10 move
11 look
12 bring
13 pull
14 set
15 hold
16 knock
17 call
18 cut
19 stick
20 push
21 pass
22 fall
23 work
24 break
25 give

The phone call was **cut off** unexpectedly, probably because of a downed phone line.
電話突然被**切斷**了，可能是因為電話線壞了。

The father **cut off** his relationship with his son, after the boy was arrested for selling drugs. 在那男孩因販售毒品被捕之後，父親跟他便**斷絕**父子關係。

cut out
刪去；切除；切成、剪成、砍出某事物

The publisher said he would accept the manuscript if the author **cut out** the part that contained profanity.
發行商說如果作者**刪去**不當用語的地方，他就會接受稿件。

The doctor **cut out** the ruptured appendix in a procedure that took only 30 minutes.
醫生只花了三十分鐘便完成盲腸穿孔**切除**手術。

The paper artist **cut out** some shapes in the folded paper and opened it to reveal people holding hands. 紙藝術家在摺起的紙上**剪**了一些形狀，打開後是手牽手的人。

cut through
直接開過去；免去；停止

The manager was upset, because some drivers **cut through** his parking lot to avoid the red light.
那負責人很不高興，因為有些駕駛為了避開紅燈會**直接**從他的停車場**開過去**。

He paid a bribe to the official to **cut through** the red tape for the construction project.
他賄賂官員以**免去**建造計畫的繁文縟節。

Let's **cut through** the crap that is going on now and create a real solution. **停止**現在這件爛事，想個真正的解決辦法吧！

cut up
切；劃傷

She **cut up** the apple into tiny bite-sized pieces perfect for a toddler. 她把蘋果**切**成適合幼兒吃的大小。

The thief **cut up** the man on his arm, but the hero tackled him and held on until the police arrived.
小偷**劃傷**男子手臂，但那英雄般的男子將他擒倒制伏，直到警方到來。

The buyer was so eager to purchase the home before anyone else that he **cut a check** on the spot.
買家很想在其他人之前買下這個住家，所以當場就**開了支票**。

The desperate company was ready to give up a percentage of owner-ship to **cut a deal**.
窮極絕望的公司已經準備好要放棄一部分所有權來**達成協議**。

He didn't have confidence that he would do well on the test, so he **cut class**.
他對考試沒有信心，所以**逃學**了。

The company **cut corners** by using a cheaper glue and reducing the quality of their product.
這家公司**圖方便**用了比較便宜的膠水，導致產品品質下降。

Cut it out! I'm going to tell the teacher that you keep pulling my hair.
夠了！我要跟老師説你一直拉我的頭髮。

After being fired and getting into a car wreck this week, Sam just wanted to **cut loose** at his birthday party.
這禮拜被炒魷魚又出車禍之後，山姆只想在生日會上**恣意狂歡**。

Harold cheated to prevent his opponent from winning the race, but he **cut his own throat** by doing so.
賀羅德靠作弊讓對手無法在賽跑中獲勝，但他這麼做是**自己害自己**。

Cut the comedy! This is a serious debate, and you should stick to the task at hand.
別鬧了！這是嚴肅的辯論賽，你們應該要專心在現在進行的事情上。

I don't want to hear your views on the weather, so **cut to the chase** and tell me what you want.
我不想聽你對天氣的看法，所以**開門見山**説你要什麼吧！

01 get
02 go
03 come
04 put
05 take
06 turn
07 run
08 throw
09 keep
10 move
11 look
12 bring
13 pull
14 set
15 hold
16 knock
17 call
18 cut
19 stick
20 push
21 pass
22 fall
23 work
24 break
25 give

stick
穿刺;黏

19

動詞解析 ●

　　stick 常見的語意是「刺」、「戳」（push a pointed object into or through sth）及「黏住」（cause sth to become fixed as if with glue or another similar substance）。片語動詞大致可分兩大類：stick out（伸出）、stick up （伸直）和「刺」相關，stick around（停留）、stick at（堅持做）、stick to （堅持）、stick together（團結一致）等和「黏」相關。

基本用法 ●

1. 穿;刺 v.

It takes a keen eye and a steady hand to **stick** the thread through the eye of a needle.　眼力要好，而且手要穩，才能把線**穿**過針孔。

2. 黏住;固定住 v.

Glue stick was used by the pupil to **stick** the Teacher's Day card on the wall.　學生們用口紅膠把教師節卡片**黏**在牆上。

3. 容忍;忍受 v.

I know you wanted me to sleep in the creepy house overnight, but I just couldn't **stick** it.
我知道你希望我在那陰森的屋子裡過夜，但我就是無法**忍受**。

4. 隨手放 v.

Where did you put the candle? Did you **stick** it on the cupboard?
你把蠟燭放在哪裡？是不是**隨手放**到櫥櫃上了？

5. 卡住；動不了 v.

The old rusty gate eventually become **stuck** and would not open.
老舊生鏽的鐵門最後**卡住**打不開了。

6. 接受 v.

The new policy would eventually become **stuck** as a rule that would not change for decades.
大家最終會**接受**新政策，新政策將成為幾十年不變的法規。

片語動詞

stick around
待著

● Even though she didn't know the shooting victim, the passerby **stuck around** until the ambulance arrived.
雖然那路人不認識被槍殺的受害者，但她還是**待著**直到救護車來。

stick at
堅持做

● Even though his friends told him it was pointless, John **stuck at** his job as a shoe repairman.　雖然他朋友跟他說那毫無意義，約翰還是**堅持做**修補鞋子的工作。

stick back
把……放回

● Before he left the classroom, his teacher told him to **stick** the magnet **back** onto the whiteboard.
他離開教室前，老師要他**把**磁鐵**放回**白板上。

stick by
忠心於；信守

● Even through the President had lost her popularity, her cabinet members **stuck by** her through thick and thin.
雖然總統不再受歡迎，但她的內閣成員卻不畏艱苦**忠心於**她。

● I am going to **stick by** what I had promised my son and buy him a computer for his graduation present.
我要**信守**答應兒子的承諾，買一台電腦給他當畢業禮物。

01 get
02 go
03 come
04 put
05 take
06 turn
07 run
08 throw
09 keep
10 move
11 look
12 bring
13 pull
14 set
15 hold
16 knock
17 call
18 cut
19 stick
20 push
21 pass
22 fall
23 work
24 break
25 give

stick down
黏；寫上

There was no tape or glue around, so she used a piece of chewing gum to **stick down** the note on the table.
手邊沒有膠帶或膠水，所以她用口香糖把紙條**黏**在桌上。

After checking the form, Betty's job was to **stick down** the registrant's name on a name tag.
確認表單後，貝蒂的工作就是在名牌上**寫上**登記人的名字。

stick into
貼在；叉進；叉到

The engineer used a strong duct tape to **stick** the sign **into** the inside of the tunnel.
工程師用強力牛皮膠帶把告示**貼在**隧道裡。

The tribal chief **stuck** the spear **into** the squealing pig as part of the ceremony.
頭目把長矛**叉進**尖叫的豬隻身上是儀式的一部分。

The nail was **stuck into** the map to make holes indicating the places where he had visited.
他把圖釘**叉到**地圖上，在去過的地方上鑽孔做記號。

stick on
把……怪到；固定

I refuse to let you **stick** the blame for this mess **on** me, since I wasn't even around.　我拒絕讓你**把**這個爛攤子**怪到**我身上，因為我甚至沒有在場。

The soldier was ordered to **stick** the explosive **on** to the generator and set the timer.
阿兵哥被派去把炸藥**固定**在發電機上面，並設下定時器。

stick out
突出來；吐（舌頭）；忍受

The large rock at the top of the hill **stuck out**, providing a platform on which to sit and enjoy the view.
山丘上的大石頭**突出來**，變成能夠坐著欣賞風景的平台。

He was enraged upon seeing the young boy **stick out** his tongue at him.　看到小男孩對他**吐**舌頭，他火冒三丈。

Although he hated washing dishes, the young man **stuck** it **out** until he saved enough money to move away.
雖然很討厭洗碗盤，但那年輕人還是**忍受**到存夠錢才搬出去。

stick to
堅持;一直去

● There are faster ways to compute the results, but the old man preferred to **stick to** using an abacus.
有更快的方式可以計算結果,但那老人家寧可**堅持**用算盤。

● The student **stuck to** going to cram school until he finally passed the entrance exam for medical school.
那學生**一直去**補習班,直到終於考上醫學院。

stick together
合力;黏起來

● Several families of immigrants **stuck together** to help each other to rebuild their lives in a new country.
好幾個移民家庭**合力**互助,在新的國家重建生活。

● My child made a necklace for me made from macaroni and string **stuck together** with glue.
我的孩子用膠水把通心麵**黏起來**,做了條項鍊給我。

stick up
豎起;張貼;拔擢

● The colorful bird **stuck up** its tail feathers to take an aggressive gesture.
那五彩繽紛的小鳥**豎起**尾巴,做出預備攻擊的動作。

● The principal **stuck up** a notice in the cafeteria asking for people to sign up for a talent show.
校長在學校自助餐廳**張貼**告示,要大家報名選秀節目。

● In an act of good faith, the President **stuck** Robert **up** in an executive position in the company.
出於信任,董事長把羅伯**拔擢**到公司的高階主管位置。

stick with
繼續支持……;
緊跟

● The coach **stuck with** the young quarterback, despite him having a losing record. 雖然那年輕的四分衛有輸掉比賽的紀錄,教練還是**繼續支持**他。

● The refugees walked for miles, making sure the young children **stuck with** the adults.
難民們走了好幾公里,一邊確保孩子們**緊跟**著大人。

01 get
02 go
03 come
04 put
05 take
06 turn
07 run
08 throw
09 keep
10 move
11 look
12 bring
13 pull
14 set
15 hold
16 knock
17 call
18 cut
19 stick
20 push
21 pass
22 fall
23 work
24 break
25 give

Working in a coal mine was difficult and tiring work, but the father **stuck it out** to put his son through college.

在煤礦場工作又累又辛苦,但父親為了送孩子上大學**咬牙苦撐**。

They really **stuck it to** me about being overweight and refused to allow me to go inside.

他們真的因為我體重過重**找我麻煩**,而且不讓我進去。

I almost got fired covering for you, so it's the last time I will **stick my neck out** for you.

為了替你掩護,我差點被炒魷魚,所以這是我最後一次為你**鋌而走險**。

The police chief warned his subordinate not to **stick his nose into** the mayor's business.

警長警告下屬不要對市長的事情**多管閒事**。

He went to the school dance with a large, red pimple on his nose that **stuck out like a sore thumb**.

他頂著鼻子上一顆**惹人注目的**大紅腫痘去參加學校舞會。

The farmer was warned about staying in the dangerous area, but he **stuck to his guns** and established his vineyard.

那農夫被警告不要待在危險區域,但他還是**堅持**在那經營他的葡萄園。

The crying child blamed his friend for not **sticking up for** him in class.

那孩子哭著怪他朋友沒有在班上**挺**他。

push
推進；推銷；按

01 get
02 go
03 come
04 put
05 take
06 turn
07 run
08 throw
09 keep
10 move
11 look
12 bring
13 pull
14 set
15 hold
16 knock
17 call
18 cut
19 stick
20 push
21 pass
22 fall
23 work
24 break
25 give

動詞解析

push 的核心意思是「推」（use your hands, arms or body in order to make sb/sth move forward or away from you），也有「逼迫」（forcefully persuade or direct someone to do or achieve sth）、「說服」（persuade sb to do sth）、「推銷」（try hard to persuade people to buy a new product）等衍生意思。搭配不同介係詞或介副詞 away、back、forward、over，產生「推開」、「往後推」、「擠到前面」、「推倒」等意思。

基本用法

1. 推；推動 v.

The big bouncing balls were **pushed** by the circus clowns towards the crowd.　馬戲團小丑把大彈力球**推**向觀眾。

2. 逼迫；催促 v.

The teacher **pushed** the student to focus more on her studies, and it eventually paid off.
老師**督促**那位學生在課業上更用功，總算是有了回報。

3. 按 v.

He asked the technician why the printer didn't work, and he was told he forgot to **push** the "on/off" button.
他問技術人員為什麼印表機不能動，技術人員跟他說他忘了**按**開關鍵。

4. 鼓勵;敦勸 v.

Jake really didn't want to be a volunteer at the hospital, but his girlfriend **pushed** him to do it.
傑克真的不想去醫院當志工,但他女朋友**鼓勵**他去。

5. 推銷;力勸 v.

The salesman was close to achieving his sales quota, so he started to lie to **push** a customer into buy a car.
那業務員就快達到他的業績標準了,所以他開始說謊**力勸**客戶買車。

6. 販毒 v.

Greg was despised by his neighbors for **pushing** narcotics on children near the school.
葛瑞格因為**販售毒品**給學校附近的孩子而被鄰居唾棄。

7. 穿過;推進 v.

The research team **pushed** through the dense jungle to reach the base camp before dark. 研究團隊**穿過**濃鬱的叢林,在天黑前抵達基地。

片語動詞

push ahead
繼續做……
● Even though the company faced bankruptcy, it **pushed ahead** with plans to release its new products.
雖然公司面臨破產,卻還是照計畫**繼續**推出新產品。

push around
呼來喚去;任意擺布
● The wealthy man's wife was not liked by the staff, because she would **push** them **around** daily. 員工不喜歡那有錢人的老婆,因為他們每天都被她**呼來喚去**。

push aside
推開;推到一旁
● The snow plows **pushed aside** huge amounts of snow and ice to restore traffic flow in Chicago.
剷雪機把一大堆雪和冰**推到一旁**,讓芝加哥的交通恢復順暢。

push away
推開

She thwarted the young man's attempts at affection by **pushing** him **away** forcefully.
她用力**推開**那試圖示愛的年輕男子表示拒絕。

push back
拉上;擊退;延後

The frolicking child **pushed back** the curtains and hid behind them when his mother came in.
媽媽進來時,那嬉鬧的孩子把窗簾**拉上**,躲到窗簾後面。

It is unimaginable that a force of 1000 infantrymen could **push back** the advancing column of tanks.
很難想像一千個步兵的力量能**擊退**步步逼近的坦克車隊。

The interview was **pushed back** by a few days, so she used the time to relax.
面試**延後**了幾天,所以她可以借機休息。

push by
擠過去

Fran **pushed by** the crowd of shoppers to grab the last doll remaining on the shelf.
法蘭被購物人潮**擠過去**,抓到架上剩下的最後一隻玩偶。

push for
一再地或迫切地要求某事物;要求要去

When asked where the senior trip should take them, most students **pushed for** Taipei.　被問到畢業旅行要帶他們去哪裡,多數學生都會**要求要去**台北。

push forward
推進;擠到前面

The burly man rudely **pushed forward** through the crowd to grab his lucky money from the temple.　那魁梧的男子粗暴地從人群中**擠到前面**,從廟裡抓過他的紅包。

push in
插隊

Frank was caught **pushing in** to get in front of the line and was removed from the property.
法蘭克被抓到**插隊**,於是被趕了出去。

push off
離開;(常作不客氣的命令語)滾開

The couple felt it was best to **push off**, as they felt unwelcome by their hosts.
這對情侶覺得他們不受主人歡迎,最好先行**離開**。

01 get
02 go
03 come
04 put
05 take
06 turn
07 run
08 throw
09 keep
10 move
11 look
12 bring
13 pull
14 set
15 hold
16 knock
17 call
18 cut
19 stick
20 push
21 pass
22 fall
23 work
24 break
25 give

I don't have any spare change to give to you, so **push off**!
我們沒有零錢給你，所以**滾開吧**！

push on
迫使收下；繼續
前進

Sally didn't really want the box of cookies, but she felt they were **pushed on** her by her co-workers.　莎莉並不是真的想要那盒餅乾，但她覺得她同事**強迫**她**收下**。

The long hike through the Himalayas was difficult, but the Sherpas helped the group to **push on**.　喜馬拉雅山的長征很艱困，但夏爾巴人幫著這群人**繼續前進**。

push out
驅逐；開除

Lisa felt she was **pushed out** of the management position by the new executive.
麗莎覺得自己是被新經理**開除**了主管的職位。

push over
推倒

In rural America, some teenagers think it is fun to **push over** sleeping cows.
在美國農村，有些青少年覺得把睡覺的牛**推倒**很有趣。

push through
穿過；通過

The bulldozer **pushed through** the line of protesters to knock down the large tree.
挖土機**穿過**一排抗議者，把大樹推倒。

After the fourth attempt, the unpopular health care plan was **pushed through** by the lawmakers.
四讀過後，立法委員**通過**了不太受歡迎的健保計畫。

push up
讓……上升

Some people think that the influx of foreign investors **pushed up** the housing prices.
有些人認為大量湧入的外籍投資客**讓**房價**上升**。

Steve pulled out the champagne he had been saving, because this was the time to **push the boat out**.

史提夫拿出收藏的香檳，因為現在是時候**拿出來慶祝**了。

The attorney was given a concession, but the judge warned him not to **push his luck** by asking for more.

律師得到了特許權，但法官警告他不要**得寸進尺**。

In a crazed panic, the waiter **pushed his way out of** the burning kitchen.

十萬火急之下，那服務生**死命逃出**著火的廚房。

01 get
02 go
03 come
04 put
05 take
06 turn
07 run
08 throw
09 keep
10 move
11 look
12 bring
13 pull
14 set
15 hold
16 knock
17 call
18 cut
19 stick
20 push
21 pass
22 fall
23 work
24 break
25 give

21 pass
路過；通過；傳遞

動詞解析 •

　　pass 是學生熟悉的一個字，因為在意考試是否「通過」（be successful in an exam）。pass 的核心語意是「經過」（go past sth or sb），衍生語意也易於聯想，例如「流逝」（go past a particular point in time）、「傳遞」（give sth to sb by putting it into their hands）、「傳球」（throw the ball to a player）等。片語動詞的語意不妨動腦聯想，例如 pass away（逝世）是通過人生考驗，pass to（易手）就是把擁有權傳給別人。

基本用法 •

1. 經過；路過 v.

> The special lane was opened to allow vehicles with more than two passengers to **pass** slower traffic.
> 在交通較堵塞的時候，這條小路特別開放給承載兩人以上的車子**通過**。

2. 流逝；過了 v.

> When the time **passes** 12 o'clock, please let the students know that the exam is over. **過了**十二點時，請告知學生考試時間到了。

3. 給；傳遞 v.

> At the end of the church service, they **passed** a bowl around for people to offer their donations.
> 在教堂禮拜的最後，大家**傳**一個碗捐出奉獻金。

4. 傳球 v.

Derek **passed** the ball too hard to his teammate, so it slipped through his teammate's fingers.

德瑞克**傳球**傳太用力，所以球從他隊友的手指滑了出去。

5. 遺留給繼承人 v.

Gary showed he was serious, when he offered her a ring that was **passed** down to him from his grandmother.

把祖母**留**下來的戒指交給他時，蓋瑞露出嚴肅的神情。

6. 通過 v.

I knew you were going to **pass** the exam, so I bought you this congratulatory gift.　我知道妳會**通過**考試的，所以帶了這個賀禮來給妳。

7. 消磨；打發時間 v.

These days, you can find many students using fidget spinners to **pass** the time in class.　這幾天，你會發現有很多學生用指尖陀螺**打發**上課**時間**。

8. 批准；通過 v.

The committee **passed** the policy change that would increase the membership fee.　委員會**通過**增加會費的政策修改。

Before Betty could defend herself, the review board already **passed** judgment and dismissed her.

貝蒂還沒解釋，審查委員已經**通過**決議並要她離開。

9. 變成；轉化 v.

Mercury is a metal that **passes** from liquid state to a solid state at -38 degrees Celsius.　汞是一種會在 -38℃時從液態**變成**固態的金屬。

片語動詞

pass around
把……傳給

● The Indian chief **passed around** a tobacco pipe for all of his warriors to smoke.　印地安酋長**把**菸斗**傳給**所有戰士抽。

01 get
02 go
03 come
04 put
05 take
06 turn
07 run
08 throw
09 keep
10 move
11 look
12 bring
13 pull
14 set
15 hold
16 knock
17 call
18 cut
19 stick
20 push
21 pass
22 fall
23 work
24 break
25 give

pass away
逝世

I am sorry to tell you that your homeroom teacher **passed away** last night.
我要跟你們說個難過的消息，你們班導師昨晚**過世**了。

pass by
經過；過去；流
逝

Steve looked out the window of the coffee shop to watch a woman in a red dress **pass by**.　史提夫從咖啡店的窗戶看出去，看見一個穿著紅色洋裝的女子**經過**。

Harry and Sally enjoyed their walk on the beach so much, that they didn't notice the time **passing by**.
哈利和莎莉很享受在沙灘上散步，以至於沒注意到時間的**流逝**。

pass down
傳下來

The carpenter learned the skills passed down by his father and will **pass** them **down** to his sons in the future.　木工師傅的工夫是跟父親學的，而且以後是要**傳**給自己兒子的。

pass for
被認為是；被誤
以為是

With her glasses and conservative outfits, the woman could easily **pass for** an educator.
那婦人的眼鏡和保守的穿著常讓她**被誤以為是**老師。

pass into
融入；寫進

The disastrous reign of the young king **passed into** history after his untimely death.　年輕國王在位期間的風風雨雨在他英年早逝後被**寫進**歷史。

pass off
消退；成功；當
耳邊風

The effectiveness of the pain medicine **passed off** over time, requiring the doctor to give a higher dose.
止痛藥的效果會隨時間**消退**，醫生只得開更高的劑量。

The lecture given by the teacher **passed off** just as the students expected.
老師的演講和學生們期待的一樣**成功**。

The principal scolded him in public, but the student **passed off** the scolding as if nothing had happened.
校長在眾目睽睽下訓斥那個學生，但他像什麼也沒發生一樣**當耳邊風**。

pass on
開始下一項討論、活動；留給；傳染給；把價差回饋給

I was enjoying reading a book in the park, but I **passed on** to a discussion with a group of girls. 我本來在公園裡看書看得很開心，結果卻**開始**跟一群女孩聊起天來。

That old textbook was **passed on** by my older brother to me, and now you can have it.
那本老舊的教科書是我哥哥**留給**我的，現在就給你了。

I let my sick child go to school, and he **passed on** his hoof and mouth disease to his classmates. 我讓我生病的孩子去上學，結果他把手足口病**傳染給**班上同學了。

The farmer sold his crop of onions for a lower price, and the savings was **passed on** by the supermarket.
那農夫用更低的價格賣出他栽種的洋蔥，超市便**把價差回饋給**消費者。

pass out
昏倒；分發；分配

The reason he **passed out** was that he drank too much alcohol on an empty stomach.
他**昏倒**的原因是空腹飲酒過量。

The homeless person found a job **passing out** flyers to people waiting in traffic.
遊民找到一個在車陣中**發**傳單的工作。

pass over
不注意；忽略；飛過；責任……落在

The senior vice president **passed over** Linda for the promotion, which she felt she deserved.
副總經理對琳達升遷的事情**置之不理**，但她覺得自己應該要被升遷。

During the cheerleader tryouts, it seemed that the coach **passed over** some good candidates for no obvious reason. 啦啦隊員選拔時，教練似乎沒什麼理由地就**忽略**了一些優秀的競選者。

The flying saucer **passed over** the cornfield very slowly until it was spotted.
飛碟在被看見之前**飛過**玉米田的速度非常緩慢。

01 get
02 go
03 come
04 put
05 take
06 turn
07 run
08 throw
09 keep
10 move
11 look
12 bring
13 pull
14 set
15 hold
16 knock
17 call
18 cut
19 stick
20 push
21 pass
22 fall
23 work
24 break
25 give

The duties of lawn maintenance were **passed over** to the park manager. 除草的責任**落在**公園管理員身上。

pass through
經過;路過;難熬

El Paso is one of those towns that most people just **pass through** on their way to somewhere else.
艾爾帕索是多數人到某地時會**路過**的中繼城鎮。

It was a difficult pregnancy for Mary to **pass through**, but seeing the infant made it seem worthwhile. 瑪莉的懷孕過程很**難熬**,但看到寶寶就似乎一切都值得了。

pass to
易手;給

My old computer was **passed to** my younger brother, who used it to play games.
我的舊電腦**給**我弟弟了,他把它用來打電動。

pass up
拒絕;放棄

My co-worker offered me concert tickets, but I **passed up** the opportunity in order to rest. 我同事給我演唱會門票,但我為了好好休息就**放棄**這個機會了。

日常用語

The citizens labored for months to build the theater, and now they can **pass go** and enjoy the benefits.
市民花了數月建造劇院,現在他們**順利完工**,可以享受劇院的好處了。

When his policies failed, the President **passed the buck** and blamed his predecessor for the failure.
總統的政策失敗時,他**推卸責任**,把失敗原因怪到前任總統頭上。

The committee decided to **pass the hat** to community members to cover the cost of the new playground.
委員會決定向社區成員**募款**來支付新建遊戲區的經費。

22 fall
落下；下降；跌倒

01 get
02 go
03 come
04 put
05 take
06 turn
07 run
08 throw
09 keep
10 move
11 look
12 bring
13 pull
14 set
15 hold
16 knock
17 call
18 cut
19 stick
20 push
21 pass
22 fall
23 work
24 break
25 give

動詞解析 ∙∙∙

　　fall 的核心語意是「落下」（drop from a higher level to a lower level），用在人身上就有「跌倒」（suddenly stop standing）的意思；講到程度、數量就有「下降」、「減退」（decrease in amount, number, or strength）的意思；談到政權，就有「垮台」（defeated or captured）的意思。搭配不同介係詞或介副詞 apart、back、behind、in，產生「瓦解」、「撤退」、「落後」、「塌落」等意思。

基本用法 ∙∙

1. 落下 v.

The first apple **fell** off the tree, signaling that Autumn was almost over.
蘋果樹**落下**的第一顆蘋果，預示秋天即將結束。

2. 跌 v.

The child ran into his father's arms, and they **fell** onto the soft grass together.　那小朋友跑進爸爸懷裡，兩個人一起**跌**在柔軟的草地上。

3. 下垂；低垂 v.

Carol's golden curls **fell** over her shoulders and bounced when she walked.　卡羅的金色捲髮**垂**在肩上，走路時蓬鬆有彈性。

4. 下降；減退；減弱 v.

After the first battle in the war, the general's forces **fell** by about 50%.
第一場戰役結束後，將軍的軍事力量**減弱**一半。

5. （政府、政權等）垮台；淪陷；被打敗 v.

> After the island **fell** to the Japanese, General MacArthur promised to return.　島嶼**落入**日本人**手中**後，麥克阿瑟將軍承諾要回去。

6. 戰死；陣亡 v.

> Sgt. Johnson was a soldier who **fell** while protecting other wounded soldiers.　強森上士是一名保護其他傷兵時**陣亡**的軍人。

7. 進入 v.

> When the first snow arrived, the bears **fell** into a state of hibernation. 初雪到來時，熊也**進入**冬眠狀態。

8. 屬於 v.

> The strange creature he found **fell** into a rare and ancient category of insects.　結果他找到的奇怪生物是一隻罕見且**屬於**遠古品種的昆蟲。

9.（立即）出現 v.

> The mother screamed the names of her sons, and they **fell** immediately by her side.　那媽媽大叫兒子的名字，他們立刻**出現**在她身旁。

10 落幕 v.

> When the curtain **fell**, the audience threw roses onto the stage and demanded an encore.
> 簾幕**落下**時，觀眾們把玫瑰花丟到台上，要求要安可。

片語動詞

fall about 無法控制地大笑；捧腹大笑	● The comedy routine caused everyone in the audience to **fall about** uncontrollably. 那齣喜劇讓觀眾席的每個人無法控制地**捧腹大笑**。
fall apart 分崩離析；解體	● The recession drastically reduced sales, and the company **fell apart**. 經濟不景氣大大降低銷售量，公司因此**分崩離析**。

Before it could carry the family to Nevada, the old van **fell apart** in the desert.

這家人還沒到內華達州，那輛老貨車就在沙漠中**解體**了。

fall away
剝落；消失；逐漸下降

The plaster **fell away** from the walls of the school during the earthquake. 學校圍牆上的混凝土在地震時**剝落**。

Seeing her husband in a coma, Mary's anger **fell away** and all she could feel was remorse.

看見丈夫陷入昏迷，瑪莉怒意**全消**，只覺得懊悔難過。

The productivity of the factory workers have **fallen away** after the popular manager was replaced. 那位受愛戴的主管被換掉之後，工廠員工的產能**逐漸下降**。

fall back
往後退；無法繼續待

The man turned around revealing his disfigured face, causing me to **fall back** in fear.

那人轉過身露出面目全非的臉龐，讓我害怕地**往後退**。

The protestor **fell back** from the front line to receive medical treatment for heat exhaustion.

抗議的人因為熱衰竭**無法繼續待**在前線，必須送醫治療。

fall behind
落後；沒有按時

The prisoners were forced to march for days, and those who **fell behind** were shot and killed.

囚犯們被逼著行軍好幾日，**落後**的就被槍斃了。

When their electricity went out, Bob confessed that he had **fallen behind** paying the electric bill.

沒電的時候，巴柏才承認自己**沒有按時**繳電費。

fall for
上當受騙；對……信以為真；迷戀

Harry was the only one in the family that did not **fall for** the April Fool's joke.

哈利是全家唯一一個沒有在愚人節**上當受騙**的人。

Many of the male students could not hide the fact that they **fell for** their attractive, young teacher.

很多男同學都隱藏不住對他們年輕貌美老師的**迷戀**。

01 get
02 go
03 come
04 put
05 take
06 turn
07 run
08 throw
09 keep
10 move
11 look
12 bring
13 pull
14 set
15 hold
16 knock
17 call
18 cut
19 stick
20 push
21 pass
22 fall
23 work
24 break
25 give

fall in
塌落

The rooves of the old one-story Chinese homes **fell in** after the earthquake, causing many injuries.
老舊的中式平房屋瓦在地震過後**塌落**，導致許多人受傷。

fall into
拆解；可分成；
陷入……狀態

The engine was skillfully disassembled by the mechanic, and it **fell into** about 100 parts.
維修工俐落地把引擎**拆解**成約一百個部分。

The students who choose to go to that university **fall into** three categories of reasons for choosing the school.
學生選擇去那間大學的理由**可分成**三類。

After losing their home, the family **fell into** a state of despair, and then chaos.
失去家園後，那家人**陷入**沮喪的**狀態**，然後是一片混亂。

fall off
掉下來；數量下滑

No one knows for sure when the nose **fell off** the famous Great Sphinx of Giza. 沒人確切知道著名的人面獅身像的鼻子是什麼時候**掉下來**的。

When the economy collapsed, the GDP **fell off** from 7% to only 1% within months. 經濟崩盤時，國內生產毛額幾個月內從 7% **滑落**到只剩 1%。

fall on
看見；視線落在……上；批判

The beauty pageant contestants entered the stage, and everyone's eyes **fell on** Wendy, the eventual winner.
選美大會的參賽者走上舞台，每個人的**視線**都**落在**最終得主溫蒂身**上**。

After the news of corruption came out, the journalists **fell on** the congressman without mercy.
收賄的消息一傳出，記者就毫不留情**批判**國會議員。

fall over
被……絆倒

The waiter tripped on the microphone cable while carrying the cake and **fell over** comedically.
服務生端著蛋糕時**被**麥克風線**絆倒**，跌個狗吃屎。

fall through
失敗;不能實現

● The builders were expecting a loan to complete the building, but the funding **fell through**.
建商本來希望貸款來完成建造工程,但資金卻**周轉不靈**。

fall to
輪到

● It **fell** on Christopher **to** raise the flag each morning, and he took on the duty as an honor.
每天早上**輪到**克里斯多福升旗,他把這份責任當作榮耀。

fall under
屬於;開始受到……控制、影響

● Technically, the tomato **falls under** the classification of the fruit family.　嚴格說來,番茄**屬於**水果類。
● The small country **fell under** the influence of its giant neighbor that wanted its natural resources.
這個小國家**開始受到**覬覦天然資源的鄰近強國勢力**影響**。

日常用語

The retired actor took a job as a teacher, and his fellow teachers **fell all over him** at the school.
這名退休演員兼了一份教職,他的校內同事都**非常看重**他。

Glen was a poor, young man who **fell through the cracks**, so he turned to a life of crime.
葛蘭是個**不被關注**的可憐年輕人,所以他淪為罪犯。

The teacher's lesson plan **fell between two stools**, neither helping the beginners nor the advanced students.
這個老師的教案對初、高階學生**都沒幫助**。

They gathered their most important belongings during the fire, and the family photos **fell by the wayside**.
火災發生時,他們取出個人重要財物,家人照片卻**掉在路旁**。

The big water tank **fell down** from the rooftop and went boom on the parking lot.
水箱從屋頂**掉落**,重重摔地在停車場上。

01 get
02 go
03 come
04 put
05 take
06 turn
07 run
08 throw
09 keep
10 move
11 look
12 bring
13 pull
14 set
15 hold
16 knock
17 call
18 cut
19 stick
20 push
21 pass
22 fall
23 work
24 break
25 give

The investment group's efforts to create a new bilingual school in Taiwan **fell flat**.

投資團隊在台灣建立一所新的雙語學校的努力**全化為烏有**。

He was a successful, married man, but he **fell from grace** when it was revealed that he had another wife.

他是一個成功的已婚男士，但被揭露有小三的消息後頓時**失去人心**。

Jack struggled for years trying to build a successful business, and this year everything finally **fell into place**.

杰克打拼多年，試著做出一番成功事業，今年一切終於**步上軌道**。

The woman begged the police officer to help her find her dog, but her request **fell on deaf ears**.

婦人拜託警察幫她找她的狗，但警察對她的拜託**置若罔聞**。

The nation's stock prices **fell out of bed** as war was declared against them by a neighboring country.

當鄰國對這個國家宣戰時，這個國家的股價**一落千丈**。

23 work
工作；運轉；有效

01 get
02 go
03 come
04 put
05 take
06 turn
07 run
08 throw
09 keep
10 move
11 look
12 bring
13 pull
14 set
15 hold
16 knock
17 call
18 cut
19 stick
20 push
21 pass
22 fall
23 work
24 break
25 give

動詞解析

work 的核心語意是「工作」（do a job），做出來就「有效」（be effective），也表示機器「運轉」（if a machine or device works, it operates），語意豐富，常見的片語動詞有 work on（從事）、work out（找到……的答案）等。

基本用法

1. 工作；叫……做事 v.

Hank really wanted to work, but he could not find a job in the city where he lived. 漢克真的很想工作，但他無法在自己住的城市找到工作。

The teacher worked the students on the campus, making them clean up the trash. 老師叫學生做事，要他們把校園裡的垃圾撿乾淨。

2. 有效；成功 v.

The new water pumping idea worked well and saved the villagers many hours of manual labor.
新的抽水概念很成功，讓村民省了好幾個小時的體力活。

3.（機器等）運轉 v.

The buyer didn't agree with the price, questioning if the engine would work properly. 買家不同意價格，質疑這個引擎能不能順利運轉。

4. 雕塑 v.

The sculptor **worked** the clay, forming an impressive work of art.
雕刻家**雕塑**陶土,做出讓人嘆為觀止的藝術作品。

5. 影響;說服 v.

The gangsters **worked** the police chief until he agreed to ignore their activities. 那幫流氓**一直盧**警長,直到他同意不過問他們的活動。

6. 奏效;行得通 v.

Not knowing if the leader's plan would **work**, the group voted to find another solution.
因為不知道領導人的計畫行不**行得通**,這群人投票表決要找其他辦法。

7. 開採 v.

The team of operators **worked** the oil drill 24 hours a day to squeeze out as much profit as possible.
採集團隊一天二十四小時都在**開採**石油,想盡可能撈到更多利益。

片語動詞

work against
妨礙;不利
● The lack of time **worked against** her during the debate, as she could not think of a persuasive argument.
辯論賽的時間不夠對她很**不利**,因為她無法想出有說服力的論點。

work around
避開
● Mark found a way to **work around** the problem of not having a web site, by using Facebook instead. 馬克找到一個方法**避開**沒有網站的問題——用臉書替代就可以了。

work around to
繞到……話題上;逐漸轉移話題
● Hank talked to his dad about the weather, but eventually **worked around to** asking to borrow the car.
漢克跟他爸爸聊天氣,但最後慢慢**繞到**想借車的**話題上**。

work at
比賽

⬤ The popular basketball star **worked at** his game for 12 hours each day.
那位受歡迎的籃球明星一天十二小時都在**比賽**。

work off
還債；紓解；靠電源、其他機器運轉

⬤ Gary gave his son his old car, but the young man had to **work off** the debt by painting the house.　蓋瑞把他的老車給了兒子，但那年輕人得以替房子漆油漆**還債**。

⬤ Many students **work off** their anxiety and stress by playing basketball during their lunch break.
很多學生在午休時間打籃球以**紓解**焦慮和壓力。

⬤ They brought equipment for their expedition that would **work off** of solar powered generators.
他們買了探察的設備，以便讓太陽能發電機能**運轉**。

work on
努力工作；練習；努力說服

⬤ Kim passed the time during her vacation by **working on** her wood carving project.
金姆放假時都在為她的木雕專案**努力**。

⬤ She made a friend from Guatemala, so she could **work on** improving her Spanish language skills.　她交了一個瓜地馬拉的朋友，這樣她就可以**練習**讓她的西班牙文更好了。

⬤ The salesman **worked on** the wealthy woman until she finally agreed to make the purchase.
業務**努力說服**那個貴婦，直到她終於答應要買東西。

work out
算出；想出……的答案；深入了解才發現；運動；制定

⬤ When Jill **worked out** the cost of traveling through Europe, she realized that she didn't have nearly enough.　吉兒**算出**歐洲旅遊要花的錢時，才意識到自己的錢完全不夠。

⬤ Asked to write about the meaning of life, the professor spent years **working out** a worthwhile answer.
關於人生的意義，那教授花了數年的時間才**寫出**值得深思的答案。

01 get
02 go
03 come
04 put
05 take
06 turn
07 run
08 throw
09 keep
10 move
11 look
12 bring
13 pull
14 set
15 hold
16 knock
17 call
18 cut
19 stick
20 push
21 pass
22 fall
23 work
24 break
25 give

● The detective **worked out** that the suspect was incapable of committing a violent act.
偵探**深入了解才發現**嫌疑人不可能犯下暴力罪刑。

● He only **worked out** in the swimming pool, and that was enough to keep him slim and healthy.
他只在游泳池**運動**,而這已經足以讓他維持身材和健康。

● The consultant was hired to **work out** a schedule to maximize the productivity of the staff.
顧問被聘請來**制定**讓員工產能最大化的計畫。

work through
工作;應付

● Kendall groaned when he realized that everyone in his office would need to **work through** lunch. 知道辦公室的每個人午餐時間都要**工作**時,肯道發出痛苦的呻吟。

● The pet groomer used his experience to **work through** the problem of giving haircuts to aggressive dogs.
寵物美容師理毛經驗豐富,能夠**應付**兇猛的小狗。

work to
按照計畫

● The students in the music club **worked to** increase the popularity of their annual event. 音樂社團的學生**按照計畫**讓更多人知道他們一年一度的活動。

work towards
以……為目標

● The factory workers were trained on safety weekly to **work towards** an accident-free work environment. 工廠員工每週要接受安全訓練,**以**無意外事故的環境**為目標**。

work up
鼓起

● He practiced his introduction for days, and when he finally **worked up** the nerve, he introduced himself to the girl.
他練習自我介紹練了好幾天,當他終於**鼓起**勇氣時,他向那女孩介紹自己。

The agent **worked both sides of the street**, getting paid to sell the home while getting a commission from the buyer.
房仲**兩頭賺**，賣房有酬勞，又可以從買家身上拿佣金。

Come on, Carol. Don't **work yourself into a lather** over the fact that we need to work on Saturday.
別這樣，卡羅！別因為我們星期六要工作而**生氣**嘛！

Harold **worked himself up** and stood in front of the class to deliver his speech.
黑羅德**打起精神**，站在全班面前演講。

The auto mechanic **worked his tail off** to save enough money to buy a small boat.
汽車維修工**拼命工作**，想存錢買一艘小船。

Patricia **worked her way through college** by working as a waitress in the evenings.
佩翠夏靠晚上當服務生**打工讀完大學**。

The parents sent their troubled son to a military school and hoped it would **work out for the best**.
那對父母親把愛鬧事的兒子送到軍校，希望會是**最好的決定**。

01 get
02 go
03 come
04 put
05 take
06 turn
07 run
08 throw
09 keep
10 move
11 look
12 bring
13 pull
14 set
15 hold
16 knock
17 call
18 cut
19 stick
20 push
21 pass
22 fall
23 work
24 break
25 give

24 break

打破;違反;壞掉

動詞解析 •

　　break 的核心語意是「破」、「裂」、「碎」(be damaged and separated into two or more parts)等,衍生「壞掉」(stop working as a result of being damaged)、「分解」(divide into two or more parts)、「猛闖」(go somewhere to do sth by force)、「打斷」(interrupt)、「違反」(fail to keep a law, rule or promise)等語意。break out(爆發)、break through(突破)是常見片語動詞,而 break a leg!(祝好運)更是必學的片語。

基本用法 •

1. 打破 v.

The child **broke** his ceramic piggy bank with a hammer to retrieve the money he saved. 那小朋友用鐵鎚**打破**他的陶瓷豬公,拿出他存的錢。

2. 損壞;壞掉 v.

She shopped for a new watch, because her old one **broke** while she was swimming.
她買了一支新手錶,因為舊的錶在她游泳的時候**壞掉**了。

3. 分成;分開 v.

The large choir **broke** into several teams to practice different songs.
大合唱團**分成**好幾組練習不同歌曲。

4. 破壞；違反 v.

His father **broke** his promise to pay for his college expenses, so Joe had to take a job.
喬的父親**違背**要替他支付大學學費的承諾，所以他只得去找工作。

5. 猛闖；奮力衝 v.

The children **broke** for the ice cream truck when they heard the music it was playing.　孩子們聽到音樂響起時，**奮力衝**向賣冰淇淋的車。

6. 報出來；傳開 v.

The news about the celebrity couple's divorce **broke** today and it spread internationally.
那對名人夫婦離婚的消息在今天被**報出來**，成了國際新聞。

7. 稍停；暫停 v.

The committee put aside its agenda and **broke** for lunch promptly at 12 noon.　十二點午餐時間一到，委員會便**暫停**議會行程。

8. 因為激動而變調 v.

The journalist tried to maintain his composure, but his voice **broke** when discussing the casualties.　記者試圖保持鎮定，但討論到這場不幸事故時，他的聲音**因激動而變了調**。

9. 打破（傳統）v.

At some point, Taiwanese **broke** from tradition and started to have barbecues during the Moon Festival.
不知道什麼時候開始，台灣人**打破**傳統，開始在中秋節時烤肉。

片語動詞

break away
從……飄來；掙脫；脫離

● Scientists were alarmed when a piece of ice the size of Rhode Island **broke away** from Antarctica.　當一塊羅德島大小的浮冰**從**南極**漂來**時，科學家都非常擔憂。

01 get
02 go
03 come
04 put
05 take
06 turn
07 run
08 throw
09 keep
10 move
11 look
12 bring
13 pull
14 set
15 hold
16 knock
17 call
18 cut
19 stick
20 push
21 pass
22 fall
23 work
24 break
25 give

The frantic mother **broke away** from the policeman's arms to dive into the river to save her child.

心慌的母親**掙脫**警察，跳進河裡救她的孩子。

The southern region of Sudan **broke away** to form its own nation in 2011.

蘇丹南方地區在 2011 年宣布**脫離**蘇丹，成立獨立國家。

break down
破裂；故障；分解；分成

The negotiations between police and the bank robbers **broke down** and a gunfight erupted.

警方和銀行搶匪間的談判**破裂**，引發了槍戰。

The school bus **broke down** in the middle of the highway, stranding the students for hours.

校車在高速公路上**故障**，讓學生受困了幾小時。

When electricity was applied to the vial of acid, it **broke down** into hydrogen and chlorine gases.

氫氟酸瓶一旦通電，就會被**分解**為氫氣和氯氣。

break in
闖進；把新鞋逐漸穿得合腳；馴服

The energetic students **broke in** and stormed the government building to hold a sit in.

精力旺盛的學生**闖進**政府大樓，在裡面靜坐。

Ken had to play a few games of basketball in his new sneakers to **break** them **in** properly.

肯恩得穿新運動鞋打幾場籃球賽，好**讓鞋子變得柔軟舒服**。

The movie, "Spirit," was about a brave horse that refused to be **broken in** by its masters.

《小馬王》的電影在講一隻拒絕被主人**馴服**的勇敢小馬。

break into
（非法強行）闖進；爆出；打擾；成為

The criminals made the stupid mistake of **breaking into** a police station, and were immediately arrested.

歹徒**闖進**警察局是個愚蠢的錯誤，所以立刻被逮捕了。

The student **broke into** raucous laughter, and the rest of his classmates joined him unexpectedly. 那學生**爆出**沙啞大笑，班上其他同學無預警地跟他一起笑起來。

I am sorry to **break into** your moment of concentration, but I have something important to tell you. 很抱歉在你專心的時候**打擾**你，但我有很重要的事情要告訴你。

The music teacher worked hard to prepare his son to **break into** a career as a concert pianist.
音樂老師很努力讓自己的孩子**成為**鋼琴演奏家。

break off
撕下；突然停下來；結束

They stopped to rest during their hike, and Mary **broke off** a piece of bread to offer to the prisoner. 他們健行的時候停下來休息，瑪莉**撕下**一塊麵包給那個囚犯。

During his speech, the headmaster **broke off** to reprimand the rowdy students.
校長在說話時**突然停下來**訓斥鬧哄哄的學生。

The couple **broke off** their relationship after seven years, because they could not have any children.
那對夫妻結婚七年後**結束**關係，因為他們無法生育孩子。

break out
爆發；逃離

A serious disease **broke out** and spread throughout the village, causing panic.
嚴重疾病**爆發**，在整個村莊傳染開來，引發恐慌。

The friends decided to **break out** of the boring Summer Camp and ride their bicycles back home.
那群朋友決定**逃離**無聊的夏令營，騎腳踏車回家。

break through
敲破；突破；超過

Not even an angry man with a crow bar can **break through** the plexiglass window of the limousine. 即使拿鐵橇的盛怒男子都無法**敲破**那豪華大轎車的有機玻璃車窗。

Madame Curie's research **broke through** and advanced man's knowledge of radioactivity.
居里夫人的研究讓人類對放射線的認知有所**突破**和提升。

The levels of pollutants **broke through** what is considered harmful to human health.
汙染源等級已**超過**對人體健康有害的標準。

01 get
02 go
03 come
04 put
05 take
06 turn
07 run
08 throw
09 keep
10 move
11 look
12 bring
13 pull
14 set
15 hold
16 knock
17 call
18 cut
19 stick
20 push
21 pass
22 fall
23 work
24 break
25 give

break up

撤成;解散;結
束

- The child **broke up** the bread into smaller pieces and fed the koi in the pond.
  那小朋友把麵包**撕成**小塊,丟到池塘裡池餵錦鯉。
- The band known as the Beatles **broke up** sometime between 1968 and 1970.
  眾所熟知的披頭四樂團在 1968 年到 1970 年之間**解散**。
- The 6th grade class **broke up** at the end of the school year, and the friends never saw each other again.　六年級的課程在學年末**結束**了,這群朋友們再也不會見到彼此。

日常用語 ·

Jill was ready to start her solo ballet routine when her coach yelled, "**Break a leg!**"
當舞蹈老師大喊:「**祝好運!**」時,吉兒已經準備好開始她的芭蕾獨舞了。

The security guard approached the two teenagers fighting in the parking lot and screamed, "**Break it up!**"
警衛走近兩個在停車場打架的青少年,大喊:「**別打了!**」

The drill sergeant was known for **breaking the balls** of all of the new recruits at the boot camp.
教育班長最為人所知的就是在新兵訓練營**累死**所有新兵。

The young man **broke his neck** to reach the top of the mountain first, to claim the prize.
那年輕人**使盡吃奶力氣**第一個到達山頂,得到獎盃。

Every time I go to a doctor to get my blood test results, I **break out in a cold sweat**.
每次我去找醫生看抽血報告就會**出一身冷汗**。

Steve jumped onto the dance floor, **breaking the ice** and getting other people to start dancing.
史提夫跳上舞台**打破僵局**,讓其他人開始跳起舞來。

The drumming club **broke the silence** on campus during their practice session.

擊鼓社在練習時**打破**校園的**寧靜**。

Jane **broke the record** in her company for the selling the most investment accounts in a month.

貞恩**打破**公司一個月內賣出最多投資帳戶的**紀錄**。

The female executive was known as the first woman to **break through the glass ceiling** in the finance sector.

大家都知道那位女經理是第一位成功**打破**金融部門**潛規則**的女性。

01 get
02 go
03 come
04 put
05 take
06 turn
07 run
08 throw
09 keep
10 move
11 look
12 bring
13 pull
14 set
15 hold
16 knock
17 call
18 cut
19 stick
20 push
21 pass
22 fail
23 work
24 break
25 give

give

給；捐贈；支付

動詞解析

give 的核心語意是「給」（hand sth to sb），衍生「贈送」（hand sth to sb as a present）、「支付」（pay someone a particular amount）、「捐助」（pay money to a charity）等語意。搭配不同介係詞或介副詞 away、back、up、in，表示「分發」、「回報」、「放棄」、「投降」等意思。Give me a break!（再給我一次機會！）是常用的一個句子。

基本用法

1. 交給 v.

My grandfather **gave** me the medal he earned in the Army and told me the story behind it.
我祖父把他在軍隊裡得到的勳章**交給**我，告訴我背後的故事。

2. 贈送 v.

My host **gave** me a special necklace to keep as a gift and called me his little brother.
我的寄宿主人**送**我一條特別的項鍊當禮物，還說我是他的弟弟。

3. 提供；給 v.

My mother still **gives** me encouragement and comfort in my times of need.　我母親仍舊在我需要的時候**給我**鼓勵和安慰。

4. 支付；付款 v.

I **gave** the toll booth operator one dollar, and she opened the gate for my car.　我**支付**收費員一塊錢,她替我打開門。

5. 捐助；捐贈 v.

After natural disasters, many people are hesitant to **give** to charities that they have never heard of.
天然災害過後,許多人很猶豫要不要**捐助**一些從沒聽過的慈善團體。

6. 使產生某種感覺 v.

Her monster costume was so realistic that she **gave** us the chills.
她的怪獸裝太逼真了,**使**我們都怕得發顫。

7. 奉獻 v.

She **gave** years of her life to create a community garden for her neighborhood.　她**奉獻**數年的人生為鄰近區域創造出一個社區花園。

8. 判罰 v.

The judge **gave** a sentence of 10 years in prison to the defendant for stealing from the bank.　法官**判罰**在銀行行竊的被告十年有期徒刑。

9. 限定時間 v.

She was **given** thirty minutes to finish the meat dish for the cooking contest.　烹飪比賽上,她**有**三十分鐘的時間來準備這道葷食。

10. 伸長；彎曲 v.

The old bridge can probably hold about 1000 tons before its support beams **give**.　這座老舊的橋可以承載約一千噸,橋墩才會**彎曲**。

片語動詞

give away
送給;發現;把
孩子送人收養

● In a sweet gesture, Sam **gave away** his apple from his lunch bag to his teacher.
山姆討好地把午餐袋裡的蘋果**送給**老師。

01 get
02 go
03 come
04 put
05 take
06 turn
07 run
08 throw
09 keep
10 move
11 look
12 bring
13 pull
14 set
15 hold
16 knock
17 call
18 cut
19 stick
20 push
21 pass
22 fall
23 work
24 break
25 give

Hank volunteered at the library until a friend **gave away** Hank's true intentions to the librarian.

漢克在圖書館當志工，直到一位朋友**發現**漢克對圖書館員的真正意圖。

It used to be common for a family with many children to **give away** a child to a relative who had none.

過去有很多孩子的家庭常會把一個孩子**送給**沒有孩子的親戚。

give back
還給；回報

He **gave** the textbook **back** to his classmate and thanked her for letting him borrow it.

他把課本**還給**同學，謝謝她把書借他。

Gary did a lot of volunteer work to **give back** to the community that he loved.

蓋瑞自願做很多事情來**回報**他所愛的社區。

give in
讓步；敗退；繳交

She didn't like their idea, but she **gave in** and followed them to the cemetery.

她不喜歡他們的主意，但還是**讓步**跟著他們到公墓去。

The chess match lasted for hours, but the veteran finally **gave in** and conceded the game. 這場西洋棋比賽持續好幾個小時，但老手最終**敗退**，承認輸了比賽。

Following the orders of the police chief, the citizens **gave in** their guns to the police.

居民們聽從警長指令，將槍枝**交給**警方。

give off
發出；發散；表現出氣質等

The emergency flare **gave off** a yellow smoke that could be seen for miles.

信號燈**發出**幾公里外都可以看到的黃色煙霧。

He wasn't wealthy, but by the way he dressed, he **gave off** the impression that he was a rich man.

他並不富裕，但他的穿著**給人一種**很有錢的感覺。

give out

分發；耗盡；告
訴大家

- The relief supplies arrived at the port, and the volunteers **gave out** food to those who needed it.
救災物資抵達港口，於是志工們把食物**分發**給需要的人。
- After transporting such a heavy burden for days without food and water, the donkey finally **gave out**.　不吃不喝運載這麼重的東西幾天後，那頭驢的體力終於**耗盡**了。
- The radio program **gave out** a list of preventive measures to avoid catching the flu.
廣播節目**告訴大家**一連串避免流感的預防措施。

give up

放棄；戒除；結
束關係；放棄存
活希望

- She **gave up** trying to learn the piano, and wished she had started learning at a younger age.
她**放棄**學鋼琴，希望自己可以在更小的時候就開始學。
- His family members begged him to stop, and David **gave up** smoking for good.
他的家人求他別再抽菸，大衛才從此**戒菸**。
- Jill **gave up** on her relationship with Jack, because he hurt himself far too often.
吉兒**結束**與杰克的**關係**，因為他太常傷害他自己了。
- After their son disappeared three months ago, the family **gave up** hope that he would still be alive.　兒子在三個月前失蹤後，這家人便**放棄**了兒子依舊生還的希望。

日常用語

The election is over, so **give it a rest**, and stop complaining about the new President.
選舉結束了，所以**閉上嘴**，別再抱怨新總統了。

Because of the lack of effort, the team lost their game, and the coach really **gave it to** them.
因為不夠努力，球隊輸了比賽，教練把他們**罵得狗血淋頭**。

01 get 02 go 03 come 04 put 05 take 06 turn 07 run 08 throw 09 keep 10 move 11 look 12 bring 13 pull 14 set 15 hold 16 knock 17 call 18 cut 19 stick 20 push 21 pass 22 fall 23 work 24 break 25 give

Look, you're over 50 years old and still single, so **give it up!** You'll never get married.
想想看，你已經超過五十歲了還單身，所以**算了吧**！你永遠不可能結婚的。

Give me a break! You want me to believe that our government is being controlled by aliens?
夠了！你要我相信我們政府被外星人操控？

The camp organizers welcomed the children and told each one, "**Give me five!**"
領隊員歡迎孩子們的到來，並且跟每個人說：「**跟我擊掌**！」

Lisa appreciated her favorite teacher, who **gave her a push** to be the best student.
麗莎很感謝她最愛的老師，老師**鼓勵**她成為最棒的學生。

The football team **gave out with** a loud team chant before they went back to the locker room.
橄欖球隊回到球員室前大聲**喊出**隊呼。

The nun **gave** the beggar **a good talking** to for stealing a loaf of bread, but she let him keep it anyway.
修女因為乞丐偷了一塊麵包而把他**教訓了一頓**，但她還是把麵包給他了。

Jeff occasionally **gave** his grandmother **a ring** to make sure she was still able to take care of herself.
傑夫偶爾會給他祖母**打電話**，確定她還能照顧她自己。

He caught his son stealing from the cash register, but he only **gave** his son **a slap on the wrist**.
他抓到兒子從收銀機裡偷錢，但他只**稍微懲罰**了他一下。

Cindy refused to work with the strange man, accusing him of constantly **giving her fits**.
辛蒂拒絕跟那個奇怪的人一起工作，說他一直讓她**覺得很煩**。

The army recruit lacked discipline, so his supervisor **gave** him **his walking papers** and showed him the door.

那個軍隊新兵缺乏訓練，所以長官把他**炒魷魚**，要他走人。

The teenager agreed to leave the old man's property, but before he left, the boy **gave** him **the bird**.

那屁孩說好要離開那老人的宅子，但離開前卻對他**比了中指**。

The street children begged for money, but the tourist **gave** them **the cold shoulder** and walked away.

流落街頭的孩子們沿街乞討，但遊客**冷眼**走開。

Charles was dreading going to work, because he knew that his boss wanted to **give** him **the sack**.

查爾斯很怕回去工作，因為他知道老闆想把他**開除**。

Don't forget that before you were successful, someone gave you a chance, so **give** this young man **a shot**.

別忘了在你成功之前，有人給過你機會，所以讓這個年輕人**試試看**吧！

01 get
02 go
03 come
04 put
05 take
06 turn
07 run
08 throw
09 keep
10 move
11 look
12 bring
13 pull
14 set
15 hold
16 knock
17 call
18 cut
19 stick
20 push
21 pass
22 fall
23 work
24 break
25 give

play
玩；扮演；打球；演奏

動詞解析

　　play 的核心語意是「玩耍」、「遊戲」（do things for pleasure），work（工作）的相反字。除了「踢；觸；帶；擊球」（make contact with the ball and hit or kick it）、「播放」（make a tape, CD, etc. produce sound）、「演奏」（perform on a musical instrument）、「扮演」（act in a play, film/movie）等幾個必學用法，還有許多其他用法值得探索，例如 play with fire（玩火），比喻生動貌，引申為「冒險」。

基本用法

1. 玩耍；遊戲；玩樂 v.

Steve's favorite memories of grade school were the times he spent **playing** with his friends.
史提夫在小學最快樂的回憶就是跟朋友一起**玩樂**的時光。

2. 扮演（角色）；表演 v.

Harry was excited to tell his parents that he would **play** the role of Hamlet in the school play.
哈利很興奮地告訴父母，他要在學校話劇上**扮演**哈姆雷特。

3. 跟……比賽 v.

Our high school basketball team was scheduled to **play** our rival team on Friday night.
我們高中籃球隊星期五晚上要**跟**我們的死對頭球隊**比賽**。

4. 踢；觸；帶；擊球 v.

The soccer **player** played the ball with great control and skill, usually scoring at will.
那位足球選手**踢球**的控球力好、技術也好，通常可以隨心所欲進球。

5. 出牌 v.

The gambler **played** his hand, revealing a natural "21" and beating the blackjack dealer.　賭博的人**出牌**，亮出二十一點，贏了二十一點的莊家。

6. 演奏 v.

The way he **played** the piano made people feel as if he had played his entire life.　他**演奏**鋼琴的樣子讓人覺得他好像已經彈了一輩子的琴。

7. 播放（唱片等）v.

Mark **played** a jazz CD to set a romantic mood during dinner with his girlfriend.　馬克在跟他女朋友吃晚餐時**播放**爵士樂 CD，製造浪漫的氣氛。

8. 發揮作用 v.

The businessman said that even his grade school teachers **played** a part in his success.　那個商人說即便是他的小學老師，都是他成功的**貴人**。

9. 假裝 v.

The girl was known for **playing** a victim to get her way with the people around her.　那女孩很會**假裝**受害者跟身邊的人周旋。

片語動詞

play along
假意順從；假裝
相信

● The undercover investigator **played along** with the terrorists in order to gain their trust and collect information.
為了取得恐怖分子的信任和收集情報，密探**假裝順從**他們。

play around
鬼混；瞎混

● The man was married, but he **played around** with other women and was eventually caught.
那男人結婚了，但他老跟其他女人**鬼混**，最後總算被抓到。

26 play
27 draw
28 let
29 talk
30 stand
31 lay
32 blow
33 drop
34 send
35 do
36 hang
37 sit
38 carry
39 roll
40 live
41 stay
42 shut
43 see
44 check
45 have
46 pick
47 start
48 leave
49 burn
50 pay

Jake knew he had to prepare for the final exam, but he **played around** the entire week and performed poorly.
杰克知道他得準備期末考，但他**瞎混**了整個禮拜，考得極差。

play at
做……遊戲；當好玩的

She's only **playing at** being a teacher because she dreams of being an artist.
她當老師只是**當好玩的**，因為她的夢想是當藝術家。

play back
播放

During the wedding ceremony, the couple **played back** photos and videos from their life to share with the guests.
婚禮上，新人**播放**他們人生的照片和影片與賓客分享。

play down
貶低；輕描淡寫帶過

It was the vice president that ran the daily operations, but the president always **played down** that fact. 副總統才是處理日常事務的人，但總統總是把這個事實**輕描淡寫帶過**。

play on
繼續演奏；繼續玩；利用（他人的恐懼或不安）

The football team was delayed in returning to the field, so the band **played on**.
橄欖球隊回到場上的時間延遲了，所以樂隊**繼續演奏**。

Even though it was already dinner time, the kids on the basketball court **played on**.
雖然已經是晚餐時間了，籃球場上的孩子們還在**繼續玩**。

The insurance salesman **played on** the single mother's insecurities to sell her an insurance plan.
保險業務員**利用**單親媽媽的不安全感把一張保單賣給她。

play out
演出；結果會如何

The group of young musicians **played out** in front of an audience for the first time.
這群年輕音樂家第一次一起在觀眾面前**演出**。

The debates between the candidates made people excited to see how the election would **play out**.
大家對候選人的辯論很期待，想看選舉**結果會如何**。

play up

當機;調皮搗蛋;吹噓

- The computer has been **playing up** again, and we suspect it is a virus. 電腦又**當機**,我們猜是中毒了。
- I didn't get any housework done, because the kids were at home **playing up** all day.
我沒做任何家事,因為孩子們在家**調皮搗蛋**了一整天。
- In front of the media, the mayor **played up** his part in convincing the corporation to relocate to this city. 市長在媒體面前**吹噓**,說是他說服那家公司搬遷到這座城市來的。

play with

撫弄;玩弄;彈奏

- During his interview, Sam **played with** his pen constantly, which was distracting.
山姆在訪談的時候不停**玩筆**,很讓人分心。
- The street musician **played with** many common household items to see if they could produce music. 街頭音樂家用許多常見的家用品**彈奏**,想看能不能譜出樂曲。

日常用語

The store owner was warned by the gangsters that if he didn't **play ball**, they couldn't guarantee his safety.
黑道人士警告店主如果不**合作**,就不能保證他的安全。

The shrewd businessman **played both ends** of the deal, profiting from both the buyer and the seller.
狡猾的商人**賺兩頭利**,從買家和賣家身上都各撈一筆。

My manager asked me not to **play favorites**, but to hire the most qualified candidate.
我主管要我別有**個人喜好**,而是要雇用最適任的人。

Many companies competed to be his supplier, so Billy **played hardball** to see who really wanted his business.
很多公司爭著要當他的供應商,所以比利**採取強勢手段**來看誰真的想要他的生意。

26 play
27 draw
28 let
29 talk
30 stand
31 lay
32 blow
33 drop
34 send
35 do
36 hang
37 sit
38 carry
39 roll
40 live
41 stay
42 shut
43 see
44 check
45 have
46 pick
47 start
48 leave
49 burn
50 pay

She wanted to watch the movie so badly that she **played hooky** while her classmates went to class.

她非常想看電影，以至於她同學去上課時她**翹課**了。

That was fantastic how you closed the deal with the big client. You're **playing in the big leagues** now!

你能跟大客戶談到生意真厲害！你現在可是**大紅人**了！

I can't commit to choosing the dates of our vacation right now, so let's **play it by ear**.

我現在無法選定我們休假的時間，所以就**隨機應變**吧！

The bank robbers were ordered to **play it cool** and act like customers until the security guard left.

銀行搶匪被指示在保全離開前要**沉住氣**，舉止要像顧客一樣。

The coach wanted to **play it safe** and avoid injuring his star pitcher, so he called in for a relief pitcher.

教練想**穩紮穩打**，避免他的王牌投手受傷，所以換上後援投手。

It looked as through the deal would fall through, when Gail **played her trump card** to turn things around.

這樁交易看似要失敗了，蓋兒就在這時**打出王牌**扭轉情勢。

Stay away from that woman in the red dress, or you'll be **playing with fire**.

離那個紅衣女人遠一點，不然你會**玩火自焚**。

draw
拖拉;畫;拔出;吸引

26 play
27 draw
28 let
29 talk
30 stand
31 lay
32 blow
33 drop
34 send
35 do
36 hang
37 sit
38 carry
39 roll
40 live
41 stay
42 shut
43 see
44 check
45 have
46 pick
47 start
48 leave
49 burn
50 pay

動詞解析

　　draw 的核心語意是「拉」、「拖」（pull or direct sth in a particular direction），與 drag 同源，格林法則轉音有助於記憶字根 tract-（拖、拉）。到了 13 世紀前後，draw 才有「畫」的相關語意，「拖著筆桿畫線」是不錯的聯想技巧。draw 從「拖」、「拉」衍生出許多相關語意，例如「吸引」（attract attention or interest）、「拔出」（take sth out of a container or your pocket）、「取款」（get money from a bank, account）、「吸氣」（take air or smoke into our lungs）等。搭配不同介係詞或介副詞 back、off、out、up，又有「收回」、「撤退」、「拔出」、「起草」等意思。

基本用法

1. 畫;繪畫 v.

Leonardo da Vinci was a great inventor of his time, and he **drew** many of his ideas on paper.
達文西是他那時期偉大的發明家，他把自己很多想法**畫**在紙上。

2. 吸引;引起興趣、注意 v.

The story about the inventor of bubble milk tea **drew** the interest of a global audience.　發明珍珠奶茶的故事**吸引**了全球愛好者的注意。

3. 挑選出來 v.

The elite team was **drawn** from the most talented soldiers of the Army, Navy, Marines and Air Force.
菁英團隊是從最優秀的陸軍、海軍、海軍陸戰隊、空軍中**挑選出來**的。

4. 拉；拖；牽引 v.

The ox **drew** the cart full of delighted children down the dirt road.
那頭公牛**拉**著一車興高采烈的孩子走在髒兮兮的路上。

5. 抽籤、牌 v.

The audience member **drew** the ace of spades, just like the magician said he would.　觀眾**抽**出黑桃 A，正好跟魔術師說的一樣。

6. 拔出、抽出（尤指武器）v.

The knight **drew** the sword from his sheath, and lunged at the demon.
騎士從劍鞘裡**拔出**劍，衝向那惡魔。

6. 移動；行進 v.

It was one o'clock, and everyone expected the train to **draw** into the station.　已經一點了，大家都盼著火車**進**站。

7. 取款；領錢 v.

The money for rent was **drawn** from the couple's checking account.
租金是從這對夫妻的支票存款帳戶**領出來**的。

8. 吸 v.

The soldier **drew** a long drag from his cigarette before tossing it to the ground.　阿兵哥深**吸**了一口菸，才把菸丟到地上。

9. 獲得；得到 v.

The young magician told the reporter that he **drew** inspiration from David Copperfield.
年輕魔術師告訴記者，他是從大衛‧考柏菲身上**得到**靈感的。

10. 受到 v.

The drunk man's actions on the beach **drew** condemnation from the community.　那酒醉男子在沙灘上的行徑**受到**社區的人譴責。

draw back
退縮；後退

- Instead of speaking out against the bully, she **drew back** and decided to ignore his actions.
  她沒站出來向霸凌者喊話，而是**退縮**並決定忽視他的行徑
- The spider appeared in the classroom, causing nearby students to **draw back** in fear.
  教室裡出現蜘蛛，讓附近的學生都怕得**後退**。

draw down
減少；消耗

- The government decided to **draw down** its cash reserves and invest it in infrastructure projects.
  政府決定要**消耗**現金儲備來投資公共建設計畫。

draw in
白晝漸短；列車
到站；拉客人；
深吸

- The days are **drawing in** as Winter approaches, and the weather begins to take on a chill.
  冬天即將到來，**白晝漸短**，天氣開始涼了起來。
- The train that carried the political candidate **drew in** and stopped, so he could meet the voters.
  政治候選人搭的火車**到站**停下來，好讓他可以會見選民。
- The loud promoter at the carnival **drew in** customers to view the freak show inside the tent.
  嘉年華會上大聲推銷宣傳的人**拉**顧客進來棚子裡看怪胎秀。
- The diver **drew in** a deep breath before he leapt into the sea.　潛水的人在跳進海裡之前快速**深吸**一口氣。

draw off
引水；引開

- The pipe was attached to the main water tank to **draw off** water for irrigating crops.
  跟主要水塔連結的幫浦用來**引水**灌溉穀物。
- The clever general sent a small, mobile force to **draw off** a large group of enemy troops from the fort.
  聰明的將軍派一小隊機動部隊將敵軍大隊從堡壘**引開**。

26 play
27 draw
28 let
29 talk
30 stand
31 lay
32 blow
33 drop
34 send
35 do
36 hang
37 sit
38 carry
39 roll
40 live
41 stay
42 shut
43 see
44 check
45 have
46 pick
47 start
48 leave
49 burn
50 pay

draw on
逐漸接近；利用

● As the wedding date **drew on**, the groom became more nervous.　婚期**逐漸接近**，新娘變得越來越緊張。

● Steve **drew on** his father's ingenuity to invent a new solution for his problem.　史提夫**利用**他父親的足智多謀，替他的問題找出新的解決辦法。

draw out
拔 出；白 晝 漸長；駛 離；拖延；領出

● The knights shouted, **drew out** their swords, and charged up the hill to battle.
騎士們大喊、**拔**劍、衝上山丘戰鬥。

● The daylight hours **drew out** in Spring, giving the farmer more time for planting crops.
春天的**白晝漸長**，讓農人有更多時間栽種穀物。

● After shaking hands with the voters, the political candidate's train **drew out** and left the station.
跟選民握手之後，那候選人的火車**駛離**車站。

● He **drew out** his introduction in order to delay the event, so the band had more time to arrive for the show.
為了讓活動晚點開始，他盡力**拖延**介紹時間，好讓樂團有更多時間抵達表演現場。

● The newlyweds deposited their money in a new account and **drew out** half of it for their honeymoon trip.
新婚夫婦把錢存進新帳戶裡，**領出**一半來支付蜜月旅行。

draw up
起草；擬定；拿近

● The committee met in secret to **draw up** new plans to combat the emerging threat.
委員們祕密聚會，**擬定**新計畫來對抗新到來的威脅。

● The group of friends gave a toast and **drew up** their alcoholic drinks to their mouths.
那群朋友舉杯敬酒，把酒**拿近**嘴邊。

I know you from somewhere, but I am **drawing a blank**. Can you give me a clue?

我知道妳是從某個地方來的，但我**毫無頭緒**。可以給點線索嗎？

When comparing the two outfits side by side, one could easily **draw a contrast** between them.

逐一比較這兩件衣服，就可以輕易**看出**兩者之間的**差異**。

It was uncomfortable for the city leaders, so they chose to **draw a veil over** the growing homeless population.

市府大頭們覺得不太好，所以選擇**不要提到**逐漸上升的遊民人口。

Our neighboring country persists in trespassing into our territory, so we must **draw the line** and put a stop to it.

我們鄰國不停入侵國界，所以我們必須**畫清界線**、停止這一切。

26 play
27 draw
28 let
29 talk
30 stand
31 lay
32 blow
33 drop
34 send
35 do
36 hang
37 sit
38 carry
39 roll
40 live
41 stay
42 shut
43 see
44 check
45 have
46 pick
47 start
48 leave
49 burn
50 pay

28 let
讓；允許

動詞解析

　　let 是常見動詞，核心意思是「讓」（allow someone to do sth），學習使役動詞或命令句時一定會遇上的字。let 搭配 down、off、on、up 等介係詞或介副詞，形成「失望」、「寬恕」、「洩漏」、「減輕」等意思。The Beatles（披頭四）團員 Paul McCartney（保羅・麥卡尼）所寫的 Let It Be（順其自然）中蘊含「盡了力後隨緣」的感覺，正呼應 let 的古義──「鬆開」，展現盡力但不強求的豁達態度。

基本用法

1. 允許；讓 v.

We **let** the boy try to ride a bike for the first time by himself because he insisted, and he got hurt.　因為那男孩很堅持，所以我們第一次**讓**他試著自己騎腳踏車，結果他受傷了。

2. 讓（用於祈使句，表示提議、請求、命令、幫忙等）v.

Let me help you across the street, ma'am. I will carry your grocery bags, too.　**讓**我來扶妳過馬路，太太。我也會幫妳提購物袋。

3. 任由……的發生 v.

The firemen **let** the chemical fire continue to burn the building until it ran out of fuel.
消防員**任由**化學藥劑引起的火勢燒了整棟建築，直到燃料燒盡。

4. 假設 v.

If we **let** X be 15 meters and Y be 5 meters, we are able to calculate the area to be 75 square meters.

假設 X 是 15 公尺，Y 是 5 公尺，我們就能算出面積是 75 平方公尺。

5. 出租 v.

It was advertised that the studio apartment in downtown London **let** for £1,000 per month.

廣告上說倫敦市區的套房每個月以一千英鎊**出租**。

6. 讓（用來表達願望）v.

Marie Antoinette famously said, "**Let** them eat cake," when she was informed that the poor had no bread. 得知窮人沒有麵包可吃時，法國王后瑪莉・安東尼的名言就是：「**讓**他們吃蛋糕呀！」

片語動詞

let down
使失望；放下來；降下；洩了氣；讓……進來

- The donor offered to make a sizeable donation to the orphanage, but he **let down** the children.
  那贊助人說要捐一筆款項給孤兒院，但他讓孩子們**失望**了。
- The young woman wanted the designer to **let down** the back of the wedding dress to be much longer.
  那少女希望設計師把禮服的後裙襬**放下來**，讓它更長。
- The soldiers **let down** the castle gate to receive the caravan from Persia. 士兵**降下**城堡的門讓波斯商隊進來。
- Before the robbers robbed the bank, they **let down** the tires of the nearby police cars.
  在搶匪搶劫銀行以前，他們把附近警車的輪胎都**洩了氣**。

let in
讓……進來

- The security guards would only **let in** visitors after they showed an ID and recorded their fingerprints.
  訪客出示證件並留下指紋後，警衛才會**讓**他們**進來**。

26 play
27 draw
28 let
29 talk
30 stand
31 lay
32 blow
33 drop
34 send
35 do
36 hang
37 sit
38 carry
39 roll
40 live
41 stay
42 shut
43 see
44 check
45 have
46 pick
47 start
48 leave
49 burn
50 pay

let off
開槍；發出；判刑；讓……下車

- The bandit celebrated their success when they returned to their hideout by **letting off** a few gunshots in the air.
  強盜們回到藏身處時往空中**開**了幾槍慶祝事情成功。
- The large firecracker **let off** a tremendous bang when it was detonated inside of a garbage can.
  大鞭炮在垃圾桶裡炸開時，**發出**巨大聲響。
- The judge **let off** the guilty man with a light sentence, and it was suspected that they were relatives.
  法官判那犯刑的人**判**得很輕，有人懷疑他們是親戚。
- The school bus driver **let off** his final passengers and lit up a cigarette to relax.
  校車司機**讓**最後幾位乘客**下車**，點了一根菸來放鬆。

let on
洩露；跟……講

- Jim was supposed to keep Steve's secret, but he **let on** with his girlfriend and then it spread. 吉姆應該要替史提夫保密的，但他**跟**女朋友**講**了之後就傳開來了。

let out
放寬、放大（衣服等）；洩漏；發出（叫聲）；結束

- Harriet grew a few inches, so she asked a tailor to **let out** the hem in her jeans. 哈莉特長高了幾寸，所以她要裁縫師把牛仔褲的縫線**放下來**。
- The government contractor escaped to a foreign country, **letting out** secret documents.
  政府承包商逃到國外，**洩漏**了機密文件。
- When you hear a fox **let out** its cry, it won't sound like you expect. 狐狸**發出**的叫聲通常會和你想的不一樣。
- When school **let out** for the summer, the students jumped and shouted wildly.
  學期**結束**，開始放暑假，學生跳起來開心大叫。

let through
讓……通過

- At the police checkpoint on the main road, they only **let through** the people who were sober.
  在主要道路上的警測站，他們只會**讓**沒喝醉的人**通過**。

let up

減輕；減弱；敗
下陣

● The heavy thunderstorm **let up** just in time for us to run to catch the bus.　暴風雨及時**減弱**，我們得以趕去搭公車。

● Steve used all his effort when he arm-wrestled the athlete, but he **let up** and quickly lost to the stronger man. 史提夫用盡全力跟那更強壯的運動員比腕力，但很快就**敗下陣**來輸了。

> ### 日常用語

Jill got to the hotel to start her vacation, changed into a robe, and **let it all hang out**.
吉兒到飯店換上浴袍，開始她的假期，**全心放鬆享受**。

Instead of having the meeting, our boss **let her hair down** and said it was time to relax, passing out some beer.
我們老闆沒開會，反而**瀟灑坦率**地說該來放鬆一下，來點啤酒吧。

Jack says that there's something you're not telling us, so **let's have it**. Tell us everything!
傑克說你有事情沒告訴我們，**所以來吧**！說給我們聽聽吧！

The woman smiled at the police officer who pulled her over and asked him if he could **let it slide** this time.
那女人對攔下她的警察露出一笑，問他這次能不能**放她一馬**。

We have to do something about our son, so let's send him to military school and **let the chips fall where they may**.
我們應該要替兒子做點事情，所以把他送去軍校**看會不會有用**吧！

The soccer team had a comfortable lead, so they kept the ball away from the opponents and **let the clock run out**.
足球隊遙遙領先，所以他們一直不讓對手碰到球、**拖延時間**。

26 play
27 draw
28 let
29 talk
30 stand
31 lay
32 blow
33 drop
34 send
35 do
36 hang
37 sit
38 carry
39 roll
40 live
41 stay
42 shut
43 see
44 check
45 have
46 pick
47 start
48 leave
49 burn
50 pay

29 **talk**

講話；討論；談論

動詞解析 ●

　　talk 的核心語意是「講話」（say things to someone as part of a conversation），衍生語意有「討論」（discuss sth serious or important with sb）、「演講」（give a speech）等。搭配 around、back、over、up 等介係詞或副詞，形成「兜圈子談」、「頂嘴」、「詳談」、「吹捧」等意思。

基本用法 ●

1. 講話；聊到 v.

When she visited her old professor, they **talked** about the time she almost blew up the chemistry lab.

她去找她以前的教授時，他們**聊到**那次她差點把化學實驗室炸掉的事。

2. 討論；商量 v.

The doctor went out to the waiting area and **talked** to the family about the failed operation.

醫生走到家屬等待的地方，跟那家人**商量**手術失敗的事情。

3. 演講 v.

The visiting lecturer **talked** about the new types of modern tooth implants.

參訪講者**演講**談到現代植牙的新植體種類。

4. 說出內情；招供 v.

The interrogator made the room extremely hot and uncomfortable in order to make the prisoner **talk**.

為了讓犯人**招供**，訊問人員把審問室弄得又熱又不舒服。

5. 用（語言）講話 v.

The travelers **talked** German to me, expecting me to know what they were saying.　那些旅人**用**德文跟我**說話**，以為我知道他們在說什麼。

6. 談論 v.

He said that if I wanted to be his friend, I should not **talk** politics or religion.　他說如果我想當他朋友，就不該**談論**政治或宗教。

片語動詞 ●··

talk around 兜圈子談；泛泛 而談	They discussed plans for building a new playground, but they **talked around** the topic of finding the funds.　他們在討論新遊戲區的建設計畫，但卻一直**繞著**募款的**話題**。
talk at 對……自顧自地 談	My mother usually **talks at** me with complaints and demands, and she rarely listens to me. 我母親總是**自顧自地跟**我抱怨或命令我，很少聽我說話。
talk away 不斷地談；喋喋 不休	My daughter said to wait for her to finish her phone call, but she **talked away** for an hour. 我女兒說等她講完電話，但她**喋喋不休**講了一個小時。
talk back 頂嘴；反駁	The bearded man slapped his son in the face after the boy dared to **talk back** to his father. 男孩跟他父親**頂嘴**後，那大鬍子男人打了他兒子一巴掌。
talk down 高 聲 壓 倒； 請……小聲點；	The protestors outside were disrupting the class, so the professor **talked down** the group by making a request. 外面的抗議人士在干擾課堂，所以教授**請**那群人**小聲點**。

26 play
27 draw
28 let
29 talk
30 stand
31 lay
32 blow
33 drop
34 send
35 do
36 hang
37 sit
38 carry
39 roll
40 live
41 stay
42 shut
43 see
44 check
45 have
46 pick
47 start
48 leave
49 burn
50 pay

想辦法勸阻；引
導著陸；說服

● Lily, an ordinary passer-by, **talked down** the man who was threatening to jump off the bridge.
莉莉，一個普通行人，**想辦法勸阻**那個說要跳下橋的男子。

● The experienced traffic control specialist **talked down** the flight attendant, who had to land the plane.
資深交通管控專員**引導**飛航人員，讓飛機**著陸**。

● Harry could always **talk down** automobile salespersons to offer a price he was happy with.
哈利總是可以**說服**汽車銷售員提出他想要的價格。

talk out
談透；深談

● It was a complicated issue, but after **talking** it **out** for hours, the parents came up with a solution.
這是個複雜的議題，但**深談**了幾小時之後，那對父母親想到了一個解決辦法。

talk over
詳談

● The attorneys came over to **talk over** the procedures of the court case to prevent any misunderstandings.
律師過來**詳談**法庭案件的程序，以免造成任何誤會。

talk round
說服

● She made it clear she was against the new school policy, but the principal can surely **talk** her **round**. 她說得很明白，她反對學校的新政策，但校長一定可以**說服**她的。

talk through
徹底討論；仔細
說明

● The manager **talked through** the procedures and responsibilities with the new hire.
主管跟新來的員工**仔細說明**報到手續和職務責任。

talk to
談話；聊聊

● His son turning sixteen, Sam knew he had to **talk to** him about the birds and the bees.
他兒子十六歲了，山姆知道自己該**跟他聊聊**基本性知識了。

● Ken needed to **talk to** his son, after finding a love letter in his bedroom from a female classmate. 發現兒子房裡有女同學的情書後，肯恩需要跟他兒子**聊一聊**。

talk up
大力吹捧；炒作

● Jack knew there was an open job position, so he **talked up** the attractive female candidate with his boss.
傑克知道有個職缺，所以在他老闆面前**大力吹捧**那位漂亮的女生。

● There were much better choices available, but somehow the salesman was able to **talk up** the old car and get it sold.
明明有更好的選擇，但不知道為什麼，那位業務就是可以**把**老車**說得很好**，還能把它賣掉。

日常用語

The teacher asked for an explanation about the broken desk, but the student just **talked in circles**.
老師問桌子為什麼壞掉，但學生只是**顧左右而言他**。

You're **talking like a nut!** There is no proof that there is an Easter Bunny.
說什麼傻話！沒有證據證明復活節兔寶寶是存在的。

Everyone in the debate has two minutes to introduce themselves, and no one is allowed to **talk out of turn**.
辯論中每人有兩分鐘時間自我介紹，不允許**不禮貌的言談**。

The meeting after hours was not a social event, but it was a mandatory meeting for managers to **talk shop**.
幾小時的會面並不是社交活動，而是讓主管們**聊生意**的。

My aunt's a nice woman, but she can **talk your ears off**, if you stay with her long enough.
我阿姨是個好女人，但如果你跟她待得夠久，她可以**講到你耳朵長繭**。

Please dispense of the pleasantries. I am here to make a deal, so let's **talk turkey**.
客套話就請免了，我是來這裡做交易的，所以**直話直說**吧。

26 play
27 draw
28 let
29 talk
30 stand
31 lay
32 blow
33 drop
34 send
35 do
36 hang
37 sit
38 carry
39 roll
40 live
41 stay
42 shut
43 see
44 check
45 have
46 pick
47 start
48 leave
49 burn
50 pay

stand

站;忍受;屹立

動詞解析

　　stand 的核心語意是「站著」（support yourself on your feet or be in an upright position），衍生「直立」（be upright in a particular position）、「停止」（stay in a particular place without moving）等語意。久站不容易，所以 stand 有「忍受」（be able to accept or deal with a difficult situation）的意思。搭配 by、down、for、up 等介係詞或介副詞。形成「旁觀」、「下台」、「代表」、「站起來」等意思。

基本用法

1. 站立;站著 v.

Flamingos can **stand** upright on one leg for hours and can even sleep that way. 紅鶴可以用單腳**站立**好幾個小時，甚至可以那樣睡覺。	In the game, one child **stands** in front of the wall and counts to 30, while the other children hide. 遊戲中，其他孩子躲起來的時候，一個孩子要**站在**牆前面數到三十。

2. 站起;起立 v.

Please **stand** and pay tribute to the flag during the playing of the national anthem.　放國歌的時候，請**起立**，並對國旗敬禮。

3. 直立;豎直放 v.

Stand the easel over by the window, so the painter can have more light to work with.　把畫架**豎直放**在窗戶旁邊，這樣畫家才有更多光線可以作畫。

4. 處於某種狀態 v.

The state of martial law **stood** for more than 38 years in Taiwan, finally being lifted in 1987.

台灣**持續**了三十八年之久的戒嚴**狀態**終於在 1987 年解除。

5. 忍受；容忍（常用於否定句或疑問句）v.

I can't **stand** sitting behind the smelly man, so could you please change my seating assignment?

我無法**忍受**坐在那很臭的男人後面，所以可以麻煩幫我換位置嗎？

6. 經得起；屹立 v.

This old oak tree **stood** on that hill, like a vigilant guardian of our people, for over five centuries.

這棵老橡樹**屹立**在那山丘上，像是我們人民五個多世紀以來的守衛。

7. 仍有效；沒變 v.

I know you didn't accept my job offer, but it still **stands**, and it will be here after you graduate.　我知道你沒接受這份工作，但我的決定**沒變**，等你畢業後都還會保留著。

片語動詞 ●

stand aside
站到一邊去；袖手旁觀；站在旁邊

● The policeman ordered the protestors to **stand aside** in order to let the ambulance through.
警察指揮抗議的人**站到一邊去**，好讓救護車通過。

● Are you just going to **stand aside** while the bullies attack the short student?
你要**袖手旁觀**看那些小混混毆打那矮小的學生嗎？

● The farmer **stood aside**, allowing his two sons the opportunity to milk the cows for the first time.
酪農夫**站在旁邊**，給他兩個兒子有機會第一次替母牛擠奶。

26 play
27 draw
28 let
39 talk
30 stand
31 lay
32 blow
33 drop
34 send
35 do
36 hang
37 sit
38 carry
39 roll
40 live
41 stay
42 shut
43 see
44 check
45 have
46 pick
47 start
48 leave
49 burn
50 pay

stand back
退後；旁觀；退開來

- The fireman **stood back**, away from the heat of the flames, and attacked the blaze with their water hose.
  消防員**後退**遠離火焰的高溫，用水柱對準火焰噴灑。
- If your task becomes too hard, it can be helpful to **stand back** and think of a new approach to it.
  如果你的工作變得太困難，**退開來**想個新方法可能會有用。

stand by
袖手旁觀；待命；支持；堅信

- The student was criticized for **standing by** her classmate and not helping her when she was bullied. 在同學被欺負時**袖手旁觀**、沒出手相助，那學生因此而受到批評。
- It was Sunday, but the doctor **stood by** in case any emergency surgeries happened.
  那天是星期日，但醫生要**待命**，以備任何緊急手術需求。
- I know some people don't like the way he does things, but as his wife, I am going to **stand by** my man. 我知道有些人不喜歡他做事的方式，但身為他太太，我會**支持**我的男人。
- I don't care if she won the race. I **stand by** my belief that women aren't as strong as men. 我不在乎她有沒有贏得比賽，我**堅信**女人不可能比男人強壯。

stand down
辭去；（作證後）離開證人席

- After having a nervous breakdown, Betty **stood down** from her position as restaurant manager.
  精神崩潰之後，貝蒂**辭去**她餐廳主管的職位。
- Thank you for your testimony, Mr. Smith. You may **stand down** now and return to your seat. 謝謝你的證詞，史密斯先生。你現在可以**離開證人席**，回到你的位置上了。

stand for
代表；象徵

- To many people around the world, the American flag **stands for** freedom and patriotism.
  對世界上的許多人來說，美國國旗**代表**著自由和愛國精神。

stand in
頂替

Clark was sick, so Fred **stood in** for him as the lead actor in the play.
克拉克生病了,所以弗雷德**頂替**他扮演這齣劇的主角。

stand out
特別顯眼;出色;傑出

The exploding supernova **stood out** in the night sky, shining brighter than any other.　爆炸的超新星在夜空**特別顯眼**,比任何其他星星都要閃亮。

The Ukrainian woman's dance routine **stood out**, earning the highest marks from the judges.
烏克蘭女人的舞蹈表演很**出色**,得到評審們最高的讚譽。

stand over
監督;站在……旁邊看著

The soldier hacked the zombie with a machete, and he **stood over** the corpse to make sure it was dead.
士兵用大砍刀砍殭屍,然後**站在**屍體**旁邊看著**,確認他已經死了。

stand up
站起來;經得起;放鴿子

After the concert ended, the audience **stood up**, applauding loudly and asking for an encore.
演唱會結束後,觀眾**站起來**,大聲鼓掌要求安可。

The company claimed that the blue diamond was genuine, and it **stood up** the scrutiny of professional evaluators.
那家公司說藍鑽石是真品,**經得起**專業鑑定員的檢驗。

Jill's tears fell into her soup, as she tried to hide the fact that she was **stood up** by her date.　吉兒努力掩飾她被約會對象**放鴿子**的事實,眼淚掉進了湯裡。

日常用語 ●

The discovery of an ancient scroll in Jerusalem **stood** traditional biblical beliefs **on its head**.
耶路撒冷古書捲軸的發現**使**傳統聖經教條**受到質疑**。

26 play
27 draw
28 let
39 talk
30 stand
31 lay
32 blow
33 drop
34 send
35 do
36 hang
37 sit
38 carry
39 roll
40 live
41 stay
42 shut
43 see
44 check
45 have
46 pick
47 start
48 leave
49 burn
50 pay

The parents were proud when their disabled son was able to graduate and **stand on his own two feet**, so to speak.

殘障的兒子能夠畢業並**自食其力**，可以說讓那對父母感到驕傲。

The card dealer asked if the player wanted new cards, but he smiled and said he was **standing pat**.

發牌員問玩家需不需要新的牌，但他微微笑說**不必了**。

He was fired in front of all of his co-workers, but Jimmy **stood tall** when he walked out with his belongings.

吉米在所有同事面前被開除，但他帶著他的東西離開時**顯得從容自豪**。

The new prisoner was taunted by many in the prison, but he bravely **stood the gaff**.

新來的犯人被獄中許多人奚落嘲諷，但他勇敢地**承受一切**。

The protest organizer urged his followers to **stand up and be counted** in response to discrimination.

發起抗議的人力勸追隨的人**公開表態**，做為對歧視的回應。

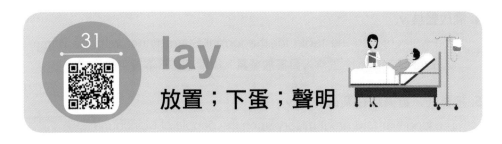

lay

放置；下蛋；聲明

26 play
27 draw
28 let
39 talk
30 stand
31 lay
32 blow
33 drop
34 send
35 do
36 hang
37 sit
38 carry
39 roll
40 live
41 stay
42 shut
43 see
44 check
45 have
46 pick
47 start
48 leave
49 burn
50 pay

動詞解析

　　lay（動詞三態：lay, laid, laid）和 lie（動詞三態：躺 lie, lay, lain；說謊 lie, lied, lied）容易混淆。lay 的核心語意是「放置」（put sth in especially a flat or horizontal position），衍生「擺放餐具」（arrange knives, forks, plates, etc. on a table ready for a meal）、「把責任／重擔加在某人身上」（put sb/sth in a particular position or state）、「下賭注」（to place a bet）等語意。lay the basis for sth（為……打基礎）是生活常見片語。

基本用法

1. 放置；平放 v.

During the battle, the nurses **lay** the bodies of the deceased on the floor to free up the beds for the wounded.
戰爭時，護士們把死去的遺體**放置**在地上，好空出床位給受傷的人。

2. 下蛋；產卵 v.

Seventy percent of snakes are known to **lay** eggs, while other snakes give birth to live babies.　百分之七十的蛇都是**卵生**，剩下的則是胎生。

3. 聲稱；聲明 v.

The attorney **laid** the defendant's alibi in front of the judge.
律師在法官面前**聲明**被告的不在場證明。

4. 擺放餐具 v.

The workers **laid** the table for the formal State dinner with the Prime Minister of Japan. 工作人員**擺放餐具**，準備接待日本首相的正式官宴。

5. 把責任／重擔加在某人身上 v.

The long war **laid** great misery upon the people of Manchuria.
長期戰亂讓東北九省的人**受**了極大苦難。

6. 下賭注 v.

Jack **laid** down a $100 bet on a horse that would pay him a $500 payoff if it won.
傑克花一百美金**下注**一匹馬，如果牠贏了就能為他賺到五百美金。

片語動詞

lay about
猛打；猛力攻擊

● The troops called in the artillery to **lay about** a heavy bombardment against the fort.
軍隊招來砲兵用重砲**猛力攻擊**港口。

lay aside
放在旁邊；留下來

● While hauling in a big fish, the fisherman **laid aside** his jacket and forgot about it.
那漁夫釣到一條大魚時，把夾克**放在旁邊**就忘了。

● Harriet's mother **laid aside** a large piece of birthday cake to save it for the next day.
哈莉特的媽媽把一大塊生日蛋糕**留下來**明天吃。

lay by
儲蓄

● Katrina **laid by** some money every month to buy a larger television for her family.
卡崔娜每個月**存**一點**錢**替家人買台更大的電視。

lay down
隨手丟下；下令；積聚

● She trimmed the hedges and **laid down** the trimmer, and it was not found until the next Summer. 她修剪樹叢後把修剪工具**隨手丟下**，直到隔年夏天才找回來。

The mounted policeman **laid down** the law prohibiting people from sleeping in the park.

騎馬的警員**下令**禁止在公園睡覺。

The flooding river **lay down** layers of mud, which eventually turned to sandstone.

氾濫的河流**積聚**了好幾層土壤，最後變成砂岩。

lay in
儲藏；存放

They lived far from town, so they **laid in** large amounts of meat in their freezers in their garage.

他們住得離市區很遠，所以在車庫冰箱裡**存放**大量肉品。

lay into
用言語（或拳、棒等）
猛烈攻擊；亂打

The young boy **laid into** the defenseless homeless man and ran to find his friends.

那青少年**亂打**手無寸鐵的遊民，然後跑去找朋友。

lay off
解雇；改掉

After the Christmas shopping season ends, the department store usually **lays off** half of its sales clerks.

聖誕購物季結束後，百貨公司通常會**解雇**半數的業務員。

James was caught sniffing paint, and his parents demanded he **lay off** the unhealthy habit.

詹姆斯被抓到在聞油漆，他爸媽要他**改掉**這個不健康的習慣。

lay on
提供；安排

My uncle in London **laid on** an extravagant welcome party when we arrived for a visit. 我們去找他的時候，我在倫敦的舅舅**安排**了一場奢華的歡迎會。

lay out
展示；示範；解釋

The mechanic **laid out** all of the parts from the disassembled engine in a separate room.

維修工人在另一個工具間裡**展示**所有拆解的引擎部位。

The architect also **laid out** how to arrange the plants and paths in the garden.

建築師也**示範**了花園裡的植物如何擺放、小徑如何設計。

26 play
27 draw
28 let
39 talk
30 stand
31 lay
32 blow
33 drop
34 send
35 do
36 hang
37 sit
38 carry
39 roll
40 live
41 stay
42 shut
43 see
44 check
45 have
46 pick
47 start
48 leave
49 burn
50 pay

The parents **laid out** a step-by-step description for the babysitter on how to take care of their special child.
父母親一個一個步驟為保母**解釋**怎麼照顧他們特殊的孩子。

lay up
累積；暫停擱
置；修養

His tendency to be lazy **laid up** many problems and conflicts that he would have to face down the road.
他的懶散習性**累積**了許多他未來必須面對的問題和衝突。

The ship was **laid up** in dry dock, so a hole in the hull could be repaired.
船**暫時擱置**在乾涸的港口，以便修復船身上的洞。

The basketball star was **laid up** for a few months to heal a broken ankle.
籃球明星因為要治療扭傷的腳踝**休養**了好幾個月。

日常用語

In this household, the father **laid down the law** and gave severe punishments to his sons.
在這個家，父親**立下規矩**，對兒子們嚴加懲處。

The mother told his drunk husband that if he ever **lay a finger on** her son, she would go to the police.
母親跟她喝醉酒的丈夫說，如果他敢**動**她兒子**一根寒毛**，她就會去報警。

Hey! There's no need to **lay a heavy trip on** me, man. I didn't know she was your daughter.
欸！不需要**罵**我吧，老兄。我又不知道她是你女兒。

The initial meeting **lay the basis for** future negotiations between the two parties.
第一次的會面為兩黨未來的協商**打下基礎**。

Sam took off his jacket, got on his knee, and **lay it on the line**... proposing to his girlfriend in front of her parents.
山姆脫掉外套、跪下，**直接了當**在女朋友的父母面前跟她求婚。

The P.E. coach **laid out** the lazy student **in lavender**, and made him run laps while everyone watched.

體育教練**訓斥**那位懶散的學生，要所有人看著他跑操場。

Just keep your problems to yourself, so you won't **lay yourself open to attack**.

別把自己的問題說出去，這樣就不會**給人留下把柄**。

26 play
27 draw
28 let
39 talk
30 stand
31 lay
32 blow
33 drop
34 send
35 do
36 hang
37 sit
38 carry
39 roll
40 live
41 stay
42 shut
43 see
44 check
45 have
46 pick
47 start
48 leave
49 burn
50 pay

32 blow
吹；吹奏；炸毀

動詞解析

　　blow 的核心語意是「吹」（to send out air from the mouth），用在樂器上，是「吹奏」（produce a sound by blowing into musical instrument）的意思；用來描述過敏、感冒症狀，就有「擤鼻涕」（clear your nose by blowing strongly）的意思。blow 構成的片語動詞常與「吹」相關，例如 blow out（吹熄）、blow down（吹倒）等。片語 blow the whistle（告發；揭露壞事）很常用，whistleblower 表示「線民」，而「打小報告的人」或「抓耙子」是其貶意。

基本用法

1. 吹 v.

The hunter **blew** some air onto the smoking pile of grass, until it caught fire.　獵人對著冒煙的草堆**吹氣**，直到它燒起來。

2. 刮風；吹 v.

Since the wind was **blowing** against the direction of the airplane, it would consume more fuel.
因為風對著飛機飛行的反方向**吹**，就會耗掉更多燃料。

3. 吹響；吹奏 v.

You need **blow** a piece of wood called a reed in order to produce a sound with a woodwind instrument.
你需要**吹**一片叫做簧片的木片，好讓木管樂器可以發出聲音。

4. 吹走 v.

The toy sailboat was **blown** by a strong wind and ended up on the other side of the lake.　玩具帆船被強風**吹走**，最後漂到湖的另一邊。

5. 擤（鼻涕）v.

Hank **blew** his nose so strongly into the handkerchief, that it startled the students in the room.
漢克很用力地用手帕**擤**鼻涕，讓教室裡的學生都嚇了一跳。

6. 爆胎 v.

The driver tried to avoid the pit stop to change tires and drive a little longer, but one of his tires **blew**.　駕駛員試圖避免進站換胎，多開了一點時間，但他其中一個輪胎**爆胎**了。

7. 炸毀 v.

The engine of the ship **blew**, because the captain pushed the engines too hard to stay on schedule.
船的引擎**炸毀**了，因為船長為了趕上進度太用力催引擎。

片語動詞

blow away
吹散；震驚；驚愕；開槍殺死

● A strong gust of wind took the balloons from the child's hand, and **blew** them **away**.
一股強風吹走那孩子手中的氣球，把汽球都**吹散**了。
● The judge was **blown away** from the operatic singing performance of the 12-year-old girl.
評審對那十二歲女孩的歌劇演唱**驚為天人**。
● The elderly man pointed the shotgun at the intruder and **blew** him **away**.　那老人拿獵槍對準入侵者，**開槍殺**了他。

blow down
吹倒；掀翻

● After making a house of cards eight levels high, my baby brother **blew down** my masterpiece.　我用撲克牌蓋了八層樓的房子後，小弟弟把我的傑作**掀翻**了。

26 play
27 draw
28 let
39 talk
30 stand
31 lay
32 blow
33 drop
34 send
35 do
36 hang
37 sit
38 carry
39 roll
40 live
41 stay
42 shut
43 see
44 check
45 have
46 pick
47 start
48 leave
49 burn
50 pay

blow off
炸飛；吹走：爽約

● The soldier's helmet was **blown off** by an explosion near him.　那士兵的安全帽被附近的爆炸給**炸飛**了。

● The typhoon wasn't strong, but it **blew off** the aluminum siding panels from the warehouse.
這個颱風不算強，但卻把倉庫的鋁製牆板給**吹走**了。

● Harry **blew off** his date, because he wanted to watch the basketball game and she didn't.
哈利跟約會對象**爽約**，因為他想看籃球賽而她不想。

blow out
吹熄；（輪胎等）爆裂；炸飛；吐氣；輕鬆打敗

● She tucked her small child into bed and **blew out** the candle, so he could sleep.
她把小孩放到床上，**吹熄**蠟燭好讓他睡覺。

● The Grand Prix racer's tire **blew out** and the swerving car caused a collision on the course.　格蘭披治大賽車的車手輪胎**爆胎**，偏離車道的車身造成一場碰撞。

● The explosion in the building **blew out** the windows, sending shards of glass onto the street.
建築裡的爆炸將窗戶**炸飛**，碎玻璃散落到街上。

● The pregnant women were taught by the nurse to breathe in deeply and **blow out** the air slowly.
護士教懷孕婦女要深呼吸、緩緩**吐氣**。

● The home team **blew out** the visiting team 145-85 during the championship basketball game.
籃球冠軍賽時，主隊以 145 比 85 **輕鬆打敗**客隊。

blow over
平息；風平浪靜

● The family tied up their boat and waited in the shelter until the storm **blew over**.
這家人把船綁起來，在遮蔽處等著風雨**平息**。

● I had a fight with my parents last night, so I need to wait until things **blow over** before I can ask them for a favor.
昨晚我跟父母吵架，所以在拜託他們之前，我得等事情**風平浪靜**了再說。

blow up

炸毀；突然吹起；動怒；充氣充破；放大；誇大

● These days, they are always **blowing up** cars and buildings in the movies.
現在的時代，他們總在電影裡**炸毀**車子和房子。

● A fierce summer storm **blew up** in the middle of the Atlantic, pummeling the residents of Bermuda.
大西洋中間**突然吹起**強烈夏颱，狠掃百慕達群島的居民。

● You shouldn't **blow up** in front of the children. Walk away for a moment and take a deep breath.
你不應該在孩子們面前**動怒**。去深呼吸走一走吧！

● Sandy **blows up** balloons for the children at the party using an air pump.
珊迪用打氣筒把派對上要給孩子們的氣球**充氣充破**了。

● The photo of the deceased was **blown up** to a large size suitable for a poster.
死者的照片**放大**成適合放在海報上的大小。

● The dramatic woman **blew up** a simple mistake into something larger than was necessary.
那情緒起伏很大的婦人把一個小錯誤**誇大**成沒必要的大事。

日常用語

Sarah always **blows cold** to the flirtation from her co-workers.
莎菈總是對同事的追求搭訕**不感興趣**。

While many partied to **blow off steam**, Sam browsed his stamp collection to relax.
很多人參加派對**宣洩情緒**，而山姆則是瀏覽他的集郵冊來放鬆。

During her audition, Sally **blew her lines** and ran off the stage, crying.
試鏡的時候，莎莉因為**忘詞**而哭著跑下台。

The student **blew his own horn** and reminded his classmates that he had the best test scores.
那學生**自誇自擂**，提醒同學他得了最高分。

26 play
27 draw
28 let
39 talk
30 stand
31 lay
32 blow
33 drop
34 send
35 do
36 hang
37 sit
38 carry
39 roll
40 live
41 stay
42 shut
43 see
44 check
45 have
46 pick
47 start
48 leave
49 burn
50 pay

The President accidentally **blew** the secret agent's **cover** by mentioning his name during a press conference.

總統無意間在記者會時提到密探的名字，**揭露**了他的**真實身分**。

The new DNA evidence found at the scene of the crime **blew** the case **wide open**.

犯罪現場新找到的 DNA 證據**揭露**整場**騙局**。

The journalist found a man who witnessed the crime, which was going to **blow the lid off** the murder case.

記者發現一位目擊犯罪現場的男子，這將會**揭露**整樁兇殺案件。

The accountant noticed there was money missing and **blew the whistle** on the bank manager.

會計注意到金額短少，於是**告發**銀行經理。

The politician tried to place the blame on the President, but this **blew up in his face** and made him look bad.

那個政客試圖讓總統受譴責，但**意外失敗**，讓他臉面全失。

26 play
27 draw
28 let
39 talk
30 stand
31 lay
32 blow
33 drop
34 send
35 do
36 hang
37 sit
38 carry
39 roll
40 live
41 stay
42 shut
43 see
44 check
45 have
46 pick
47 start
48 leave
49 burn
50 pay

33 drop

掉落；丟；下降

動詞解析 ••••••••••••••••••••

　　drop 的核心語意是「掉落」（fall），談到程度時，指「下降」（move to a lower level）；談到人時，指「累倒」（fall down or be no longer able to stand because you are extremely tired）；談到貨物時，指「中途卸貨」（take something to a particular place, and leave them there）。搭配 behind、by、out、over 等介係詞或介副詞，形成「落伍」、「順便拜訪」、「退學」、「串門」等意思。

基本用法 ••••••••••••••••••••

1. 落下；掉到 v.

The balloons **dropped** from the ceiling onto the party-goers at midnight.
氣球在半夜從天花板**掉到**參加派對的人身上。

2. 下降；降低 v.

The temperature in the desert **dropped** dramatically within a 12-hour period.　沙漠的氣溫在十二小時內驟然**下降**。

3. 停止；放棄 v.

The school **dropped** the field trip from its schedule because of the lack of funds.　學校因為經費不足，從行程表裡**取消**畢業旅行。

4. 排除在外；開除；使離隊 v.

The actor was **dropped** from the cast of the play because of the controversial remarks he made.　那演員因為説了受爭議的話而被**排除**在演員名單**之外**。

207

5. 中途下客；中途卸貨；丟 v.

The family **dropped** the old dog in the forest, because they could no longer take care of it.
那家人中途把老狗**丟**在森林裡，因為他們再也無法照顧牠了。

6. 累倒 v.

Many marathon runners **drop** from exhaustion after crossing the finish line. 很多馬拉松跑者在跨過終點線後**累倒**。

7. 遺漏；省略 v.

The chubby boy was **dropped** from the list of kids who were invited to the party. 派對邀請的孩童名單上**遺漏**了那個白白胖胖的小男孩。

片語動詞

drop away
通往下方；減弱

● The house was built on the side of a hill, and the slope **dropped away** to a beautiful garden below.
房子蓋在山坡上，傾斜的坡度**通往下方**一片美麗花園。

● The signal from the spaceship **dropped away** as its orbit carried it behind the moon.
太空船的訊號在軌道運行到月球後方時**減弱**。

drop back
逐漸往後退

● The quarterback **dropped back** behind his front line and tossed a touchdown.
四分衛從前線**逐漸往後退**，接著觸地得分。

drop behind
落伍；落後

● The math team from China **dropped behind** the South Korean team because of a penalty.
中國數學隊因為受罰而**落後**在南韓隊後面。

drop by
順便拜訪

● This professor **dropped by** Yolanda's house to wish her luck for her upcoming job interview. 這位教授**順道拜訪**了尤藍達的家，祝福她接下來的工作面試順利。

drop in
偶訪；突然來訪

Bob was pleasantly surprised to see his college buddy **drop in** last Sunday.

包柏上星期日見到他大學好友**突然來訪**又驚又喜。

drop off
停車讓⋯⋯下車；交給；打盹；下滑

The Uber driver **dropped off** his passenger, before going to the grocery store to get milk.

優步司機在去雜貨店買牛奶之前先**停車讓**乘客**下車**。

Sally **dropped off** her report to her professor before she drove to the mountains for the weekend.

莎莉把她的報告**交給**教授，然後便開車到山裡度過週末。

Ted **dropped off** a few times during the lecture, because he didn't sleep the night before.

泰德在聽演講的時候**打**了好幾次**盹**，因為他昨晚沒有睡覺。

The number of students who graduated from high school in this country **dropped off** after the 1990's.

這個國家的高中畢業學生數在 1990 年代之後便**下滑**了。

drop out
退出；退學

Harvey **dropped out** of his band, because he had to take a part-time job.　哈維因為需要接一份打工而**退出**樂團。

His parents warned him that if he ever **dropped out** of college, he could not live in their home.

他的父母警告他如果他被**退學**就不能住家裡了。

drop over
順便拜訪；串門子

The kids **dropped over** to Timmy's house to wish him well, because he had a broken leg.　因為堤米的腿斷了，所以孩子們到他家**串門子**祝他身體健康。

日常用語

Lucy no doubt **dropped a bombshell on** her family when she announced that she was pregnant.

露西宣布自己懷孕的時候，無疑是對家裡**丟了顆震撼彈**。

26 play
27 draw
28 let
39 talk
30 stand
31 lay
32 blow
33 drop
34 send
35 do
36 hang
37 sit
38 carry
39 roll
40 live
41 stay
42 shut
43 see
44 check
45 have
46 pick
47 start
48 leave
49 burn
50 pay

The wealthy man **dropped a bundle** to buy his wife a luxurious fur coat.
那有錢人**花一大筆錢**為他太太買了一件奢華的皮毛大衣。

Drop it! Put your hands in the air and step away from the weapon, if you don't want to get shot.
不要動！如果不想死的話，就把手舉起來、遠離武器。

I **dropped my teeth** at the news that our teacher won a million dollars in the lottery.
聽到我們老師中一百萬樂透的消息我**驚呆**了。

Greg wasn't given much responsibility during the camp, because he was known for **dropping the ball**.
葛雷格在營隊的時候沒被分派太多工作，因為大家都知道他很愛**擺爛**。

Everyone was afraid to break the teacher's rules, because they knew someone would **drop the dime** on them.
大家都很怕沒有好好守老師的規矩，因為他們知道會有人**打小報告**。

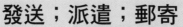

34 **send**

發送；派遣；郵寄

26 play
27 draw
28 let
39 talk
30 stand
31 lay
32 blow
33 drop
34 send
35 do
36 hang
37 sit
38 carry
39 roll
40 live
41 stay
42 shut
43 see
44 check
45 have
46 pick
47 start
48 leave
49 burn
50 pay

動詞解析

　　send 的核心語意是「發送」（make sth go or be taken to a place），衍生「派遣」（tell sb to go somewhere or to do sth）、「告知」（tell sb sth by sending them a message）等意思。搭配 away、back、for、out 等介係詞或介副詞，形成「趕走」、「遣返」、「派人去請」、「分發」等意思。

基本用法

1. 發送；郵寄 v.

Gunther went to the post office to **send** the package to his uncle in Vienna.　岡瑟到郵局去**郵寄**包裹給他在維也納的叔叔。

2. 派遣；派……去 v.

The teacher **sent** Greg to the principal's office for the second time this week.　這禮拜老師第二次**派**葛雷格**去**校長辦公室了。

3. 告知；傳遞 v.

The commander **sent** a message to the general by waving colored flags. 指揮官揮舞彩色旗幟來向將軍**傳遞**訊息。

4. 讓……；使發生 v.

The small accounting mistake **sent** the company managers into a panic. 帳單上的一個小錯誤**讓**公司主管們陷入慌亂。

send away
把……打發走

● Linda rudely **sent away** the deliveryman, saying that he was loitering in her office too long.
琳達沒禮貌地**把**送貨員**打發走**，說他在她辦公室待太久了。

send back
把……退回

● Jill received a box with a bracelet from Tom, but she **sent back** the gift, because she did not like him.
吉兒收到湯姆寄來的禮盒和手鐲，但她**把**禮物**退回**，因為她並不喜歡他。

send down
勒令大學生退學；把……送進監獄

● Hank and Frank were **sent down** after they were caught by campus police painting graffiti on a statue.
漢克和法蘭克被校警逮到在雕像上塗鴉後被**勒令退學**。

● Big Carl was **sent down** to the State Penitentiary, because he killed a guard at the jail.
那大老粗因為在監獄裡殺了警衛而被**送進**州立**監獄**。

send for
派人去請；派……去取

● Sir, I was told by your secretary that you **sent for** me, and I came right away.
先生，你的祕書說你**找**我，所以我就立刻過來了。

● Jerry **sent** his office assistant **for** coffee before the meeting started.
會議開始前，傑瑞**派**他辦公室的助理**去取**咖啡。

send in
找來；呈交

● The police couldn't convince the man on the bridge to come down, so they **sent in** an expert negotiator.
警方無法勸橋上的男子下來，所以他們**找來**一位協商專家。

● Kevin **sent in** his passport, an application form and his payment to get his visa.
凱文為了拿到簽證，**呈交**他的護照、申請表和薪資單。

send off

傳；要……去
找；寄出

- The receptionist **sent off** a written request to HR, asking for the newest employee policy manual.

  接待員**傳**公文給人事主管，要求要最新的員工政策規範。
- The customer **sent off** the grocery clerk to find a dozen peaches.　客人**要**雜貨店店員**去找**十二顆桃子。
- Worried about her son serving in the military overseas, the mother **sent off** a care package.

  這位母親擔心在海外當兵的兒子，**寄**了一箱補給品過去。

send on

預送；轉寄

- They **sent on** the trade show materials to the convention center a few days before boarding the plane.

  他們登機前幾天把貿易展的東西**預送**到會議中心。
- Jack received a package from China by mistake and went to the post office to **send** it **on**.

  傑克收到從中國寄錯的一個包裹，於是到郵局**轉寄**回去。

send out

派出；分發；發
出

- The lieutenant **sent out** a small squad of soldiers to investigate the explosion.

  陸軍少尉**派出**一小隊士兵調查爆炸原因。
- The new grocery store **sent out** thousands of flyers before its grand opening.

  新開的雜貨店盛大開幕前**發出**幾千份傳單。
- The exploding star **sends out** a massive amount of energy, including x-rays and gamma rays.

  爆炸中的星星散**發出**極大能量，包含 X 射線和伽瑪射線。

日常用語

Smiling and twisting her hair, Mary **sent a signal to** the man at the next table that she liked him.

瑪莉邊笑邊玩頭髮，向隔壁桌男子**釋放**她喜歡他的訊號。

26 play
27 draw
28 let
39 talk
30 stand
31 lay
32 blow
33 drop
34 send
35 do
36 hang
37 sit
38 carry
39 roll
40 live
41 stay
42 shut
43 see
44 check
45 have
46 pick
47 start
48 leave
49 burn
50 pay

The security guard questioned the mail clerk about the missing package and then **sent him about his business**.

保全質問郵差包裹丟到哪去了，接著便**叫他滾蛋**。

The manager didn't like to be reminded by his secretary that he was overweight, so he **sent** her **packing**.

經理不喜歡祕書提醒他體重過重的事情，所以把她**趕走**了。

When the mayor **sent up a trial balloon** for the new city ordinance, it received a negative response.

市長**試著推行**市府新法令，卻收到了負面回應。

35 do

做；煮；從事

動詞解析

　　do 是初學英語時最常遇到的動詞之一，兼具助動詞功能，核心語意是「做」（perform an action or activity），衍生語意多元，烹飪食物可用 do，例如 do barbecue（烤肉）；攻讀可用 do，例如 do chemistry（攻讀化學）；演出戲劇也可用 do，例如 do Hamlet（演哈姆雷特這齣戲）。do away with（廢除；停止）和 do without（沒有……也行）都是相當常見的片語。

基本用法

1. 做；幹 v.

I told my boss, "What I **do** in my own free time is none of your business."
我告訴老闆：「我自己的休息時間要**做**什麼不關你的事。」

2. 足夠 v.

When the mother asked her son if $5 was enough for lunch, the boy said it would **do**. 媽媽問兒子五塊錢美金夠不夠吃午餐，他說**夠**。

3. 從事 v.

When asked to explain what she **does** for a living, Jane said she does hair and nail care. 有人問貞恩她的工作是什麼，她說她**從事**美髮和美甲。

4. 對……有效果 v.

The wife asked her husband if the swimsuit she was wearing **did** anything for him, and he shook his head.
老婆問老公她穿的泳衣有沒有**讓**他**有感覺**，他搖了搖頭。

26 play
27 draw
28 let
39 talk
30 stand
31 lay
32 blow
33 drop
34 send
35 do
36 hang
37 sit
38 carry
39 roll
40 live
41 stay
42 shut
43 see
44 check
45 have
46 pick
47 start
48 leave
49 burn
50 pay

5. 演出（戲劇）v.

The theatre group chose to **do** Hamlet for their next production.
劇團選定《哈姆雷特》作為下次**演出**的劇本。

6. 攻讀；念 v.

I **did** chemistry during my undergraduate years in college.
我大學的時候**念**的是化學系。

7. 烹製；煮；烤 v.

Jack asked Sam what he wanted for dinner on Sunday, and he suggested that they **do** barbecue. 傑克問山姆星期日晚餐想吃什麼，他提議來**烤**肉。

片語動詞 •

do away with
廢除；停止
● The lawmakers voted to **do away with** capital punishment in the judicial system.
立法委員投票表決是否**廢除**司法體制下的死刑。

do down
指責、詆毀某人；罵
● Ken lost his confidence as a high school student as he was constantly **done down** by his teachers.
肯恩在高中的時候就因為時常被老師**罵**而失去自信心。

do for
照顧；照料
● George hired a housekeeper and a chef to **do for** his elderly father.
喬治聘了一位管家和一位廚師來**照顧**他年邁的父親。

do in
使筋疲力盡
● Taking care of my 3-yr-old niece this weekend **did** me **in**, so I needed to rest.
這週末照顧我三歲的姪女讓我**筋疲力盡**，所以我需要休息。

do out
打掃並漆上
● Their daughter was moving back in the house, so they **did out** her room in pink and white colors. 他們女兒要搬回家裡，所以他們**打掃**她的房間**並漆上**粉色和白色的油漆。

do over
整理一番；重做

- The guest house on their property was **done over**, so they could rent it out. 他們把民宿**整理一番**好租出去。
- Jack's tax filing was **done over**, because his accountant pointed out errors in his initial filing. 傑克的稅務資料**重做**了一份，因為他的會計指出他一開始的文件有錯誤。

do up
（用扣子、拉鍊等將外套、裙子等）扣上、繫牢；整理

- Geraldine **did up** her blouse all the way to the top button to get ready for the job interview.
為了面試準備，婕拉汀把襯衫釦子從第一顆**扣到**最後一顆。
- There was a storage room above the garage, and they **did up** the room to turn it into a guest bedroom.
車庫上面有個儲藏室，他們把那個空間**整理**成客房。

do with
處理

- What will we **do with** Uncle Harold? He can't stay with us anymore. 我們要怎麼**處理**賀羅德叔叔呢？他不能再跟我們待在一起了。

do without
沒有……也行

- I could **do without** dessert, because I am already overweight. 我**沒有**甜點吃**也可以**，因為我已經太胖了。

do ...out of ...
騙得；取得

- The lawmakers of the small country passed a law that would **do** retirees **out of** half of their pensions.
這個小國家的立法者通過一條**騙取**退休公務員半數退休金的法規。

日常用語 ●

Steve crossed the finish line and almost everyone **did a double take**, because he was expected to come in last place.
史提夫跑過終點線，幾乎所有人都**吃了一驚**，因為大家本來以為他會最後一名的。

26 play
27 draw
28 let
39 talk
30 stand
31 lay
32 blow
33 drop
34 send
35 do
36 hang
37 sit
38 carry
39 roll
40 live
41 stay
42 shut
43 see
44 check
45 have
46 pick
47 start
48 leave
49 burn
50 pay

If the teacher asks for volunteers to clean the classroom, David will usually **do a fade**.

老師問有沒有人自願打掃教室的時候，大衛通常**會開溜**。

The college girls **did a snow job on** the man to get him to buy them some beers.

女大學生們**捉弄**那男人，讓他替她們買啤酒。

He looked at the yard, which took him all day to clean and organize, and he **did himself proud**.

他看著花了他一整天整理打掃的庭園，覺得自己**整理得真好**。

The beating Harry gave his roommate really **did** him **some damage**.

哈利真的把他室友**打傷**了。

The angry neighbor really **did** Manny **dirt** by putting sugar in the gas tank of his car.

鄰居氣得把糖加到曼尼的汽車油箱裡，真的**讓他難堪**。

I know you want to work extra hard to earn money, but it won't **do you good** to ruin your health.

我知道你想努力工作賺更多錢，但傷害自己的健康**對**你並**沒有好處**。

In the movie, the tanks and artillery shells **did nothing to** the villain, and it seemed he was invincible.

電影裡，坦克車和砲彈對壞人**什麼用也沒有**，他似乎所向無敵。

It truly **did my heart good** when my past students showed up to celebrate my retirement.

以前的學生出席幫我慶祝退休時，我真的**非常開心**。

Why didn't Mary tell me what she was doing tonight? Is she **doing something on the sly**?

為什麼瑪莉不告訴我她今晚在做什麼？她是在**偷偷做**什麼事嗎？

hang
掛；吊死；曬衣服

26 play
27 draw
28 let
39 talk
30 stand
31 lay
32 blow
33 drop
34 send
35 do
36 hang
37 sit
38 carry
39 roll
40 live
41 stay
42 shut
43 see
44 check
45 have
46 pick
47 start
48 leave
49 burn
50 pay

動詞解析

　　hang 的核心語意是「懸掛」（put sth in a position so that the top part is fixed or supported, and the bottom part is free to move and does not touch the ground），人被吊著就有「被吊死」（kill someone by dropping them with a rope around their neck）的意思，相信不少人都玩過 Hangman（吊死鬼）這款拼字遊戲。另外，hang 也有「把……掛在牆上」（fix a picture, photograph etc. to a wall）的衍生語意。hang up（掛電話）、hang around（閒混）都是很常見的片語。

基本用法

1. 懸掛；曬衣服 v.

Zander helped his mother **hang** the laundry to dry, before she baked cookies for him.　桑德幫媽媽**曬衣服**之後，她烤了餅乾給他吃。

2. 掛在……上 v.

My grandmother **hung** photos of each of her children and grandchildren above the fireplace.　我奶奶把她每個孩子和孫子的照片**掛在**火爐**上面**。

3. 吊死 v.

If pirates were caught by the British Navy, they were often **hung** without a trial.　英國海軍要是抓到海盜，通常不審問就直接把他們**吊死**。

4. 貼上 v.

Harriet **hung** wallpaper with seashell patterns to give the room the feel of a tropical island. 哈利特**貼上**貝殼圖案的壁紙，讓房間有熱帶島嶼的感覺。

5. 裝上 v.

The cupboards were more attractive after white doors were **hung** on them. 櫥櫃**裝上**白色門之後更好看了。

片語動詞

hang around
閒混；在……身邊晃來晃去

- Henry's teenage friends liked to **hang around** his house on the weekends.
  亨利的青少年朋友們很喜歡週末來他家**閒混**。
- The stray dog **hung around** the couple who were picnicking, waiting for them to drop some food. 流浪狗在那對野餐的情侶**身邊晃來晃去**，等他們丟食物給牠。

hang back
畏縮不前；猶豫不前

- The soldier was ordered to go into the cave to find the enemy, but he **hung back** and waited for reinforcements. 士兵被派進洞穴裡找敵人，但他卻**畏縮不前**著等待支援。
- The seagull wanted some food from the feeding seals, but it **hung back** and could only wait for them to leave.
  海鷗想從被飼養的海豹身邊覓食，但牠卻**猶豫不前**，只能等牠們離開。

hang on
捉住不放；等一下；繼續；依賴

- Nelda **hung on** tightly to the lifeguard until he made it to the shore. 內爾達**抓住**救生圈**不放**，直到抵達岸邊。
- **Hang on** and don't leave. There will be a table available in a few minutes. **等一下**，別走開，等等就會有空桌了。
- He **hung on** running as a candidate for the city official position, even though the media said he didn't have a chance. 雖然媒體說他沒有勝選機會，他仍**繼續**以市長候選人的身分造勢宣傳。

Sheila **hung on** to Tim as her boyfriend, because he provided a stable place for her to live. 雪拉很**依賴**提姆這個男朋友，因為他為她提供了安穩的住處。

hang out
閒晃；休息放鬆；晾

The boys didn't want to do much, except **hang out** at the mall and look at the girls walking by.
男孩們不想做太多事，除了到購物中心**閒晃**看妹。

We **hung out** at the beach to get a tan and to swim in the ocean occasionally.
我們在海灘上**休息放鬆**曬太陽，不時到海裡去游泳。

The swimming pool manager **hung out** dozens of towels to dry every night.
游泳池負責人每天晚上要**晾**乾幾十條毛巾。

hang over
讓……苦惱

The bully threatened to meet Steve after school, and the threat **hung over** him all day.
那混混威脅史提夫放學後要去找他，**讓**他整天都非常**苦惱**。

hang up
懸掛；掛電話；溝通

The hook slid over the nail in the wall, allowing Greg to **hang up** his favorite photo of his mother. 掛勾從牆上釘子掉下來，讓葛瑞格得重新**懸掛**他最愛的一張母親的照片。

Bella was furious, because her husband **hung up** the phone before she had finished talking. 貝拉非常生氣，因為她丈夫在她還沒說完話的時候就**掛電話**了。

We had to **hang up** on the painter, because he did not know how to paint our house the way we wanted.
我們得跟這位油漆工**溝通**，因為他不知道要怎麼把我們家漆成我們想要的樣子。

hang with
混在一起；一起玩

During the summer, Jimmy was finally allowed to **hang with** his older brother.
暑假的時候，吉米終於可以跟他哥哥**一起玩**。

26 play
27 draw
28 let
39 talk
30 stand
31 lay
32 blow
33 drop
34 send
35 do
36 hang
37 sit
38 carry
39 roll
40 live
41 stay
42 shut
43 see
44 check
45 have
46 pick
47 start
48 leave
49 burn
50 pay

If you want to get to the library, you need to **hang a left** at the next stop sign.

如果你想去圖書館，要在下個停止標誌的地方**左轉**。

The taxi driver **hung a right** at the traffic light, and dropped off the drunk man at the police station.

計程車司機在紅綠燈的地方**右轉**，把那酒醉男子丟到警察局。

The counselor encouraged the homeless man to **hang in there** and stay positive.

輔導員鼓勵那位遊民**堅持下去**並保持樂觀。

James suggested that his best friend Henry **hang it up** and play another sport instead of basketball.

詹姆斯建議他最好的朋友亨利**放棄**籃球去做別種運動。

The contestants were told to **hang loose** and wait for the announcement of the winners coming soon.

主持人要參賽者**放鬆**，等待即將出爐的冠軍公布。

26 play
27 draw
28 let
39 talk
30 stand
31 lay
32 blow
33 drop
34 send
35 do
36 hang
37 sit
38 carry
39 roll
40 live
41 stay
42 shut
43 see
44 check
45 have
46 pick
47 start
48 leave
49 burn
50 pay

37 sit

坐著；坐落在；參加

動詞解析

　　sit 的核心語意是「坐著」（rest your weight on your bottom with your back vertical），衍生「坐落在」（be in a particular place）、「（坐下來）參加考試」（do an exam）等語意。值得一提的是，藉由格林法則轉音，可用 sit 聯想字根 sid-（坐），president（總裁、主席）是指開會坐在前面的人，呼應 sit 的另一語意「開會」（to meet in order to do official business）。sit 搭配 back、by、in、up 等介係詞或介副詞，形成「坐下來休息」、「袖手旁觀」、「列席」、「熬夜」等意思。

基本用法

1. 坐；坐著 v.

I once had the pleasure of **sitting** in the pilot's seat of a supersonic jet plane. 我曾經有幸**坐**到超音波噴射機的機長位置。

2.（議會等）開會；開庭 v.

The parliament **sat** in a special session to address the threat to national security. 國會**開**了一個特別**會議**來設法解決國安威脅。

3. 參加（考試）v.

For the ordinary level of the General Certificate of Education （GCE）, students **sit** several basic subjects.
普通教育會考的基本考試，學生要**考**好幾個基本學科。

4. 成為⋯⋯成員；擔任 v.

Christopher volunteered to **sit** on the council that recommended the teaching curriculum. 克里斯多福自願**擔任**推薦教學課程的顧問成員。

5. 處在；坐落在 v.

The animal sanctuary **sits** in the Catskills Mountains in New York. 動物的避難所就**坐落在**紐約的卡茲奇山。

片語動詞 ●●●●●●●●●●●●●●●●●●●●●●●●●●●●●

sit back
坐下來休息；舒服地坐

● Hank was able to **sit back** during the festival, because his employees covered all of the responsibilities. 漢克能夠在慶典的時候**坐下來休息**，因為他的員工承包了所有工作。

● The teacher **sat back** in his chair and keenly watched the students during their exam.
那老師**舒服地坐**在椅子上，在學生考試時仔細盯著他們看。

sit by
袖手旁觀

● Without remorse, Bob **sat by** and watched the dog try to cross the road, only to get hit by cars.
看著小狗試圖穿越馬路卻被車撞，包柏無情地**袖手旁觀**。

sit down
坐下；找⋯⋯談

● After stretching with the yoga instructor for twenty minutes, Lisa was finally able to **sit down** and relax.
跟著瑜珈老師伸展了二十分鐘，麗莎終於可以**坐下**來休息。

● Julie **sat down** with the principal to discuss the male student who was harassing her.
茱莉去**找**校長**談**騷擾她的男學生。

sit for
參加考試

● This was the second time he **sat for** the Bar exam, attempting to qualify to be a licensed attorney.
這是他第二次**參加**律師資格**考**，他很想通過考試，成為有執照的律師。

sit in
列席；旁聽

● The professor allowed other students to **sit in** on his lectures, as long as they asked for permission in advance.
只要其他學生事先得到他同意，教授就會讓他們**旁聽**他的課。

sit in for
代替

● The substitute teacher **sat in for** Mr. Stevens while he was recovering from an operation.
代課老師在史蒂文生老師手術後療養時**代替**他上課。

sit on
擱置

● Mary **sat on** the letter she received for her boss, because she knew she would be upset by it.
瑪莉把老闆的信**擱置**一旁，因為她知道自己看了會不開心。

sit out
一直坐到……結束；坐在外面

● Cindy wanted to **sit out** her friend's dance recital, but it was too embarrassing to watch.　辛蒂很想**一直坐到**她朋友的獨舞**結束**，但卻尷尬得看不下去。

● While the students were dancing and having fun, Steve **sat out** in the rain waiting for his mother.
同學在跳舞同樂的時候，史提夫**坐在外面**淋雨等母親。

sit through
一直坐到……結束

● If I could **sit through** Mr. Jenkins's lecture, then I could probably sit and watch grass grow.　如果我可以**一直坐到**詹金斯老師的演講**結束**，那我大概都要長草了。

sit up
熬夜；坐起來

● The babysitter needed to **sit up** until midnight, which is when the parents returned home.
保母需要**熬夜**到半夜，孩子的父母才會回家。

● She lay in the grass and watched the clouds, but then **sat up** immediately when she heard thunder.
她躺在草地上看雲朵，卻在聽見打雷聲時**立刻坐起來**。

26 play
27 draw
28 let
39 talk
30 stand
31 lay
32 blow
33 drop
34 send
35 do
36 hang
37 sit
38 carry
39 roll
40 live
41 stay
42 shut
43 see
44 check
45 have
46 pick
47 start
48 leave
49 burn
50 pay

Vernon **sat in the catbird seat,** since his parents owned the company where he worked.
維儂**地位優越**，因為他爸媽就是他工作公司的所有人。

Steve believed he was **sitting on a gold mine** when there was a long line at his restaurant during its grand opening.
史提夫的餐廳開幕時大排長龍，他因此相信自己要**賺翻了**。

After the President's announcement, his opponents **sat on their hands** while others applauded.
董事長宣布事情後，其他人鼓掌叫好，死對頭們卻**反應冷淡**。

If you help me do my homework, I can **sit still for** you walking me home.
如果你幫我做功課，我就**讓**你送我回家。

I know the show is not too exciting yet, but **sit tight**, and I promise you that you will be pleased.
我知道節目還不太精彩，但**再等一等**，我保證你會喜歡的。

38 carry

carry
搬；提；傳遞

26 play
27 draw
28 let
39 talk
30 stand
31 lay
32 blow
33 drop
34 send
35 do
36 hang
37 sit
38 carry
39 roll
40 live
41 stay
42 shut
43 see
44 check
45 have
46 pick
47 start
48 leave
49 burn
50 pay

動詞解析

　　carry 的核心語意是「搬」、「提」（to take sb/sth from one place to another），衍生「傳到」（be able to reach or travel a particular distance）、「懷孕」（be pregnant with a child）、「傳染疾病」（be infected with a disease）等意思。搭配 along、away、on、out 等介係詞或介副詞，形成「隨身攜帶」、「搬走」、「繼續」、「實行」等意思。

基本用法

1. 挑；抱；背；提；扛；搬；舉 v.

During their long marches, the soldier was proud to **carry** the flag at the front of the formation.
行軍的時候，那位軍人驕傲地**舉**著國旗走在隊伍最前方。

2. 引水 v.

The Japanese constructed a network of canals and waterways that **carried** water to the farmland.
日本人建造了灌溉渠道和水道網，可以**引水**到農田裡。

3. 傳染疾病 v.

The mosquitos **carry** Dengue Fever, which is a threat to the people every summer. 蚊子會**傳染**登革熱，每年夏天都對人們造成威脅。

227

4. 貼滿 v.

The bedroom wall **carried** postcards from around the world, inspiring Susan to travel in the future.
房間的牆上**貼滿**了全世界的明信片，讓蘇珊很希望未來能去旅遊。

5. 承擔責任；背負責任 v.

Carrying the family as the sole income earner, Frank suffered from exhaustion. 身為**承擔**家裡唯一的經濟支柱，法蘭克累得筋疲力竭。

Carrying the duties of childcare, Mary had very little time for hobbies. 瑪莉**背負**著照顧孩子的**責任**，很少有時間做自己有興趣的事。

6. 運載 v.

Jack entered the store and asked the clerk if they **carried** lawn mower parts. 傑克進到店裡，問店員他們能不能**運載**割草機的零件。

7. 刊登 v.

The newspaper **carries** a section where readers can submit their opinions and read the opinions of others.
報紙上**有**個可以讓讀者投稿意見和看到別人意見的欄位。

8. 傳遞 v.

It has been shown that sound **carries** much farther underwater than it does in the air. 聲音在水面下**傳遞**的速度已經證明比在空氣中快很多。

9. 懷孕 v.

She had been **carrying** for five months, so it was obvious to everyone that she was expecting a child.
她已經**懷孕**五個月，所以大家都看得出來她快要有孩子了。

carry around
抓著

The eagle **carried around** the squirrel, still alive, to the nest where her hungry chicks waited.
老鷹**抓著**還活著的松鼠到巢裡餵食嗷嗷待哺的雛鳥。

carry along
隨身攜帶；載著

Everywhere she went, Betty **carried along** a water bottle because she believed in proper hydration.　無論去哪裡，貝蒂都**隨身攜帶**著水瓶，因為她認為補充水分很重要。

The bus in Brazil was so full, that it often **carried along** passengers on its roof.
巴西的公車人滿為患，以至於經常連車頂上都**載著**乘客。

carry away
開心到失控；抬出

The prospect of buying games for half price caused shoppers to get **carried away** in the store.
可以用半價買到遊戲讓店裡的買家**開心到失控**。

The unconscious athlete was **carried away** from the field, while the other players watched with concern.
失去意識的運動員被**抬出**場外，而其他選手則憂心地看著。

carry back
拿回去；使回想起來

After packing up, the family **carried back** the tent to the rental counter.
收拾好後，全家人把帳篷**拿回去**租借櫃台。

Listening to my wife sing that song **carried** me **back** to the time I was a small child.
聽見我太太唱那首歌，**讓**我**想起**小時候。

carry forward
推進；促成

They worked on Saturday, and it **carried forward** their goal to become the best sales team that week.　他們星期六繼續工作，結果**促成**他們達到目標，成為當週的銷售冠軍團隊。

carry off
奪走……生命；奪獎

My poor uncle was **carried off** by a severe case of tuberculosis.　我可憐的叔叔被一場嚴重的肺結核**奪走生命**。

26 play
27 draw
28 let
39 talk
30 stand
31 lay
32 blow
33 drop
34 send
35 do
36 hang
37 sit
38 carry
39 roll
40 live
41 stay
42 shut
43 see
44 check
45 have
46 pick
47 start
48 leave
49 burn
50 pay

The crowd was surprised when the 12-yr-old tap dancer was able to **carry off** first prize in the talent show.
人們對十二歲的踢踏舞者能在選秀節目中**奪**冠感到驚訝。

carry on
繼續；過下去

Even without the rest of his comrades, the soldier **carried on** defending the base from enemy attacks. 雖然沒有了其他夥伴，那士兵仍**繼續**鎮守基地，抵禦敵軍攻擊。

After Robert tripped and fell on stage, he **carried on** acting as if nothing had happened.
羅伯特拐了一下，在台上跌倒後**繼續**若無其事地演出。

When their mother died, the children didn't know how their father would **carry on** without her.
母親過世時，孩子們不知道父親沒有她要怎麼**過下去**。

carry out
實行；遵照

Miss Carter quit her job and **carried out** the promise she made to her father and signed up for the circus.
卡特小姐辭掉工作，**實行**她對父親的承諾，報名了馬戲團。

Hank reminded his partner that they were required to **carry out** the orders of the police chief.
漢克提醒另一半，他們必須**遵照**警長的指令。

carry through
成功完成

After buying the materials, Mr. Smith **carried through** building a treehouse for his children.
買玩材料後，史密斯先生**成功**替孩子們搭建了一棟樹屋。

日常用語 ●

The new boy was short, but he **carried a chip on his shoulder** and was hard to make friends with.
新來的男孩很矮，但他很**好鬥**，也很難交到朋友。

James secretly **carried a torch for** the receptionist, and when she was fired, he decided to quit his job.

詹姆斯偷偷**暗戀**接待員,她被開除時,他也決定辭去工作。

Every survivor needs to **carry one's weight** and work together until the rescue ship arrives.

每個生還者都要**克盡職守**、相互合作,直到救援的船到來。

Steve said he took care of the children, but, in fact, it was his wife who **carried the load** of the childcare duties.

史提夫說他很照顧孩子,但事實上,他太太才是那個**負起主要責任**的人。

Jackson scored 50 points in the basketball game, **carrying the day** for his team.

傑克森在籃球賽中得了 50 分,讓他的隊伍**大獲全勝**。

If you're going to protect your home against robbers, you should **carry the difference**.

如果你要保護家裡不被搶劫,就要**把武器準備好**。

26 play
27 draw
28 let
39 talk
30 stand
31 lay
32 blow
33 drop
34 send
35 do
36 hang
37 sit
38 carry
39 roll
40 live
41 stay
42 shut
43 see
44 check
45 have
46 pick
47 start
48 leave
49 burn
50 pay

 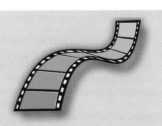

39 roll
滾動；轉動

　　roll 的核心語意是「滾動」（turn over and over），而滾動之物多成球狀、管狀，可用 egg roll（蛋捲）聯想，因此衍生語意有「使……成管狀、球狀」（make sth/yourself into the shape of a ball or tube）、「滾平」（make sth smooth and flat）、「翻白眼」（roll your eyes）等。搭配 down、out、over、up 等介係詞或介副詞，形成「搖下車窗」、「展開」、「翻身」、「捲起」等意思。

基本用法

1. 捲起來 v.

To make sushi, you need to put rice and other ingredients in seaweed, and **roll** it up.
要做壽司的話，你得把米飯和其他食材放在海苔上，然後**捲起來**。

Changing a diaper for the first time, Fred **rolled** his sleeves and proceeded with the task.
第一次換尿布，弗瑞德**捲起**袖子來換。

2. 轉動 v.

The repairman **rolled** the tire while part of it was submerged in water to look for any air leaks.
修理工人**轉動**輪胎，把其中一部分泡在水裡檢查有沒有漏氣。

3. 翻滾 v.

The physical education teacher taught the young children to curl up and **roll** on the mat. 體育老師教年輕的孩子們把身體捲起來，並在地墊上**翻滾**。

4. 連續彈舌 v.

When speaking, people who use Latin languages tend to **roll** their "r" sounds. 拉丁語系的人說話時會習慣**連續彈舌**發出「r」的發音。

5. 擀平；滾平 v.

The baker used a large wooden rolling pin to **roll** flat the dough for the crescent rolls. 烘培師用一根大擀麵棍把做羊角麵包的麵團**擀平**。

6. 翻（白眼）v.

Sally stated that her lab partner was extremely smart, but she **rolled** up her eyes at the same time.
莎莉說她研究室的夥伴極度聰明，但她同時**翻**了個**白眼**。

片語動詞

roll back
逼退；削弱；調回

● A line of police cars and armored vehicles **rolled back** the approaching protestors.
一排警車和裝甲車**逼退**靠近的抗議者。

● The general **rolled back** the power of the abusive sergeant by demoting him giving him a desk job. 將軍把那殘暴的陸軍中士降級做文書工作，藉此**削弱**他的勢力。

● The department store had a special sale where they **rolled back** prices to the levels of 10 years ago.
百貨公司特價的時候會把價格**調回**十年前的價格。

roll down
搖下車窗

● When your car is submerged in water, it is easier to **roll down** the window if it manually opens with a handle.
你的車泡在水裡時，有搖桿的手動車窗比較容易**搖下來**。

26 play
27 draw
28 let
39 talk
30 stand
31 lay
32 blow
33 drop
34 send
35 do
36 hang
37 sit
38 carry
39 roll
40 live
41 stay
42 shut
43 see
44 check
45 have
46 pick
47 start
48 leave
49 burn
50 pay

roll in
湧進

A long line of cars **rolled in** to bring music lovers to the outdoor concert.

一長隊車輛**湧進**，把音樂情人們帶往露天演唱會。

roll on
時間不斷流逝

Doing a repetitive manual labor job makes the years seem to **roll on** much faster.

做重複性的勞力工作讓幾年的時間似乎**流逝**得更快了。

roll out
鋪開；擀平

Gretel **rolled out** the blanket on the grass while Hansel unpacked the picnic basket.

葛莉特把毯子在草地上**鋪開**，韓賽爾則打開野餐籃子。

First, you must **roll out** the pizza dough and spin it to make it thinner.

首先，你必須將披薩麵團**擀平**，然後旋轉讓它變得更薄。

roll over
翻身；輕鬆擊敗；
將滑鼠滑過；獎
金累積

She got annoyed when her husband **rolled over** and pulled the blanket off of her.

她丈夫**翻身**把被子從她身上捲走時，她非常惱怒。

The wrestler **rolled over** his opponent and pinned him down in less than a minute.

摔角選手**輕鬆擊敗**對手，並在一分鐘內壓制住他。

When you use your mouse to **roll over** a photo, there should be a description that pops up on the screen.

你**用滑鼠滑過**圖片時，螢幕應該會跳出一串敘述。

No one won the lottery last week, so the prize money **rolled over** and increased to two million dollars.

上週沒有人中獎，所以**獎金累積**至兩百萬元。

roll up
捲起；捲成；搖
上車窗

After the tornado, everyone in the neighborhood **rolled up** their sleeves and joined the cleanup effort.

龍捲風過後，附近每個人都**捲起**袖子加入清掃的行列。

The teacher **rolled up** the paper into the shape of a funnel and yelled into it to get her students' attention.
老師把紙**捲成**滾筒狀，朝裡面大喊要學生注意。

The rainstorm began unexpectedly, and Jim yelled at his daughter to **roll up** the back window of the car. 暴風雨無預警開始，吉姆對女兒大喊，要她把後車窗**搖起來**。

日常用語

Jackie tried his comedy routine at the school talent show and had the audience **rolling in the aisles**.
傑奇在學校選秀會上演出喜劇，讓觀眾們**笑得東倒西歪**。

Ladies and gentlemen, **roll up! Roll up!** Come and witness an amazing feat of strength inside this tent.
先生女士們，**快來看哪！快來看哪！**快來目睹棚裡驚人的高超技藝！

26 play
27 draw
28 let
39 talk
30 stand
31 lay
32 blow
33 drop
34 send
35 do
36 hang
37 sit
38 carry
39 roll
40 live
41 stay
42 shut
43 see
44 check
45 have
46 pick
47 start
48 leave
49 burn
50 pay

40 live
活著；居住；生活

動詞解析

　　live 的核心語意是「活」（remain alive），衍生「居住」（have your home in a particular place）、「以……生活方式過活」（spend your life in a particular way）等語意。搭配 by、for、on、with 等介係詞或介副詞，形成「靠……維生」、「以……為生活目標」、「以……為食」、「容忍」等意。

基本用法

1. 住；居住 v.

Ken, you live in Los Angeles, and Barbie **lives** in New York, so how do you keep your relationship strong?
肯恩，你住在洛杉磯，而芭比**住**在紐約，所以你們要怎麼維繫關係？

2. 活下來；活著 v.

Doctor, will he **live**? He is the only one with a job, and my family can't survive without him.　醫生，他會**活下來**嗎？他是家裡唯一有工作的人，我們家沒有他就活不下去了。

3. 以……生活方式過活；活在 v.

Wanda **lives** in fear, never leaving the house, unless it is absolutely necessary.　汪達**活在**恐懼之中，除非必要，不然從不離開家門。

4. 享受人生 v.

Mark knows how to **live**, taking risks and chasing his dreams ceaselessly.　馬克知道怎麼**享受人生**、冒險和隨心所欲地追逐夢想。

236

26
play
27
draw
28
let
39
talk
30
stand
31
lay
32
blow
33
drop
34
send
35
do
36
hang
37
sit
38
carry
39
roll
40
live
41
stay
42
shut
43
see
44
check
45
have
46
pick
47
start
48
leave
49
burn
50
pay

片語動詞

live by
遵循;維生

- If you **live by** a strict routine, you may achieve your goals more efficiently.
  如果你嚴格**遵循**時間表,就可以更有效率地達成目標。
- The elders **live by** collecting recyclable items on the street each day. 老人們每天在街上撿回收物來**維生**。

live for
以……為生活目標;為……而活

- Jackie **lived for** Robert, and when he was killed, she found no meaning to her life. 潔琪**為**羅伯特**而活**,當他被害的時候,她發現自己的人生沒有意義了。

live off
倚靠……生活;
以……果腹

- Nick chose to move to Switzerland and **live off** his wealthy grandmother. 尼克選擇搬到瑞士**倚靠**他有錢的奶奶**生活**。
- While he was lost in the forest, Rick **lived off** of a diet of mushrooms, nuts and berries.
  瑞克在森林迷路時,時常**以**蘑菇、堅果和莓果**果腹**。

live on
靠……生活;
以……為食

- The money Sally received for the scholarship was enough for her to **live on** while she was in college.
  莎莉收到的獎學金足以**供**她在大學的**生活**。
- The farmers were vegetarian, so they **lived on** chicken eggs and the vegetables that they grew.
  這群農人吃素,所以他們**以**雞蛋和自己種的菜**為食**。

live out
實現;度過;活
過某一段時間

- When Jane accepted Jim's request to go out on a date, he was finally able to **live out** his fantasy.
  當珍恩接受吉姆的邀約出去約會,他總算能夠**實現**夢想了。
- After the divorce, Mary **lived out** the rest of her life alone, as she could never again trust a man.
  離婚後,瑪莉單身**度過**餘生,因為她再也無法相信男人。

live through
經歷

● She was **living through** a nightmare when she was kidnapped and blindfolded for days.
當她被綁架並且被蒙住雙眼時，**經歷**了一場噩夢。

live together
同住；住在一起

● The couple were not married or engaged, but they **lived together** to save on living expenses.　那對情侶沒有結婚或訂婚，他們是為了節省生活開銷而**住在一起**。

live up to
達到

● Ted worked hard to put himself through medical school, in order to **live up to** the expectations of his father.
泰德為了**達到**父親的期待，努力完成學業讀完醫學院。

live with
接受或容忍某現象；處之泰然

● It was incredibly distracting and uncomfortable, but Harry **lived with** tinnitus in his right ear.
右耳的耳鳴非常讓人分心又不舒服，但哈利**泰然處之**。

日常用語

After finding oil on his property, Jed moved to Beverly Hills and **lived high on the hog**.
在自己的土地挖到石油後，傑德搬到比利佛山**過著奢侈的生活**。

After being saved by paramedics, Anthony **lived on borrowed time** and became more religious.
被醫護人員救活之後，安東尼**用撿回來的命過日子**，變得更加虔誠。

Kevin was given an assignment to travel for a month, but he didn't enjoy **living out of a suitcase**.
凱文被派去旅行一個月，但他並不喜歡**經常旅行**。

Bert, don't fight him! Let's just walk away from this conflict and **live to fight another day**.
伯特，別跟他打！別管這次的爭端了，**下次再分個高下吧**！

26 play
27 draw
28 let
39 talk
30 stand
31 lay
32 blow
33 drop
34 send
35 do
36 hang
37 sit
38 carry
39 roll
40 live
41 stay
42 shut
43 see
44 check
45 have
46 pick
47 start
48 leave
49 burn
50 pay

41 stay

停留；保持；暫住

動詞解析 •

　　stay 的核心語意是「停留」（continue to be in a particular place for a period of time without moving away），與 stand（站）同源。事實上，st 為首的字根大多和「站」有關，引申為「不動」、「堅持」、「堅固」、「結實」、「豎立」、「穩定」等意思，這也是為什麼 stand 有「保持」（continue to be in a particular state or situation）的衍生語意。stay away（保持距離）、stay up（熬夜）都是常見的動詞片語。

基本用法 •

1. 待 v.

He **stayed** after the movie was over and excitedly watched the credits to find his name listed.

他**待**到電影結束，興奮地看著工作人員名單找自己的名字。

2. 保持；一直 v.

Even after graduating with a college degree, Bill **stayed** unemployed until he moved out of the country.

即便有大學學歷，比爾還是**一直**找不到工作，直到搬離這個國家才找到。

3. 暫住 v.

If you visit Taitung, make sure to **stay** in the guesthouse that I told you about.　如果你去台東，一定要去**住**我跟你說的那家民宿。

stay away
保持距離；不要
接近

● Simba was warned by his father to **stay away** from the elephant graveyard.
辛巴的父親警告他**不要靠近**大象墓地。

stay behind
留下；殿後

● As the troops retreated across the border, a small team **stayed behind** to delay the enemy pursuit.
軍隊撤退越過邊界時，一小隊人馬**殿後**拖延敵方追兵。

stay down
保持在低處；臥倒

● New military recruits are trained to **stay down** when they hear gunshots.　新兵被訓練在聽見槍聲時**臥倒**。

stay in
待在家

● Since it is stormy outside, we should **stay in** and watch a DVD movie together.
因為外面風雨交加，我們應該要一起**待在家**看 DVD。

stay off
沒去上課；戒掉

● He **stayed off** for two days and didn't return to school until he overcame the flu virus.
他兩天**沒去上課**，直到擊退了感冒病毒才回到學校。

● Victor maintained stability as a father for his family by **staying off** of alcoholic beverages for over a year.　維克特為了盡到做父親維持家計的責任，已經**戒酒**超過一年。

stay on
待

● No one expected the janitor to **stay on** at the high school for very long, but he worked there for 40 years.
大家都覺得工友不會在這間高中**待**太久，但他一做就是四十年。

stay out
待在外頭；繼續
罷工

● While everyone slept at night, the family's cat **stayed out** to explore the neighborhood.
大家晚上睡覺時，家裡的貓**待在外頭**四處溜達。

The teacher's strike created a disruption for the school system, as teachers **stayed out** for an entire month.
教師罷課造成學校體制分崩離析，因為老師們**連續罷工**了整個月。

stay up
不睡覺；熬夜

Since it was Lunar New Year's Eve, the children were allowed to **stay up** past midnight.
因為是除夕夜，孩子們可以過午夜**不睡覺**。

日常用語

The company became a leader in the field and **stayed ahead of the competition** by hiring the best talent.
這家公司成為業界龍頭，聘雇最優秀的人才來**保持競爭力**。

I'm going to find my way back to town to get help, so **stay put**, and I will be back by morning.
我要回鎮上找人幫忙，所以**留在原地別動**，我天亮前會回來。

A bakery was needed in this town, so the baker **stayed the course** and did what he could to stay open.
這個鎮上需要麵包店，所以麵包師傅**堅持**盡他所能維持營業。

I want to be romantic, so I hope you don't find it forward of me to invite you to **stay the night**.
我想要浪漫的關係，所以希望邀你來**過夜**不會過於唐突。

26 play
27 draw
28 let
39 talk
30 stand
31 lay
32 blow
33 drop
34 send
35 do
36 hang
37 sit
38 carry
39 roll
40 live
41 stay
42 shut
43 see
44 check
45 have
46 pick
47 start
48 leave
49 burn
50 pay

42 shut
關閉；停止營業

　　shut 的核心語意是「關閉」（make sth close），衍生語意是「使停止營業」（close the business），搭配 down、off、up 等介係詞或介副詞，形成「歇業」、「切斷」、「住口」等意思。

基本用法

1. 關上 v.

Seeing the police cars approaching, the suspect **shut** the windows and closed the blinds.　看到警車靠近，嫌犯**關上**窗戶和百葉窗。

2. 使停止營業；關門 v.

The shop is **shut** every evening at 7:00 pm and open each morning at 7:00 am.　這家店每天晚上七點**關門**，早上七點開門。

片語動詞

shut away
隔離；收藏

● The car was much too valuable to drive, so the owner **shut away** the antique in a warehouse.　這輛車太珍貴了不能開，所以車主把這台老骨董**收藏**在倉庫裡。

shut down
關門大吉；歇業；關閉

● Because it didn't pass the inspection from the environmental protection agency, the factory was **shut down**.　工廠因為沒有通過環保機構的檢查而**關門大吉**。

The steam engine **shut down** automatically, because the water intake valve was clogged.
蒸汽引擎自動**關閉**，因為進水閥堵塞了。

shut in
關進

When she awoke, she found herself in a dark unfamiliar room, **shut in** with creepy mannequins.
她醒來的時候，發現自己在一個陰暗陌生的房間裡，跟奇怪的人體模型**關**在一起。

shut off
關閉；隔絕；關掉煤氣、水等

The air conditioning in the building was accidentally **shut off**, making it unbearable for the workers.
這棟建築裡的冷氣意外**關閉**，讓工人們無法忍受。

Once the snow set in, the mountain trail was impassible, **shutting off** the family from civilization.
一旦下雪，山路就無法通行，讓這家人與外界**隔絕**。

Before going on vacation, Sally reminded her husband to **shut off** the supply of natural gas to their stove.
放假之前，莎莉提醒丈夫把爐子的天然氣開關**關掉**。

shut out
沒受邀；不讓……進來

Everyone was invited to join the 2K run, but William was **shut out** because of what he did at the last event.
大家都受邀參加兩公里路跑，但威廉因為上次做的事情而**沒受邀**。

The boys had their own club in the tree house and **shut out** any girls who wanted to enter.
男孩們在樹屋裡有自己的俱樂部，**不讓**女孩們**進來**。

shut up
住口；把……關在；關起來

Shut up! I don't want to hear any excuses for why we lost the game.　**住口！**我不想聽任何輸掉比賽的藉口。

The dog barked too loudly, so Bob **shut** it **up** inside his garage temporarily.
那隻狗叫得太大聲，所以包柏暫時**把**牠**關在**車庫裡。

26 play
27 draw
28 let
39 talk
30 stand
31 lay
32 blow
33 drop
34 send
35 do
36 hang
37 sit
38 carry
39 roll
40 live
41 stay
42 shut
43 see
44 check
45 have
46 pick
47 start
48 leave
49 burn
50 pay

● After their son died in a car accident, they **shut up** his bedroom for a long time before ever entering it again.
兒子在一場車禍喪生後，他們便將他的房間**關起來**，過了好長一段時間才再進去。

日常用語 ●

Billy, I am not a crybaby. **Shut your face**, or I am going to tell the teacher you are teasing me.
比利，我不是愛哭鬼。**閉上嘴**，否則我就要告訴老師你笑我。

43 see
看見；明白；見證

26 play
27 draw
28 let
39 talk
30 stand
31 lay
32 blow
33 drop
34 send
35 do
36 hang
37 sit
38 carry
39 roll
40 live
41 stay
42 shut
43 see
44 check
45 have
46 pick
47 start
48 leave
49 burn
50 pay

動詞解析

　　see 的核心語意是「看見」（become aware of sb/sth by using your eyes），是常見的動詞，衍生「觀看比賽、節目」（watch a game, television program, performance, etc.）、「會見」（have a meeting with sb）、「探視」（visit sb）等語意。搭配 into、off、over 等介係詞或介副詞，形成「調查」、「送別」、「檢查」等意思。和人對上眼（see eye to eye），引申為「與……看法相同」，至於片語「看到星星」（see stars）和中文的「眼冒金星」有異曲同工之妙。

基本用法

1. 觀察 v.

One can **see** the solar eclipse safely by using a piece of paper with a pinhole to project the image.
用一張有小孔的紙來投影，就可以安全地**觀察**日蝕。

2. 觀看比賽、節目、電影等 v.

The friends gathered at the sports bar to **see** the nationally-televised soccer game.　朋友們聚在運動酒吧**看**全國電視轉播的足球**比賽**。

3. 會見；會晤 v.

The materials supplier went to **see** the factory manager in order to close the deal.　原料供應商為了達成交易而**去見**工廠主管。

4. 交往；與……待在一起 v.

Last Summer, I went to France to **see** Sandy for a month, and I will never forget our time together. 去年夏天，我去法國跟珊蒂**待**了一個月，我永遠也不會忘記我們在一起的時光。

5. 明白；理解 v.

Harry could not **see** how the new type of battery could recharge in half of the time it usually takes.
哈利不**明白**新款電池是怎麼在平常所需的一半時間內充好電的。

6. 覺得；認為 v.

She **sees** the world as revolving around her, which makes it hard for her friends to get along with her.
她**覺得**世界是圍著她旋轉的，讓朋友覺得很難跟她相處。

7. 想像；設想 v.

If I think about it, I can **see** how China could become a great world power.
仔細想一想，就可以**想像**中國為什麼可以成為世界上一股巨大的力量。

8. 時代、地方等歷經……；見證 v.

The 1990's was the decade that **saw** the most rapid advancement in Internet technology. 1990 年代是**見證**網路科技發展最快速的十年。

9. 送；護送 v.

Jack's parents **saw** him to the airport when he left home to begin his yearlong journey. 傑克要離家開始去旅行一年的時候，父母親**送**他去機場。

片語動詞 ●

see about
安排；處理

● I am sad to hear about her death, so I want to **see about** buying a large bouquet of flowers for her family.
聽到她的死訊很難過，所以我想來**安排**為她的家人買一大束鮮花。

see in
護送；陪著

- The teacher wanted to make sure the new student reached his next classroom, so she **saw** him **in**. 老師想確認新同學順利到達下一堂課的教室，所以**陪著**他過去。

see into
調查；探索

- The distraught mother begged the police chief to **see into** the disappearance of her son.
心急如焚的母親拜託警長**調查**她兒子的失蹤案件。
- The Hubble Telescope has helped astronomers **see into** many mysteries of the universe.
哈伯望遠鏡幫助天文學家們**探索**許多宇宙的謎。

see off
送別；對抗

- Dr. Stevens was **seen off** at the airport by his wife before he traveled to Europe for his conference.
史蒂文生醫生到歐洲參加研討會時，他太太到機場**送他**。
- The tennis team practiced hard to be able to **see off** any of their competitors. 網球隊努力練習**對抗**他們的對手。

see out
送走；熬過；堅
持到……結束

- The receptionist asked the security guard to **see out** the rowdy man to make sure he left the office building.
接待員要警衛去把那個無賴**送走**，確保他離開辦公大樓。
- Trapped in the submarine, the men stayed calm and found a way to **see out** their eventual rescue. 這名困在潛艇中的男子保持冷靜，找到方法**堅持到**最後獲救的那一刻。

see over
檢查；仔細看

- The shrewd businessman went to **see over** the property before negotiating the purchase of it.
精明的商人在談購地案之前先去**仔細看**了那塊地。

see through
識破；幫助……
度過（難關）

- It's hard to understand why so many people cannot **see through** the politician's lies.
很難理解為什麼有這麼多人無法**識破**這個政客的謊言。
- Before he left, Jim gave Yasmine some money to **see** her **through** her difficult time. 在葉思敏離開前，吉姆給了他一些錢希望**幫助**他**度過**難關。

26 play
27 draw
28 let
39 talk
30 stand
31 lay
32 blow
33 drop
34 send
35 do
36 hang
37 sit
38 carry
39 roll
40 live
41 stay
42 shut
43 see
44 check
45 have
46 pick
47 start
48 leave
49 burn
50 pay

Sam and Diane don't usually **see eye to eye**, but their love for their child keeps them together.

山姆和黛安對事情的**看法**不一定**相同**，但他們對孩子的愛讓他們能夠在一起。

I wouldn't count on Fred to work on this project with me because he can **see no further than the end of his nose**.

我可不指望法蘭克跟我一起做這個計畫，因為他**毫無遠見**。

When the school started requiring students to wear uniforms, it made most of the students **see red**.

學校開始要求學生穿制服時，多數學生都很**生氣**。

Unexpectedly, the bully was pummeled so violently by the shy girl that he **saw stars**.

出乎意料之外，小混混被那個害羞的女孩用力打到**眼冒金星**。

44 check
檢查；核對；勾選

26 play
27 draw
28 let
39 talk
30 stand
31 lay
32 blow
33 drop
34 send
35 do
36 hang
37 sit
38 carry
39 roll
40 live
41 stay
42 shut
43 see
44 check
45 have
46 pick
47 start
48 leave
49 burn
50 pay

動詞解析

　　check 最為人所熟知的語意是「檢查」（examine to determine condition, quality, accuracy or presence of something）或者「住房登記」（check in），然而，check 最早的意思是下西洋棋置對方於死地的動作——「將軍」，因此衍生「制止」（curb the progress of something）的語意。check 也常表示「仔細檢查」或「看看」，「看（清楚）」（become aware of sb/ sth by using your eyes）才能減少犯下致命錯誤的可能。

基本用法

1. 看 v.

The man **checked** his watch for the correct time, while he waited for the bus.　那人在等公車的時候**看**手錶確認時間。

2. 觀看比賽、節目、電影等 v.

Phil turned the channel to **check** if the much anticipated baseball game had started.　菲爾切換頻道**看**大家都很期待的棒球比賽開始了沒。

3. 會見；見面 v.

Helen went to **check** with Gary about the presentation before proceeding to the meeting.
海倫在會議開始前去跟蓋瑞**見面**討論報告。

4. 拜訪；探視 v.

I **checked** on my elderly neighbor, since I haven't seen him in a while, and that made me late for work. 我去**探視**年邁的鄰居，因為我好一陣子沒看到他了，而我也因此上班遲到。

5. 查詢 v.

Ned **checked** the definition of the word in order to respond to the man who called him a "fear monger." 為了回應那個說他是「fear monger」（製造恐慌的人）的男子，內德**查了**這個詞的定義。

6. 核對 v.

When I travel, I always keep my receipts to **check** against my monthly bank statements.
我旅行的時候，我經常保留收據以便**核對**每個月的銀行帳戶。

7. 檢查 v.

The customs official pulled me aside and stated that he had the right to **check** my luggage. 海關人員把我拉到一旁，說他有權**檢查**我的行李箱。

8. 勾選 v.

When filling out the form for the dating service, Steve **checked** the box stating that he was single.
填聯誼表格的時候，史提夫**勾選**了單身的選項。

9. 寄放 v.

Before entering the ballroom, everyone had to **check** their coats at the door. 進入舞廳以前，每個人都得把外套**寄放**在門邊。

片語動詞

check in
進房；報告；登記託運

The hotel receptionist notified the caller that they could **check in** after 3:00 pm. 飯店櫃台跟打電話來的人說他們可以在下午三點以後**進房**。

The manager needed to step out of the meeting to **check in** with his boss about the progress.
主管得離開會議室，跟老闆**報告**會議進度。

The line to **check in** bags at the airport was incredibly long, due to the large number of holiday travelers. 因為放假的遊客數量龐大，機場**登記**行李**託運**的隊伍非常長。

check into
了解一下；入住

I should **check into** teaching in Tainan, because I heard that I could earn more money teaching there. 我應該要**了解一下**台南的教職，因為聽說在那裡教書可以賺比較多錢。

If you want to **check into** the Ritz during the week of the race, you have to arrive early.
如果要在路跑當週**入住**麗思卡爾頓酒店，您得早點到才行。

check off
確認；核對；勾選

As the passengers boarded the bus, the tour guide **checked off** their names on the list.
乘客上車的時候，導遊**確認**名單上的名字。

The company asked the visitors to fill out a survey and **check off** their answers to ten questions.
公司要訪客填寫問卷調查，並**勾選**十個問題的答案。

check out
退房；檢查；看看；借出

During check in, the receptionist informed Fred that he could **check out** no later than 11:00 am.
登記入住時，服務員告訴弗雷德早上不能超過十一點**退房**。

The parents were invited to the school's open house event to **check out** the progress of their children.
學校邀請學生父母參加校園開放日，**看看**孩子們的進步。

The library card was no longer useable, because Phyllis **checked out** too many books this month.
借書證不能用，因為菲力斯這個月**借**了太多書。

check over
檢查；查看

Tom was put through an MRI machine to **check over** his internal organs. 湯姆被送進核磁共振機**檢查**內臟器官。

26 play
27 draw
28 let
39 talk
30 stand
31 lay
32 blow
33 drop
34 send
35 do
36 hang
37 sit
38 carry
39 roll
40 live
41 stay
42 shut
43 see
44 check
45 have
46 pick
47 start
48 leave
49 burn
50 pay

Before you buy certain foods, you should **check over** the label to know what the ingredients are.
買特定食物之前，應該要**查看**成分標示。

check up
核對；查證；去看看

I haven't heard much from Uncle Harold lately, so I should probably go to **check up** on him. 我最近沒有太多黑羅德叔叔的消息，所以可能得**去看看**他怎麼樣了。

日常用語 •

I need to **check the plumbing**, so please excuse me until I return.
我得去個**洗手間**，所以請等我回來。

From the size of the party, we are going to need seven pizzas. **Check that**, make it ten.
從派對的規模看來，我們需要七份披薩。**訂正**，是十份。

The aspirin that he took before he went to bed helped to **check the rise of the fever**.
他在睡前吃的阿斯匹靈有助於**退燒**。

45 have
擁有；吃；喝；經驗

26 play
27 draw
28 let
39 talk
30 stand
31 lay
32 blow
33 drop
34 send
35 do
36 hang
37 sit
38 carry
39 roll
40 live
41 stay
42 shut
43 see
44 check
45 have
46 pick
47 start
48 leave
49 burn
50 pay

動詞解析

　　have 是學習英語一定要會的動詞。人天生渴望擁有，因此 have 的衍生語意很廣。have 的核心語意是「有」（to own, hold, or possess sth），但原始語意是「抓」（grasp），而衍生語意有「得到」（be given sth）、「染病」（suffer from an illness or a disease）等。have 還有使役動詞性質，「使」（to cause something to happen or someone to do something）的意思，常搭配原形動詞當受詞補語。

基本用法

1. 有；擁有；佔有；持有 v.

The country **has** many people, but it doesn't have oil, so it depends on energy imports.

這個國家**有**很多人，但沒有石油，所以只能仰賴能源進口。

2. 由……組成 v.

The restaurant's special taco **has** ground beef, lettuce, tomato, cheese and a special sauce.　這家餐廳的招牌墨西哥捲餅**由**碎牛肉、萵苣、番茄、起司和一種特殊醬料**組成**。

3. 體驗；經驗 v.

The exchange student reported that he made many new friends and **had** a good time in France.

交換學生說他在法國交了很多朋友，而且**過得**很開心。

253

4. 換了造型 v.

The waitress **had** a new hairstyle with red dye to give her an exotic appearance. 女服務生**換了**個紅髮**造型**，讓她看起來有異國風情。

5. 染病；得病 v.

My professor **had** ALS, or Lou Gehrig's Disease, which caused his muscles to slowly deteriorate. 我的教授**得到**肌萎縮性側索硬化症，或稱「盧・賈里格症」，讓他的肌肉緩慢萎縮。

6. 吃；喝；吸 v.

I **had** the steak dinner, while she ordered soup and salad during our date.
我們晚餐約會時，我**吃了**排餐，她則點了湯和沙拉。
The friends went to a KTV and **had** several rounds of drinks before they had the courage to sing.
這群朋友去 KTV **喝了**好幾輪才有勇氣開口唱歌。

7. 懷胎；生育 v.

Yvette was thrilled when she gave birth to a second baby, but she fainted when she realized she **had** triplets. 伊凡特生下第二個寶寶時非常興奮，但當她得知自己**懷**的是三胞胎時便昏過去了。

8. 引起；使；要……做…… v.

Billy manipulated the young man and **had** him wash his car for him.
比利操控那個年輕人，並且**要**他幫他洗車。

9. 做提到的事 v.

My teacher once told me that I would become a doctor in the future, and now, I **have**.
我的老師曾經告訴我，我未來會成為一位醫生，現在我真的**做到了**。

26
play
27
draw
28
let
39
talk
30
stand
31
lay
32
blow
33
drop
34
send
35
do
36
hang
37
sit
38
carry
39
roll
40
live
41
stay
42
shut
43
see
44
check
45
have
46
pick
47
start
48
leave
49
burn
50
pay

片語動詞

have back
再度擁有

● When Bill returned from serving overseas in the military, his wife was thrilled to **have** him **back**. 比利在海外當兵，當他回來時，他太太對**再度擁有**他感到又驚又喜。

● I finally **have** my bicycle **back** after my older brother returned it. 在我哥哥把腳踏車還我之後，我終於**再度擁有**我的腳踏車了。

have on
穿著；欺騙；一直開著

● The co-workers had strong opinions of the teacher that **had on** tall, leather boots.
同事們對那個**穿**長皮靴的老師很有意見。

● Don't believe what he said about winning the lottery. He's **having** you **on**.
別相信他說他中頭獎的事情，他在**騙**你的。

● The driver **had on** the radar detector in order to know where the police were searching for speeding motorists.
為了知道警察會在哪裡抓超速駕駛，那司機**一直開著**雷達探測器。

have out
拔掉

● Francine **had** her wisdom tooth **out** after the pain became unbearable.
法蘭西在痛到無法忍受之後去**拔掉**智齒。

have over
請……來家裡

● You don't want to go into your house right now. Your parents are **having** your homeroom teacher **over**.
你現在不會想進家門的，你爸媽**請**了你們導師**來家裡**。

have up
控告

● In the court case, the politician **had** the newspaper publisher **up** for slander.
訴訟案件裡，政治人物**控告**新聞報社毀謗。

You know she **has a big mouth**, since she has spilled many secrets that her classmates have told her.
你知道她是**大嘴巴**，因為她把很多同學跟她說的祕密都說出去了。

Ted's little brother never agrees to anything that he is invited to, as it seems he **has a chip on his shoulder**.
泰德的弟弟從來不做別人邀他做的事情，感覺他很**反骨**。

Vince should not have tried to drive home, because he **had a close call** after falling asleep at the wheel.
文斯不該試圖開車回家，因為他睡著後**差點就出事**。

Whenever someone compares Susan to her older sister, she turns red and **has fits**.
只要有人拿蘇珊跟她姊姊相比，她就會面紅耳赤、**大發脾氣**。

We agreed with the CEO's choice for President, as he was someone **having a good head on his shoulders**.
我們同意執行長選擇的董事長，因為他是個**有見識、有能力的人**。

Having a green thumb, my grandmother could spend an entire day in the garden.
我奶奶**很有園藝天賦**，可以整天都待在花園裡。

I think Jack **has a hard-on for** the rock star named Janet, because I have seen him kiss posters of her.
我想傑克很**迷戀**一位叫珍娜特的搖滾明星，因為我見過他親吻她的海報。

Would you please adopt this little puppy, mister? **Have a heart**.
先生，你可以領養這隻小狗嗎？**行行好**吧！

If you don't believe that the rental property is as great as I say it is, just go and **have a look-see**.
如果你不相信那塊租地像我說的那麼好，就去**看一看**呀！

It looked like Sandy didn't know what she was doing, but she **had an ace up her** sleeve to help her win.

珊蒂看似不知道自己在做什麼，但她**自有獲勝的錦囊妙計**。

Bill **had an edge on** after the dinner party, so he was urged to turn over his car keys.

比爾在晚宴後**喝醉酒**，所以他被逼著交出車鑰匙。

We know you made a commitment to stay until your term ends, but if you need it, you can **have an out**.

我們知道你承諾要待到任期結束，但如果需要的話，還是有**脫身之計**的。

He waited a year to watch the sequel to his favorite movie, and by Saturday, he **had ants in his pants**.

他等了一年想看他最喜歡的電影續集，星期六還沒到，他就**興奮難耐**了。

He came from a family of farmers, and Todd always seemed to **have a penchant for** taking care of animals.

拓德來自農家，他似乎總是**特別喜歡**照顧動物。

Barbara really **had a tiger by the tail** when she chose to provide counseling to released prisoners.

芭芭拉選擇輔導被釋放的囚犯時，真的是**騎虎難下**。

As a reward for studying hard, the kids were taken to an amusement park, where they **had a whale of a time**.

孩子們被帶去遊樂園作為認真讀書的獎勵，他們在那裡**玩得好開心**。

Starting her new job as a weather reporter on TV, she **had cold feet** when she entered the studio.

她的新工作是在電視台當氣象主播，但她一踏進攝影棚卻**膽怯起來**。

The new recruit **had foot-in-mouth disease**, after making impossible promises to get the job.

新員工為了得到工作而答應不可能的事情之後，發現**說錯話而手足無措**。

26 play
27 draw
28 let
39 talk
30 stand
31 lay
32 blow
33 drop
34 send
35 do
36 hang
37 sit
38 carry
39 roll
40 live
41 stay
42 shut
43 see
44 check
45 have
46 pick
47 start
48 leave
49 burn
50 pay

The wrestler looks strong when he comes out onto the ring, but he actually **has no staying power**.

摔角選手走上摔角台時看起來很強壯，但他其實**沒有耐力**。

The retired businessman ran for public office, even though he **had one foot in the grave**.

即便那位退休商人已經**行將就木**，他還是努力準備參選。

Harvey said he was happy to go to Yale, but he **had his heart set on** going to Harvard.

哈維說他很開心能去耶魯大學，但他已經**決心**要去哈佛大學了。

Nick never graduated from high school, so he **had that hanging over his head** whenever he applied for a job.

尼克高中沒畢業，所以找工作的時候總是**為這件事擔心受怕**。

He **had something up his sleeve**, and sure enough, he brought a cute puppy when he asked Sally out on a date.

他**有祕密法寶**，果不其然，他約莎莉出去的時候帶了一隻可愛的小狗。

46 pick
挑選；採摘；彈奏

動詞解析

  pick 的核心語意是「挑選」（choose），衍生語意是「採」、「摘」（remove separate items or small pieces from something, especially with fingers）。pick 的原意是「連續敲擊」（peck），和 peck 同源，母音通轉，這也就是為什麼 pick 有「彈奏」（When you pick a string on a guitar or similar instrument, you pull it quickly and release it suddenly with your fingers to produce a note）的意思，因為彈奏是以手指在弦上輕輕「敲擊（或撥）」而發出聲響。吉他愛好者常收集的各種撥片就稱為 pick。

基本用法

1. 挑選；選擇 v.

The kids always **picked** Sam to be on their basketball team, because he was the tallest boy in school.
孩子們總是**挑**山姆當籃球隊友，因為他是學校裡最高的男孩。

2. 揀出 v.

The factory workers learned how to efficiently **pick** defective items from the assembly line.　工廠員工學會怎麼從生產線上有效率地**揀出**瑕疵品。

3. 彈奏（弦樂器）v.

The teenage girl became a YouTube star, because she could **pick** a ukulele like no one else her age.
那少女因為可以超齡**彈**烏克麗麗而成為 YouTube 網紅。

pick at
吃得很少

● Jim was afraid to tell his parents about his poor test scores, and he **picked at** his dinner. 吉姆很怕告訴父母親自己考差的成績，所以晚餐時**吃得很少**。

pick off
摘採；挑選

● The old woman in the woods **picked off** a few mushrooms from the log to put in her soup.
林子裡的老婦人從木頭上**採**了一些蘑菇來煮湯。

● The teacher **picked off** some chocolates from the pile of candy, and then the students took what they wanted.
老師從糖果堆裡**挑選**一些巧克力出來，學生們接著拿他們想吃的東西。

pick on
找……的碴兒

● The short child was too shy to defend himself, so he was often **picked on** by the bigger kids. 那矮小的孩子太羞怯而無法保護自己，所以大孩子們經常**找**他**碴**。

pick out
挑選；指認；辨別出

● She didn't want to pack too many bags, so she **picked out** her favorite outfits for the trip. 她不想帶太多行李，所以她**挑**了幾件自己最喜歡的衣服去旅行。

● The police lined up the suspects for the witnesses to **pick out** the robber. 警方讓嫌疑犯排排站好，讓目擊者們**指認**搶匪。

● After studying art history for years, he was able to **pick out** Van Gogh paintings by sight.
讀藝術歷史好幾年後，他能夠用肉眼**辨別出**梵谷的真跡。

pick over
檢查挑選；仔細挑選

● The vultures **picked over** the carcass, leaving behind only bones and fur.
禿鷹**仔細挑揀**動物屍體的部位吃，只留下骨頭和羽毛。

pick up
抱起；變好；風

● Returning home from the trip, Jim **picked up** his son and lifted him in the air. 出差後回到家，吉姆**抱起**兒子，舉在空中。

逐漸增強；上公
車；恢復精神；
輕鬆學會；接收

Dierdre came back from Germany, and her friends admitted that her German fluency had **picked up** quite a bit.
黛德蕊從德國回來，朋友們都認為她的德文流利度有**變好**一些了。

The flag waved violently, as the winds **picked up** and the storm approached.
風力**逐漸增強**，風雨漸漸靠近，旗子劇烈擺晃。

When the bus **picked up** the man in the long coat and dark sunglasses, the passengers became nervous.
當那穿著長大衣、戴著深色太陽眼鏡的男子**上了公車**，乘客們都緊張起來。

Sometimes, a good song on the radio is all I need to **pick me up** at work.
有時候廣播裡的一首好歌就能讓我在工作時**恢復精神**。

How did I learn French? It was something I **picked up** while I studied in graduate school in Marseille.
我怎麼學法文的？法文是我在馬賽念研究所的時候**學會**的。

The radar technician was awakened when the radar **picked up** an unidentified flying object. 雷達**接收**到不明飛行物體的訊號時，雷達監控人員醒了過來。

日常用語 ·

No matter how hard he worked on his writing, his mother always **picked holes** in his work. 無論他多努力寫作文，他母親總會**挑出毛病來**。

The woman moved far away in order to **pick up the pieces** of her life after her divorce.
離婚後，那女人為了**恢復正常**生活而搬到很遠的地方。

Joe was a generous man who always **picked up the tab** when he went out to eat with his friends.
喬是個大方的人，每次跟朋友吃飯總是他**付錢**。

26 play
27 draw
28 let
39 talk
30 stand
31 lay
32 blow
33 drop
34 send
35 do
36 hang
37 sit
38 carry
39 roll
40 live
41 stay
42 shut
43 see
44 check
45 have
46 pick
47 start
48 leave
49 burn
50 pay

47 start

開始;啟動;出發

　　start 的核心語意是「開始」(do sth that you were not doing before, and continue doing it),衍生「開始新工作」、「上學」(begin a new job, or to begin going to school, college etc.)、「發動」(if you start a car or engine, it begins to work)、「出發」(begin moving or traveling in a particular direction)等意思。搭配 for、over、up 等介係詞或介副詞,形成「啟程前往」、「重新開始」、「開動」等意思。

基本用法

1. 開始;著手 v.

Miss Hood **started** walking through the woods, carrying a picnic basket for her grandmother.　小紅帽**開始**走過樹林,帶著野餐籃去找奶奶。

2. 創辦;建立 v.

He **started** a modeling agency to take advantage of his connections in the entertainment industry.
他**創辦**了一間模特兒公司,以便運用他在娛樂產業的人脈。

3. 開始新的工作;開始上學 v.

Before he **started** his medical internship, Don didn't realize that it would be so exhausting.　**開始**醫療實習以前,丹恩沒有想到會這麼累。

4. 發動；啟動 v.

In the horror movie, the actress couldn't **start** the car engine when the killer showed up unexpectedly.

恐怖電影中，殺手突然出現時，女主角無法**發動**汽車引擎。

5. 起源；起始 v.

The Mississippi River **starts** in Minnesota and ends in the Gulf of Mexico.

密西西比河**始於**明尼蘇達州，最後流進墨西哥灣。

6. 出發 v.

A group of miners **started** for California to look for gold and establish new settlements. 一隊礦工**出發**去加州尋找金礦並建立新據點。

7. 開賽 v.

Harvey was chosen to **start** in today's game, only because the star player had a stomach virus.

哈維被選中來替今天的比賽**開賽**，只因為那位明星球員中了腸胃病毒。

片語動詞 ●

start back
動身返回

● The rescue team could not find the stranded tourists, so they **started back** at the camp site.

搜救團隊找不到受困的遊客，所以**動身返回**營地。

start for
啟程前往

● The herd of antelope grazed for a while, and then **started for** the watering hole.

那群羚羊吃了一會草，然後**開始前往**水坑。

start in
開始講

● Sue was really frustrated with her boyfriend, and when her mother arrived, she **started in** immediately about him.

蘇真的對她男朋友很不滿，所以她媽媽來的時候，她立刻**開始講**他的事情。

26 play
27 draw
28 let
39 talk
30 stand
31 lay
32 blow
33 drop
34 send
35 do
36 hang
37 sit
38 carry
39 roll
40 live
41 stay
42 shut
43 see
44 check
45 have
46 pick
47 start
48 leave
49 burn
50 pay

start off
開展起來；出
發；飛往

● Things **started off** smoothly for Ken, but after a month, his relationship with Barbie became turbulent. 肯恩一**開始**很順利，但一個月後，他和芭比的關係開始狂風暴雨。

● The airplane **started off** for Jamaica, but it was diverted in mid-flight somewhere over Florida. 飛機**飛往**牙買加，但半途在佛羅里達州上空改變航向。

start on
攻擊；著手開始

● At the park, a crazy cat **started on** my dog, and then it attacked me. 公園裡有隻瘋狂的貓**攻擊**我的狗，然後攻擊我。

● Chris didn't want to **start on** the science project until he could find a partner. 克里斯在找到合作夥伴之前並不想**著手開始**這個科學計畫。

start out
啟程；開始走
上；開始

● The hobbit joined a group of warriors and **started out** on a journey that would change his life. 哈比人加入一隊戰士，**開始走上**改變人生的旅程。

● Ben didn't think his secretary would last more than a week because of the mistake-prone way her job **started out**. 班恩覺得他的祕書不會做超過一個禮拜，因為她一**開始**工作就感覺會出問題。

start over
重新開始；重來

● Playing a video game, you can always **start over**, but in real life, you often cannot. 遊戲永遠可以**重來**，但人生往往沒辦法。

start up
發動；啟動；開
始營運

● In the old days, one had to manually spin a propeller to **start up** the airplane engine. 過去的時代，得用人工轉動螺旋槳來**發動**飛機引擎。

● Two brothers **started up** a business together mowing lawns during their summer vacation. 兩兄弟在暑假一起**開始營運**除草事業。

After James finally landed a job with a good salary, he and his wife decided to **start a baby**.

在詹姆斯終於有了薪水優渥的工作後，他和他太太才決定要**生個孩子**。

The charity began their fundraising event, and the hotel manager donated $5000 to **start the ball rolling**.

慈善團體開始他們的募款活動，飯店經理則捐出五千元來**起頭**。

26 play
27 draw
28 let
39 talk
30 stand
31 lay
32 blow
33 drop
34 send
35 do
36 hang
37 sit
38 carry
39 roll
40 live
41 stay
42 shut
43 see
44 check
45 have
46 pick
47 start
48 leave
49 burn
50 pay

48 leave

離開；留下

動詞解析

看到 **leave** 這個字，通常會先想到「離開」（go away from a place or a person），接著才會想到近乎相反的語意——「給……留下口信、便條、包裹等」（put a message, note, package etc. somewhere so that someone will get it later）。這樣的情況常令學習者困惑不已。事實上，leave 的古義是「餘留」（remain），強調的是「留下」的概念，但也因為「離開」，才有「留下」，衍生語意有「死後留下家人等」（leave a wife, children etc.）、「死後留下……給」（to arrange for someone to receive your money, property etc. after you die）等。

基本用法

1. 離開；出發；告辭 v.

The tourist knew when he wasn't welcome by the locals, so he **left** the festival in haste. 那遊客知道自己不受當地人歡迎，所以便匆匆**離開**慶典現場。	Walter said something that caused the widow to cry, and he was promptly asked to **leave**. 瓦特說了某些讓那寡婦哭起來的話，於是他立刻**告辭**。

2. 離開家、學校等； v.

After receiving an acceptance letter to the college of his choice, the youngster **left** for college.
收到心中所屬的大學錄取書，那年輕人**離家**去上大學。

266

3. 留下……包裹等 v.

Please **leave** the package in the administration office, and the teacher will pick it up when she returns.

請把包裹**留在**行政辦公室，老師回來的時候會拿。

4. 死後留下家人等 v.

Did you hear the tragic news about Doug's death? He **left** his wife and three children.

你有聽說道格令人悲痛的死訊嗎？他**留下**他太太和三個孩子。

5. 死後留下……給；遺贈 v.

In his will, the restaurant owner **left** his business to his only son, and he left nothing to his wife.

餐廳老闆的遺囑裡把事業**交給**唯一的兒子，但卻什麼也沒留給他太太。

6. 把……交給 v.

You need to be at the meeting on time, but how you get there, I **leave** it to you to decide.

你得準時到會議現場，至於你要怎麼去，就**交給**你自己決定。

片語動詞

leave aside
不考慮；雖然……
但還是

● **Leaving aside** his dislike for animals, Ken picked up the stray kitten and took it to a shelter.　**雖然**肯恩不喜歡動物，**但**他**還是**撿起那隻流浪小貓，帶牠到安全的地方。

leave behind
忘了帶；把……
拋在後面；死後
留下

● In the Home Alone movie, an American family **leaves behind** their youngest son when they go on vacation.　《小鬼當家》電影中，那個美國家庭去度假時**忘了帶**最小的兒子。

● The gifted student **left behind** his classmates and took the top spot when he used a different learning method.

那位天賦異稟的學生**把**同學們遠遠**拋在後面**，用不一樣的讀書方法得到第一名。

26 play
27 draw
28 let
39 talk
30 stand
31 lay
32 blow
33 drop
34 send
35 do
36 hang
37 sit
38 carry
39 roll
40 live
41 stay
42 shut
43 see
44 check
45 have
46 pick
47 start
48 leave
49 burn
50 pay

Many mourned the death of the writer, who **left behind** many classic novels and ever more fans of his work.
許多人為這位作家的死訊哀悼，這位作家**留下**許多經典小說和比作品更多的追隨者。

leave off
停下；沒把……
列入

Jack **left off** doing his yard work, so he could go fishing with his friends.
傑克**停下**庭院的工作，這樣才能跟朋友們去釣魚。

It was noticed by everyone that Mary **left off** her mother-in-law from the guest list.
大家都注意到瑪麗**沒把**她婆婆**列在**賓客名單上。

leave on
繼續穿著；開著

No one knew why the man **left** his boots **on** when he entered the shower.
沒人知道為什麼那人要**繼續穿著**靴子進淋浴間。

Smoke poured out of the apartment after the resident went to work and **left on** the rice cooker.
住戶去上班時**沒關**電鍋，之後煙從公寓房間竄了出來。

leave out
遺漏；不把……
包括在內

Jill was furious when she found out her fiancé **left out** her sister from the wedding guest list.
吉兒發現未婚夫列的婚禮賓客名單**遺漏**她姊姊時氣炸了。

leave over
剩下；殘留

When the banquet was over, people gathered the food **left over** to bring to their families.
宴會結束後，大家把**剩下**的食物打包回家給家人。

日常用語

The rude behavior of the tourist from Asia **left a bad taste in** the hotel manager's **mouth**.
那位沒禮貌的亞洲客人讓飯店經理**留下壞印象**。

Tim invited me to see the movie with him, but I turned him down, because the movie **left me cold**.

提姆邀我跟他去看電影，但我拒絕了，因為我對那部電影**沒興趣**。

Harry introduced the investors to the company, but the founder **left** him **out in the cold** in the deal.

哈利把投資人介紹給公司，但創辦人卻把他**排除在外**。

I told you not to try to help the two men who were fighting, but you **couldn't leave well enough alone**.

我告訴過你那兩個人打架不要插手，但你**就是**要**多管閒事**。

26 play
27 draw
28 let
39 talk
30 stand
31 lay
32 blow
33 drop
34 send
35 do
36 hang
37 sit
38 carry
39 roll
40 live
41 stay
42 shut
43 see
44 check
45 have
46 pick
47 start
48 leave
49 burn
50 pay

burn
燃燒；燙傷；曬傷

動詞解析

　　burn 的核心語意是「燃燒」（if a fire burns, it produces heat and flames），衍生「燒毀」（destroy or damaging sth with fire）、「燙傷」（hurt yourself or someone else with fire and something hot）、「化學製品燒傷、灼傷」（damage or destroy something by a chemical action）等語意。搭配 down、out、up 等介係詞或介副詞，形成「完全燒毀」、「因燃料耗盡而熄滅」、「被燒掉」等意思。

基本用法

1. 燃燒；著火 v.

The fire **burned** the straw, spread to the small sticks, and eventually ignited the logs.　火**燒**稻草，慢慢燒到小樹枝，最後終於點燃了木材。

2. 燒毀；燒焦 v.

A thousand acres of forest **burned** last weekend as a result of a campfire that got out of control.　一千英畝的森林在上週末被失控的營火**燒毀**。

3. 燒死；燙傷 v.

Jack **burned** himself by carrying a very hot pot of food with his bare hands.　傑克因為徒手拿一鍋很熱的食物而**燙傷**。

4.（使）曬傷 v.

The sunbather's skin became a pink color, indicating that it was starting to **burn**.　曬太陽的人皮膚變成粉紅色，表示皮膚即將**曬傷**。

5. （燃料）燃燒 v.

The company designed a spacecraft that collects hydrogen from outer space and **burns** it as fuel.

公司設計了一架太空船，可以從外太空採集氫氣來做為燃料**燃燒**。

6. 消耗脂肪、熱量 v.

The couple bought a pair of stationary bicycles, so they could watch TV and **burn** calories in their home.　那對情侶買了一對室內健身腳踏車，這樣他們就可以在家裡邊看電視邊**消耗熱量**。

片語動詞

burn away
燒毀；燒掉

During the explosion, the skin and flesh **burned away** from his arm, revealing bone in some places.　爆炸的時候，他手臂的皮膚和肉都被**燒掉**，有些地方都見骨了。

burn down
（房舍的）完全燒毀

The old city hall building, which was a beautiful Japanese-style structure, **burned down** in 1951.　舊市政府大樓原是美麗的日式建築，卻在 1951 年**完全燒毀**。

burn off
燒掉；消耗能量

The farmer used a torch to **burn off** the weeds that grew on the side of his house.　農夫拿火把**燒掉**他家旁邊的雜草。

Jane **burned off** a considerable number of calories by jogging to work each morning.
貞恩每天早上跑步去工作，**消耗**了大量卡路里。

burn out
因燃料耗盡而熄滅；過勞；放火燒掉

The main booster and fuel tank **burned out**, and the Space Shuttle released it to fall safely into the ocean.
太空梭將**因燃料耗盡而熄滅**的主發動機和燃料箱鬆脫，讓其安全降入海裡。

Ted worked for 10 days straight with no break and was too **burned out**, so he called in sick.
泰德連續工作十天沒休息，因為**過勞**所以掛病號。

26 play
27 draw
28 let
39 talk
30 stand
31 lay
32 blow
33 drop
34 send
35 do
36 hang
37 sit
38 carry
39 roll
40 live
41 stay
42 shut
43 see
44 check
45 have
46 pick
47 start
48 leave
49 burn
50 pay

The villagers were forced to flee, as the soldiers on horseback **burned out** their homes.

騎馬的士兵們**放火燒掉**他們家園時，村民們被迫逃走。

burn up
燒毀；火冒三丈

The space capsule **burned up** in the atmosphere during the descent, and the astronauts were lost.

太空艙下降時在大氣層**燒毀**，太空人下落不明。

The boy was **burned up** by the rumor that was circulating among his classmates.

同學間傳來傳去的流言讓男孩**火冒三丈**。

日常用語 •

Mr. Jones tried investing in the stock market, but he **burned his fingers** and lost almost everything.

瓊斯先生試圖投資股市，卻**栽了個跟斗**，幾乎什麼都沒了。

Janice didn't want to ride with James, because he tended to **burn up the road** when he drove.

珍妮絲不想給詹姆斯載，因為他開車喜歡**開很快**。

50 pay
付費；有報酬

26 play
27 draw
28 let
39 talk
30 stand
31 lay
32 blow
33 drop
34 send
35 do
36 hang
37 sit
38 carry
39 roll
40 live
41 stay
42 shut
43 see
44 check
45 have
46 pick
47 start
48 leave
49 burn
50 pay

動詞解析

　　pay 的核心語意是「支付」（give someone money for something you buy or for a service），衍生「付出代價」（suffer or be punished for something you have done wrong）、「有報酬」（if a shop or business pays, it makes a profit）等意思。pay off 除了「清償」，還有「成功」的語意，是常見的片語動詞。另外，要強調某物所費不貲，可用 pay an arm and a leg，但得付出一條胳膊和一條腿，代價會不會太高呢？

基本用法

1. 付費；支付 v.

Jack **paid** the toll booth attendant, and continued to drive on the toll road.
傑克**付費**給收費人員，繼續開在收費道路上。

2. 給 v.

The father **paid** an allowance of NT200 per week, so his son could buy the snacks he wanted.
父親每個禮拜**給**兩百元的零用錢，所以兒子可以買他想吃的點心。

3. 有利；划算；值得 v.

It **pays** to prepare well before you go on a trip overseas, as mistakes can be costly.
出國旅遊前好好準備很**值得**的，因為出了什麼差錯可能會花大錢。

4. 付出代價；彌補 v.

Hank never believed he could ever **pay** for the sins he committed as a youth. 漢克覺得他永遠也**彌補**不了年輕時犯下的過錯。

5. 好賺；（工作等）有報酬 v.

The website industry **paid** very well during the 1990's, the height of the Internet boom.
網站行業在 1990 年代時非常**好賺**，那是網際網路風起雲湧的高峰。

片語動詞

pay back
還錢；報復

- I promised to **pay back** the money I borrowed last week, so here is the NT200 I owe you.
我答應要**還**上禮拜借的**錢**，所以這是我欠你的兩百元。
- The article said that the shooter committed the crime to **pay back** his mother-in-law for scolding him.
這篇報導說兇手開槍是為了**報復**他岳母罵他。

pay for
嘗到苦頭；為……
付錢

- Bob is **paying for** his choice of not graduating from high school because he cannot get a decent job. 包柏因為高中決定不繼續念而**嘗到苦頭**，因為他現在找不到好工作。
- My friends left the restaurant unexpectedly, leaving me to **pay for** the dinner bill.
我朋友們居然離開餐廳，留下我**付晚餐錢**。

pay in
把……存入銀行

- He **paid in** NT30,000 into his bank account to make sure he had enough to buy a new computer.
他**把**三萬元**存進銀行**戶頭，確保自己的錢夠買台新電腦。

pay off
付清；清償

- After they mowed his lawn, Malcolm **paid off** the boys and thanked them for doing a good job. 瑪爾柯在男孩子替他除草之後**付清**他們的工資，謝謝他們做得這麼好。

Making monthly car payments, she would **pay off** the entire loan balance in July.

她按月付清車貸，七月時就能**清償**所有貸款了。

pay out
金額達……

This week, the lottery will **pay out** NT 1 million for the holder of the winning ticket.

這禮拜的樂透頭獎**金額達**一百萬元。

pay up
償還欠債；還錢

This time, Steve came to my house with a very large, muscular man, so I felt it was time to **pay up**.

這次史提夫帶著一個又高又壯的人來我家，所以我覺得該是時候**還錢**了。

日常用語

Bill excused himself from the meeting, since he urgently needed to **pay a call**.

比爾跟大家說他暫時離開會議一下，因為他急著要去**上廁所**。

Steve wanted a summer home in the countryside, but he didn't want to **pay an arm and a leg** for it.

史提夫想在鄉下有個避暑的家，但他不想為此**花大錢**。

The smart bike had a chip inside, and it used a "**pay as you go**" system to charge riders.

智慧型腳踏車裡面有個晶片，用「**計時付費**」的系統來向騎車的人收費。

Zack served 20 years of hard labor in the prison to **pay his debt to society**.

札克在監獄裡**服刑**做苦工二十年。

26 play
27 draw
28 let
39 talk
30 stand
31 lay
32 blow
33 drop
34 send
35 do
36 hang
37 sit
38 carry
39 roll
40 live
41 stay
42 shut
43 see
44 check
45 have
46 pick
47 start
48 leave
49 burn
50 pay

片語動詞索引目錄

國家圖書館出版品預行編目（CIP）資料

英語動詞活用指南：50個非學不可的高頻動詞，讓
你英語實力快速倍增！／楊智民、李海碩、蘇秦著.
-- 初版. -- 臺中市：晨星, 2018.07
　　面；　公分. --（Guide book；371）
ISBN 978-986-443-444-2（平裝）

1.英語　2.動詞

805.165　　　　　　　　　　　　　　　107005612

Guide Book　371

英語動詞活用指南：

50個非學不可的高頻動詞，讓你英語實力快速倍增！

作者	楊 智 民、李 海 碩、蘇 秦
審訂	張 玄 竺
編輯	余 順 琪
封面設計	柳 佳 璋
美術編輯	林 姿 秀
創辦人	陳 銘 民
發行所	晨星出版有限公司 407台中市西屯區工業30路1號1樓 TEL：04-23595820　FAX：04-23550581 行政院新聞局局版台業字第2500號
法律顧問	陳 思 成 律師
初版	西元2018年7月15日
總經銷	知己圖書股份有限公司 106台北市大安區辛亥路一段30號9樓 TEL：02-23672044 / 23672047 FAX：02-23635741 407台中市西屯區工業30路1號1樓 TEL：04-23595819 FAX：04-23595493 E-mail：service@morningstar.com.tw 網路書店 http://www.morningstar.com.tw
讀者專線	04-23595819#230
郵政劃撥	15060393（知己圖書股份有限公司）
印刷	上好印刷股份有限公司

定價 350 元
（如書籍有缺頁或破損，請寄回更換）
ISBN：978-986-443-444-2

407
台中市工業區30路1號

晨星出版有限公司

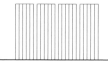

更方便的購書方式：

(1) 網 站：http://www.morningstar.com.tw

(2) 郵政劃撥 帳號：22326758

　　　　戶名：晨星出版有限公司

　　　　請於通信欄中註明欲購買之書名及數量

(3) 電話訂購：如為大量團購可直接撥客服專線洽詢

◎ 如需詳細書目可上網查詢或來電索取。

◎ 客服專線：04-23595819#230 傳真：04-23597123

◎ 客戶信箱：service@morningstar.com.tw